異界の光景

屋代彰子

鳥影社

異界の光景　目次

異界の光景

序

異界の光景

左眼の右半分の視野が暗いことには気づいていたので、突然のこととは言い難い。日常から切り離された私は、K大学病院第十九手術室の手術台の上にいた。そして、頭上の手術用レンズのついた装置を見上げながら、自らの不注意と油断を悔い、襲ってくる不安と緊張に身を硬くしていた。

二日前の土曜日、自宅近くの眼科医の紹介状を持ってK大学病院眼科にタクシーで駆けつけた。その前日から遠近感が揺らいで車の運転はむずかしくなり、ネギを刻む手元すら危うかった。救急外来の受付を済ませ、待ち構えていたらしい医師の診察を受けた。「(左)裂孔原性網膜剝離」の診断が直ちに下り、安静保持のために緊急入院となった。剝離の進行を抑える応急のレーザー治療が、まずなされた。診察した医師からは、手術によって失明は避けられるが、解像能力の高い黄斑部分にまで剝離が広がっているので、視力はかなり低下する可能性があると告げられた。

網膜剝離の手術は、眼底から剝がれた網膜を再び眼底にはりつけるために行われる。その際に、水晶体を除去する。それは、剝離手術によって早晩、白内障を引き起こすからだ。また、手術の際に水晶体の存在が邪魔になるからでもある。つまり、白内障の手術を兼ねているわけだ。だから、除去した水晶体の代わりに、人工の眼内レンズを入れることになる。傷んでいない水晶体を除去することが納得できず、再度、執刀医に説明を求めて確認した。執刀医は不安を隠せない私に向かって、剝離手術は珍しくない手術で、何も心配いらないと諭した。いやそうじゃない、悪くない水晶体を犠牲にすることが悔しくて仕方がないのだと、私は言いたかった。

手術は局部麻酔である。からだを覆う緑色の大きな手術布の左眼の部分だけが窓のように開いている。左眼の消毒、点眼と注射による麻酔がほどこされ、手術は始まった。眼球がグリッと動かされたと感じるやいなや、見たことのない光景が現れた。なんだろう、なぜ見えるのだろうか。そうか、私は、自分の眼の中を見ているのだ。

始めに水晶体という膜を除去しているようだった。その後、硝子体という液体を吸い出したらしい。その後だ。還流液が注入された。それまで無彩色だった光景が突然、極彩色に輝いた。押し寄せては広がる流体の波が顕微鏡でみているようにはっきり見えた。さらに、細胞集団のような丘状の構造が見えた。あれは何だろう。かつて走査型電子顕微鏡で見た胃腸粘膜表面に似ていた。そうこうしているうちに、眼内に浮かぶカスのような黒い細かい物体が、キャピラリー（細管）で吸いとられていく。管の先端がカスを一つひとつ吸い込んでいく様が手に取るように見える。黒い物体は何かの影だろう。剝がれ落ちた組織だろうか。この作業が少なくとも十分以上続いた。左腕に巻かれた血圧計のカフが十分毎に腕を締め付けて測定しているから、時間経過がわかるのだ。ずいぶん丁寧に、徹底的にカスを吸い取った。それがよくわかった。その後、眼内レンズを入れたようだ。もうすぐ終わりますよ、これが最後ですと言われ、ウッと痛い一撃を食らった。何かを眼に刺した。置換ガスを入れるって、このことなの？

二時間近くかかった手術は、無事に終わった。背中を支えられて起き上がったとき、「生きた心地がしなかったけど、先生には見えないものがよく見えました」と、憎まれ口を叩いてしまった。私は、見えるはずのない異界の光景を見たのだ。しかし、考えてみればわかる。手術中に眼内が見えたのは、左眼網膜の正常な部分がしっかり光をとらえて、視神経が機能していたからだ。異界の光景は、部分的にせよ網膜が生きていた証拠だ。私は、異界から警告を受けたのだ。

手術の翌日、左眼視野を塞いでいた黒い部分に、稲妻のような光のギザギザが入りだした。眼底にはりつき始めた網膜の視神経細胞が働きだしたのだ。光のギザギザは黒い部分を切り裂くような模様を描き、薄気味悪いものだった。しかし、そんな奇怪な模様も術後三日目にはすっかり消えて、左眼視野全体がぼんやり明るくなった。視野が回復したのだ。左眼網膜全体が息を吹き返した。最悪の事態は避けられたらしい。術後の炎症や痛みもなく、あとは視力の回復を焦らず待つことになった。

視野欠損部の暗闇、異界の光景、視野回復を報せたグロテスクな光の模様。私は自戒を胸に留め、私の網膜は、二度と見てはならない光景を記憶に留めたのだった。

I

ある中廊下の家

一・中廊下の家

東京都世田谷区北沢にあった大きな家のことを、親類縁者は親しみと懐かしさを込めて「池ノ上の家」と呼んでいた。百二十坪の敷地に家が建てられたのは大正末期のことらしく、駒場に通う学生とその婆《ばあ》やが住んでいた。帝都線（現在の京王井の頭線）が敷設されたのは昭和八年だから、当時、池ノ上駅はなかった。

北沢という土地は、東側は駒場の谷を経て渋谷へ、西側は下北沢の谷という二つの深い谷に挟まれた大きな台地状の地形をなしているところである。宅地になる前は農地だったため、門前の道は農道がそのまま生活道路となったもので、道幅は車一台が通れるほどしかなかった。昭和初期に祖父が屋敷を買い取り増築して母屋とし、しばらくしてから庭の一角に離れが建てられた。西側の道路に面した白っぽい大谷石の門柱と塀が目立つ洒落た外観だった。高台が幸いしたのか、昭和二十年三月から五月にかけて東京を襲った大規模な空襲の際には、運よく焼失をまぬがれた。

その家に住み始めた頃の家族は両親、長男、次男、三男、そして末娘の六人である。さらに、たいてい女中がひとり加わり、七人所帯だった。次男がわたしの父にあたる。家は戦火をまぬがれたというのに、家の主である父親と長男とが外地で戦死した。戦後の一時期には親類縁者がこの家を頼り、家族を含めて十人を超える人々がそこで暮らした。昭和三十年頃からは三男の叔父一家が長らく住み、昭和五十五年頃人手に渡った後に取り壊され、池ノ上の家は、約六十年の寿命を全うした。

昭和二十四年生まれのわたしは六歳半までその家の母屋で過ごし、二十歳すぎてから再び三年間だけその家の離れに住んだ。わたしの記憶のはじまりを探ると、生まれ育ったその家にいつも還っていく。四歳のときの記憶がわたしにとっての人生の始まりである。だからきっと、その家のことやそこで暮らした人々のことを書くことによって、わたしは自分の人生の始まりを確かめようとしているのだ。

しかし池ノ上の家は、記憶の始まるところというだけではない。その家は単なるモノとしての木造家屋ではなく、あたかも人格を有する実在した人物のように思える。かりにその家に目と耳と、そして口があったなら、家が見聞きしたことは家自身に語らせたかった。しかし、それは無理というものである。

その家を想うとき、わたしには密やかで濃密な時間が訪れる。なぜそれほど惹かれるのだろうか。自分でも不思議だ。すでに二十六年も住んでいるいまの家と池ノ上の家とは何が違うのだろうかと、部屋の壁をぐるりと眺めながら考えをめぐらすのである。

現代住宅に住む人間は、多少の違いはあっても設備や機械を介して暮らしを営む。衣・食・住すべてにおいてそうである。そのせいだろうか、いつまでたっても、いまの家にはどこかよそよそしさがある。それに対して、池ノ上の家には現代とは違う暮らしが長い期間あった。

便所は汲み取り式で、排泄したものがいったん家の中に溜まる。掃除には箒、雑巾、叩《はた》きを使う。ようやく普及した都市ガスが炊事の煮炊きに使われた。普段着は石鹼と洗濯板でゴシゴシと洗われる。つまり、最小限の道具を介して住人と家とが直に接する暮らしである。汗、吐息、そして唾液や排泄物が家の床、畳、壁、床下などいたる所に自然にしみ込んでいく。押入れや箪笥には、住人の体熱が湿り気を含んだぬくもりとなってこもる。そういった暮らしが長ければ長いほど、家が生身の人間の生気を吸い込んで、まるで一人の人間に化けていくようなことが起きる。戦前・戦中・戦後、少なくとも三十年にわたって、池ノ上の家は人間の生理に曝され、それを浴びて、いつの間にか生きている人間のようなぬくもりを蓄え、匂いを醸し出す存在になっていった。幼い頃の六年半の間に、わたしのからだは、その家のぬくもりと匂いを記憶したのである。そう考えてみると、その家が一人の人間のように思えるという錯覚に合点がいく。その家が語れないのなら、それに代わって証人であるわたしが語ろう。それほどわたしは池ノ上の家に惹かれ、強い愛着を抱いているのだから。

母屋で暮らした幼い時の記憶は、積み重なる時間という圧に押されてフィルターをどんどん摺《す》り抜けてしまった。それでも濾過《ろか》されずに引っかかっている断片がいくつもある。しかし、いまも残る記憶の断片は愉しいことばかりではない。その根っこには、戦争にやられた家と家族が、その深い傷の癒えないまま暮らし続けたことがあったのかもしれない。言い換えるなら、戦争の影がいつまでも、いつまでも、長く居座り続けた家といっても言い過ぎではない。

その家にまつわる記憶がそんなふうに重ったるくとも、忘れられない情景ばかりだ。そんな気分をいくぶん軽くしてくれた一冊の本がある。青木正夫・岡　俊江・鈴木義弘『中廊下の住宅―明治大正昭和の暮らしを間取りに読む』である。

中廊下の家とは、玄関を入るとヨコあるいはタテに廊下があり、その両側に居室や共同スペースが配置される住宅である。住宅計画分野の専門家である著者らによる中廊下の家に関する説明を見てみよう。

現代住宅ではありふれた間取りの中廊下は、明治の中流住宅に出現した日本式間取りで、それまでの接客中心から居住者に配慮した間取りの家である。それは、建築家の発案による設計というよりも、むしろ居住者である庶民が住みやすさを求めて試行錯誤の末につくりあげた間取りであり、バリエーションが非常に多いことが知られている。また、完全な欧米式居間中心型間取りになりきれない和洋折衷型の間取りという見方もある。

様々な家に住んだ経験から考えると、中廊下の家の多くは居室の独立性がほとんどない。部屋を仕切るものはたいてい襖や障子である。奥の部屋に行くために手前の部屋を通らねばならないときがある。覗き見は日常茶飯事である。たとえ誰かが寝ていても遠慮がちに足音を忍ばせつつ通りぬける。一つ屋根の下で暮らす家族は、「個人」を無くして当たり前という家の造りである。中廊下の家の間取りは、主人である家長が家族全体の動向に睨みを利かせやすいように配慮された暮らしを象徴しているように見受けられる。著者らが言うところの「欧米式居室中心型間取りになりきれない間取り」とは、そういう意味でもあるのだろう。池ノ上の家は中廊下の家のバリエーションの一つである。そして、その家を構えた家長である祖父の勝手が優先され、家族一人ひとりのプライバシーが強く制限された間取りだったことは、確かだろう。

著者らによってなされた明治から昭和におよぶ調査で明らかにされた数百種類の間取り図を見ていたら、わたしがこれまでの七十年間に移り住んだ大小十軒の家は、アパートをのぞけば、すべて中廊下の家だったことに気づいた。そして、昭和七年三月号の『建築雑誌』に掲載された間取り図は、奇しくも池ノ上の家の間取りとよく似ていた。そのような間取りの家で暮らした見ず知らずの人々が他にもいることを想像し、わたしにとって唯一無二の池ノ上の家が、平凡な中流の家屋であることを知った。特別な家ではないと、わたしは自分に言い聞かせた。

幼い時の眠っている記憶を呼び覚まし、池ノ上の家にいるわたしの姿を甦らせてみよう。

表に面した塀際には三太郎（サンタ・ローザ）というスモモの木があり、それはわたしが生まれた年に植えられたものだと母から聞いた。枯山水の池の周りには雑木が茂り、この屋敷が激動の時代を生き抜いた証しである防空壕跡が石灯籠の立つ築山として残っていた。カヤツリグサが生い茂る近くの空き地、隣近所の家の庭、二年間通った三角橋近くの松蔭幼稚園、駒場を見下ろす高い崖、そして、池ノ上駅横の踏切を渡ってしばらく南に行ったところの北沢八幡さまの方までもが幼い頃の行動範囲だった。いまの地図で確かめてみると、四、五歳の頃から一キロ以上先まで足を伸ばしていたようだ。同居していた従兄弟や学校に上がる前の仲間たちとつるんで、下駄履きの足が土埃で汚れても平気で、いつも外で遊びまわっていた。

西に面した母屋の表玄関を入ると、東に向かう特徴的な長くて幅広い廊下があった。住宅設計上の用語によれば、「タテ中廊下」の家である。廊下の北側は必然的に陽当りが悪く、昼間でも薄暗い。

廊下の突き当たりは夫婦の和室で、縁側と造りつけの小さな仏壇があった。縁側の外には濡《ぬれ》縁《えん》があり、その脇に大きな柿の木があった。柿の木は折れやすいので、木登りしてはいけないと言われていた。夫婦の和室といっても、夫婦の寝室だったのか、その他の目的にも日頃から使われていたのかはわからない。記憶の底からは、その部屋の丸い卓袱台《ちゃぶだい》の上に紙の鍵盤をおいて指使いの練習をしていた自分の姿が浮かび上がる。小学校に上がったらピアノを買ってもらう約束だった。わたしはいつもその部屋で両親と寝ていたが、たびたびオネショをしていたので、おまじないのように、オブラートに包んだ塩を寝る前に飲まされていた。奇妙なことにその頃に見た夢を一つだけいまでも憶えている。すでに帝都線が開業していて池ノ上駅もあったが、線路上を勢いよくこちらに向かって走ってくる電車の夢を見て目覚めたことがある。癇《かん》の強い子どもだったのだろう。そういえば、駅近くの線路脇で、木の柵にもたれかかって遊び仲間と一緒に電車を見ていた記憶がある。

玄関を入ってすぐ右には、三幅対の掛け軸を掛けるための大きな床の間と書院を設《しつら》えた座敷。その南隣には、庭に面したテラスのあるマントルピースを備えた広い洋間。部屋の隅には蓄音機とレコードを置くためのスペースがあった。座敷と洋間の東隣にはそれぞれ狭い和室があった。座敷と狭い和室との境には欄間があった。和室の一つには造りつけの神棚があったが、毎朝、祖母がその部屋の濡縁に立ち、お天道様の方を向いて柏手《かしわで》を打っていた姿を憶えている。

広い洋間の押し入れは杉戸で、若冲風の大きな鳥の絵が描かれていた。そして、座敷の床の間と書院には、祖父がかつて骨董屋で買い求めた中国製の陶磁器がいくつも置かれていた。この二つの広い部屋は接客用の応接間としての機能をはたしていて、祖父の好みが細部にまで行きとどいた建具と装飾になっていた。しかし洋間と座敷はいつも薄暗くてかすかに黴《かび》臭く、すでにこの世にいない祖父がそこにいるかのように空気が鎮まっていた。

「戦争に騙されるな。遠くに行かずにこのワタシを守ってくれと、オマエに言ったぞ。それなのに、戦争は容赦なく土足でワタシの中に上がり込んできて、オマエとオマエの息子とを易々とさらっていったのだ」

そんな部屋の呟きが聞こえてくるようだった。

長い廊下をはさんだ北側には便所、食堂、女中部屋、台所、風呂場などが一列に並んでいた。食堂は八畳ほどの板の間で、わたしが小学校に入学した頃にはそこで朝食をとっていた。また、台所の手前にあった女中部屋はとても狭かったが、この部屋の記憶こそが、わたしの人生の始まりである。女中部屋の卓袱台で朝ごはんを食べている時のことだった。寝ていた母の苦しそうな声が隣の部屋からして、「すぐに医者に連れていってやるから待ってろ!」という父の大きな声が聞こえた。ただならぬ気配によほど不安だったのだろう。わたしの奥深くまで入ってきたその朝の出来事は、いまは固い塊になって胸の隅にある。

その頃にいた女中Mさんのことも憶えている。彼女が風呂に入っているとき、風呂場入口の摺りガラス戸をこっそり開けて中を覗いたことがあった。母から叱られて止めたが、彼女のからだそのものよりも、こちらを見て気まずそうに笑った顔が忘れられない。それから間もなくして、彼女はお嫁に行くために郷里の伊豆大島に帰ってしまった。

かつて土間だった台所は、板張りの一段低い床になっていた。台所の隅には水道が引かれる前に使われていた井戸のポンプ。そのそばには庭の梅の実を漬けた梅酒の壺や当時としては珍しかった円筒型の東芝製電気洗濯機。梅酒の壺の木蓋を少しずらして皺しわの梅を初めて盗み食いしたとき、シコシコした歯ざわりと酒の甘い香りを覚え、味をしめたわたしは何回も台所に通った。北側には短い廊下がもう一本あり、それは北西角の内玄関に通じていて、普段の出入りはそこを使っていた。現代住宅に見られる「居間」に該当するような居室はなかった。家族が集まって過ごす部屋は、夫婦の和室だったのかもしれない。

母屋は平屋で五十坪以上はあったろう。廊下を中心にした7Kの間取りといったところである。現代の感覚からすると、広いばかりで住みにくい間取りの家だったといえそうだ。

敷地の南西角には、庭を挟んで母屋と別棟の二階建て離れがあった。離れの玄関引き戸の鴨居には、祖父の筆による『自彊《じきょう》』と書かれた横長の大きな木製の額が載っていた。三人の息子たちの勉強部屋として特別に建てられた離れは、祖父母自慢の贅沢だった。

離れの一階には床の間付きの和室と便所、二階には見晴らしのよい腰掛け出窓と大きな作り付け本棚のある和室、さらに、小さな本棚を備えた狭い洋室があった。一階の和室は次男に、二階の広い和室は長男に、狭い洋室は三男に、それぞれあてがわれていた。その頃に父が使っていたという小さな座り机が今もわたしのそばにある。離れの玄関外には小さな通用門があって、母屋に気兼ねせずに出入りできた。母屋と離れとの間を行き来する黒土の地面には丸い踏石が飛び飛びに置かれていたが、庭に棲むモグラがその踏石を避けるようにして小さな土盛りを作っていた。

離れは、この屋敷の中で最も自由な場所だったようだ。そして、その歴史こそ、池ノ上の家とその家族の盛衰をよく物語っていたといえるのかもしれない。若者たちの汚れなき青春の舞台だった離れは、戦時中は魑魅魍魎《ちみもうりょう》の跋扈《ばっこ》する廻り舞台さながらとなった。銃後の世相は戦時の疲弊と混乱が極まりつつあったのだろう。祖父と付き合いのある軍人や思想家・活動家らが自由に出入りした。

戦後の一時期、離れは親戚の住まいとなったが、その後は学生や音楽家の住む貸家となって幼いわたしを含めた家族の生活を支えてくれた。玄関の『自彊』の額は、そこに出入りした様々な人間たちの赤裸々な姿を、いやそれだけでなく、この屋敷に集うすべての人間のありさまを誰よりもよく見ていたのだ。

二．幸せの欠片

まず始めに次男の父のことを少し詳しく、そして父の兄のこともあわせて、二人について知っていることを語らねばならない。なぜなら、彼らは池ノ上の家とその家族という馬車を牽引する二頭の駿馬のような存在だったからだ。

祖父母一家六人がのちに「池ノ上の家」と呼ばれるようになる中廊下の家に越してきたのは昭和五年頃で、次男の父が尋常小学校三年生のときだった。当時、彼は東京府豊多摩《とよたま》郡代々幡《よよはた》町の上原尋常小学校に通っていたが、教育熱心な親の考えで四年生からは東京府立青山師範学校（現在の東京学芸大学）の附属尋常小学校に転校した。帝都線が敷設される前で池ノ上駅は開業していなかったから、家から青山の学校までは徒歩通学である。家を出て駒場を抜け、渋谷までどんどん下り、そこから青山を上る。子どもの脚だと一時間では無理だろう。初夏には駒場農学校の実験農場に寄り道してイチゴを失敬するなど、一つ上の兄と一緒に遊びながら歩く楽しい通学だったらしい。

尋常小学校を卒業後、父は東京府立一中（現在の都立日比谷高校）に進学した。当時の中学校は五年制だったが、その最後の長い夏休みに書かれた『夏季休暇日誌』が母の遺品の中にある。十六歳の少年とは思えぬ達筆で、赤い線の入った罫紙二十五枚に万年筆で書かれている。四百字詰め原稿用紙なら三十枚にもなるだろうか。頭の回転が速く、負けん気と自惚れが強いので、幼い頃は「子天狗《こてんぐ》」とあだ名がついていた。一方、情にもろく、ユーモアを解するところもある愉快な子どもだった。日誌には、娘のわたしが知っている父らしさが随所に見受けられ、すでに十六歳のときの文章に彼の個性が強く息づいている。祖母から母へと大切に保存され、その間に幾度となく読み返されたのだろう。すり切れた綴じの傷みが八十年の歳月を物語る。本人はこの日誌の存在を忘れていたのではないか、そんな気もする。そういえば、日誌のことを誰からも聞いたことはなかった。しかし、あらためて読んでみると、当時のことがよく描かれていて、なかなか面白い。

昭和十三年七月二十一日（木）、夏休みは四日間の明治神宮勤労奉仕から始まる。「事変から一年経って……」とあるように、昭和十二年七月の盧溝橋事件に始まった日中戦争は、すでに重大な戦局に入っていた。「国防」のために、生徒たちは日常的に教室の外に駆り出された。父は、神域での奉仕を素直に有難がっている。植林から十数年しか経っていなかった当時の神宮の森は、針葉樹の多い疎林だったはずで、現在のような鬱蒼とした自然林が醸し出す厳かで重々しい雰囲気とはずいぶん異なっていたことだろう。

「霖雨《りんう》も終わりと思われた」八月九日（火）夜、星空を見上げた父とその兄の二人は翌日の晴天を信じ、待ちに待った大島行きの出発予定を一日早めた。夜十時出帆の船に乗るべく八時半に自宅を出て芝浦へと急ぐ。池ノ上の家から芝浦まで、帝都線、省線（現在の山手線）を乗り継ぎ、さあ、一時間はかかっただろうか。岸壁は出征兵士を見送る人々で賑わっていた。そんな中、二人は菊丸の船底にあわただしく席をとって、いざ大島へ。偶然、船中で幼なじみのCちゃんと五年ぶりに再会し、彼の深刻な身の上話に夜更けまで耳を傾ける。

八月十日（水）早朝、船は大島の元村沖に停泊。艀《はしけ》で上陸。桟橋のしつこい客引きや素朴さを微塵も感じさせないアンコ椿に戸惑いながら、その足で三原山へと向かう。三原山・御神火茶屋の客引きもよほど不快だったようだ。「三原山は余りにも俗化した」「御神火を盾に利益を得んとする輩は一掃されねばならない」「御神火は飽迄《あくまで》も神聖にせよ」と、なかなか手厳しい。納得しかねることがあるとすぐに昂る父の気性が、三原山の噴煙とともに言葉から立ち昇る。

なんとも大急ぎの旅程だ。三原山登山を終え、午後の船に乗って伊豆半島の下田港へ。唐人お吉の墓のある宝福寺もやり過ごし、半島横断のため山の中へ。陸軍参謀本部製の地図を頼りに横川まで稼いで、老女一人が泊り客の世話をする「素人下宿」のような宿に入る。共同温泉につかり、やれやれ。この日は早朝四時頃から夜の八時まで実動十五時間は歩いたことになる。

八月十一日（木）、横川から半島西岸の松崎を経て土肥《とい》までの十三里（五十二キロ）をひたすら歩く。県道とはいえ山道である。「山道の一里は五十丁」と言われていたようで、一里が五・四五キロ相当になるから、十三里だと約七十キロだ。途中の山村でも出征兵士の見送りに遭遇する。昼食はたいてい「日の丸弁当、パン、罐詰」だ。道々、「アイスクリップ」なるものをなめているところをみると、道端にそういった出店があったのかもしれない。途中の川岸では鮎釣りが盛んだ。

「一望千里遥か彼方に駿河を望み、繪の如き岬に囲まれた此の濱の景色」「漣《さざなみ》に飛び交う鷗《かもめ》を配したる景」など、漢文の読み下し文のような描写に本人の陶酔感が覗える。「聞きしに勝る西伊豆の眺望に大いに感歎」し、難行軍が報われたと記す。松崎の海岸では思わず海に飛び込み、汗と埃を洗い流す。そして、道で拾った竹竿に濡れた褌《ふんどし》とシャツを吊るして上半身裸で歩くところは、なかなか茶目っ気がある。それにしても、靴擦れやマメの愚痴が一言も出てこないのは不思議といえば不思議だ。そして、さぞ疲れていただろうに、寝る前にその日の記録を書き、歩いた跡を地図に赤線でなぞって悦に入るなど、若さゆえの余裕か、難行苦行などものともせずに愉しそうだ。

八月十二日（金）、四日間の最終日。土肥から戸田《へだ》までは三里半（約十四キロ）。林間から海を遠くに眺めながらも、険峻で高低差の大きい最後の難行路が待ち受けていた。戸田からは沼津行きの船に乗る。沼津駅から臨時列車で帰京し、夜九時にようやく池ノ上の家にたどり着いた。

父にとっては初めての徒歩旅行だった。それにしては無謀な計画だったと吐露している。それゆえに得難い体験だったとも述懐する。その達成感は、日誌の約半分がこの徒歩旅行の記録に費やされていることからもわかる。夏休み中に行われた武道稽古や半年後の進学に備えた受験講習などの記述も具体的で丁寧だ。八月三十一日、夏休み最大の収穫は四日間の徒歩旅行だったと振り返り、「何事も意志一つでできる」と力強く書き記して四十日間の日誌を閉じている。


昭和十三年夏休みの徒歩旅行は、兄弟で歩いた唯一の、苦しくも楽しい思い出の旅だったに違いない。しかしこの旅の背景には、学徒動員を予感した兄が弟を鍛えるつもりだった意図が感じられる。

三原山山頂の岩に座る兄の写真がある。四角張った顔立ち、精気みなぎる体軀、十八歳の若者である。彼は旧制東京高等学校（東高、現在の東京大学）の学生で、昭和十三年夏は東高剣道部のキャプテンを務めていた。彼は、弟とは正反対の温厚な性格だったが、一途で激しい闘志を内に秘めた人物だったと、昭和五十三年編纂の剣道部の部史の中でかつての友人たちが回顧している。東京帝国大学工学部土木工学科を卒業。すでに鉄道省（のちの国鉄）への仕官が決まっていた。海底トンネルの設計に携わる技術者として将来を嘱望されていたにもかかわらず、憂国の志はその進路を選ばなかった。昭和十七年九月、海軍飛行機整備学生に志願し、土浦航空隊に入隊。友人に送られた挨拶状の文面には、「航空決戦の第一線に……」とある。昭和十八年、写真館で撮ったと見られる家族六人の写真を最後に、彼は消えてしまった。フィリピン・ミンダナオ島で行方不明のまま、昭和二十年八月三十一日に戦死したことになっている。享年二十五歳。遺骨はない。父に関する学校の証書類はよく残されているが、この兄に関する成長の記録は何もない。母親である祖母が、すべて始末したのだろう。

　とにかく、温厚でものわかりが良く、いくら自慢してもしきれないほどの長男だった。祖父は家父長意識がすこぶる強く、縦の家族関係を堅く保つために、長男は将来の家長として厳しくも手厚く育てられた。次男や三男は、長男を見倣い、頼り、従わねばならない。両親の期待と信頼とを一身に背負った長男は、心身ともに強靱で優秀な青年に育った。そんな一つ上の兄に対して次男の父は利発さを剝き出しにし、なにかと激しい対抗心を燃やすことが多かった。祖母はしばしばそのことを強く諫めたようだ。伝え聞いた話では、血気盛んで負けん気ばかりが勝る男子だった父は、満州に渡って馬賊になりたいなどと放言していた時期もあったらしいから、驚く。

昭和十四年三月、父は東京府立一中を卒業した。そのときの第六十一回卒業記念アルバムがある。表紙には皇紀「2599」と刻印されている。一頁目は、校長先生の写真。二頁目、制服にゲートル姿の生徒代表数名が校門前に立って小銃と校旗を掲げ持つ写真。そして三頁目、記念品として贈呈された小銃一丁が台座に置かれた写真。学校では、戦場に赴くことを覚悟させる教育がすでにおこなわれていたことは明らかだ。卒業記念アルバムの小銃はモノクロ写真特有のコントラストの強い光を放ち、不気味である。一瞬、わたしは血の気が失せた。昭和十三年とは、もうそういう時代だった。そして、学校の卒業アルバムに武器の写真を掲載して当たり前と考える思想は、いまの人間にはとうてい受け入れ難い異様さである。

昭和十四年四月に東京商科大学（現在の一橋大学）予科に入学した父は、池ノ上の家を出て小平にある大学寮に入った。昭和十七年三月三十一日に予科三年を終えて商学部へと進み、労働法で著名な学者であった吾妻光俊ゼミに属した。この頃のものだろう、離れ一階和室で火鉢にあたって寛ぐ着物姿の写真がある。自由でアカデミックな学風の中で勉学とサッカーに打ち込んだ二年後、学徒動員のために繰り上げ卒業。卒業証書（修了証書）は昭和十九年九月十七日と記され、池ノ上の家宛てに郵送されている。それに先立って昭和十八年十一月三十日には「仮証書」が発行されているが、すでに文系学生に対する召集免除が取り消されていた時期だ。昭和十八年の写真には父の陸軍二等兵の軍服姿のものがあり、この頃に召集令状を受け取っていたのだろう。そのこともあってか、この年の暮れに、父は遠縁にあたる母と婚約している。二人は共に二十一歳だった。

働き盛りの頃の父は、「頭の悪い奴は嫌いだ！」と、相手に対して吐き捨てるような厳しい言動を平気でとる傲慢な企業戦士であり、射抜くような鋭い眼差しで目の前の人間を扱《こ》き下ろすのが得意なひとだった。終戦後間もなく、東京・八重洲口に本社のあった土建会社に入り、本俸八百円、諸手当を加えた月給五千八百円で、父のサラリーマン人生がスタートした。札幌支店、大阪支店と転勤を重ね、昭和四十年代の高度経済成長時代には、その会社を準大手のゼネコンにまで大きくした。「思う存分働いた。思い残すことは何もない」とは、八年間の厳しい闘病生活の中で幾度となく父が口にした言葉であり、まるで戦地から帰還した傷病兵のように、満身創痍のからだのまま満七十二歳で命尽きた。そのときは、池ノ上の家がなくなってから十五年の歳月が経っていた。

終戦とともに否応なく一家の家長となった父は、その運命に抗うことなく、戦死した親父と兄貴の分まで闘った。父の気性からして敵が多かったことは想像に難くない。しかし一方で、大学で労働法を学んだことが役立ったのか、わたしが生まれて間もない頃に会社の労働組合を結成し、社員を率いて初代の組合委員長に就いたことも父らしい。幼い頃に一緒に食卓を囲んだり遊んだりした記憶はないのだが、幅広い趣味を愉しむ中に父の意外な一面を見ることがあった。兄弟でよく打ったという囲碁はアマチュア四段だった。語学に堪能で、小説や評論などをよく読んでいた。父の描いた写生画があまりに細密だったので、子どもも心に驚いたことがある。「知の力を信じること」「人の徳で最も高いのは優しさ（仁）」等、忘れられない言葉もある。さらに、気の向いたときに書かれたらしい日記はミミズが這ったような崩れた字体で、ほとんど判読できない。まるで他人に読まれることを拒んでいるのか、シャイなのか、それでも書かずにはいられなかった内なる欲求にも思える。もっと何か書きたかったのではないのか。昭和十三年夏の日誌のように、才気煥発《かんぱつ》な文章が他に遺されていないことが、とても残念だ。

元気で出来の良い息子三人と可愛い末娘が育つ戦前の池ノ上の家は、近所では評判の羽振りの良さだった。しかし、家族揃って過ごした賑やかな生活は昭和十三年が最後だった。結局、大きな中廊下の家で家族が勢いよく暮らした時期は、わずか数年に過ぎなかった。当時の家は築十年を少し超えた齢だが、まだ木の香りがここかしこに残る若い家だったはずだ。父の遺した『夏季休暇日誌』は、そんな若々しい家と家族とが幸せに暮らしたときの欠片である。母親である祖母が一番輝いていたときであり、日誌を終生大切にしていたことも肯ける。

三．昭南島に死す

池ノ上の家の家長であり一家の御者ともいえる祖父は、わたしが生まれる五年前にこの世を去った人だ。それにもかかわらず、不思議なことに、祖父はわたしの頭から離れたことがない。気がつくと、わたしは今でもおじいちゃんを探し続けている。

あのスケッチはどこにいってしまったのだろう。いつも仏壇の奥にあった小さな額入りのスケッチ。祖父のデスマスクを描いたものだ。いつの間にか額ごと見あたらなくなった。浴衣か着物の胸元まで描かれていたその絵がはっきりと目に焼きついている。母が生前、捨てたのだろうか。

いったい誰が、あれを描いたのだろう。亡くなったときにそばにいた人物だ。男か女か。日本人それとも外国人か。現地で荼毘にふされた遺骨とともにスケッチを日本に持ち帰って祖母に届けた人間と、スケッチを描いた人間が同じとは限らない。

昭和十九年九月九日午前五時、祖父は「昭南島」の「昭南旅館」で亡くなった。満五十五歳、死因はマラリアだったといわれている。

昭南島とはシンガポールのことであり、昭南旅館とはラッフルズ・ホテルのことである。昭和十七年、日本軍が英領シンガポールを攻略・占領した際、日本名に改称された。祖父の死亡を記した戸籍簿は、昭南旅館を「兵站《へいたん》旅館の昭南旅館」としている。陸軍が英国から接収し、宿泊施設に使っていたのである。宿泊が許可されていたのは、軍の少佐以上か、高等文官（高級官僚）以上といわれている。接収前から、ラッフルズ・ホテルといえば客室数の少ない最高級ホテルとして名高かった。祖父は、そこで亡くなった。当時、南方でマラリアに罹り、現地で入院・治療を受けて帰国する人は珍しくなかった。それなのに、祖父はあえなく、しかも亡くなったのが軍の管理下にあったホテルとはどういう事情だったのだろうか。祖母は、ようやく十一月になって死亡届けを役所に出した。「昭南旅館でマラリアに罹ってあえなく死んだ」と、誰かに報告されたことを役所に届けたに過ぎない。死因がマラリアだったかどうかはわからないと、わたしは本気でそう考えている。

昭和十九年、軍属だった祖父は福岡の雁ノ巣《がんのす》飛行場（福岡第一飛行場）からシンガポールへ旅立った。昭和十九年七月末に池ノ上の家の庭で写した夫婦の写真があるから、雁ノ巣を発ったのはおそらく八月のどこかだ。彼は故郷の福岡から日本を飛び立ち、一カ月後には帰らぬ人となった。昭和十九年夏、池ノ上の家では、夫婦の間でどんな会話が交わされていたのだろうか。祖母はすでに諦めていたのだろうか。写真に写る二人の顔は疲労の色が濃く、どこか気の抜けたような表情をしている。

昭和十八年末に父と婚約を交わしていた母は、義理の父となるはずだった祖父を見送るために、わざわざ実家のある大分市内から母の妹を伴って宿泊先の旅館まで会いに行った。博多の「旅順館」である。旅順館は那珂《なか》川に架る西中島橋近くの橋口町にあった。現在の天神一丁目・赤煉瓦文化館附近だ。

母の話では、「女が一緒だった」という。敗色濃い南方戦線の拠点であるシンガポールにまで祖父はなぜ行ったのか。それも、女連れで。その女とは何者か。何のために二人で行ったのか。しかも、最上級の待遇を受けての仕事である。軍上層部からの密命でもおびていたのだろうか。見送りにいった母が祖父から聞いた話によれば、「チャンドラ・ボースに会う」と言っていたらしい。

スバス・チャンドラ・ボースは、インド独立運動の闘士である。昭和十八年七月には、インド独立連盟総裁に就任。シンガポールは、インド独立運動の拠点だった。インドは英国の植民地であり、そこからの独立を求めるマハトマ・ガンジーらの運動がすでに展開していたが、チャンドラ・ボースは武力闘争を是とするインド独立運動家として知られていた。昭和十六年の太平洋戦争開戦を契機に、彼は日本との関係を強め、昭和十八年には潜水艦と飛行機を乗り継いで日本を訪問し、独立運動の支援を求めて東条英機首相とも面会している。祖父がシンガポールを訪れた昭和十九年、インド独立運動の拠点はビルマ（現在のミャンマー）に移動していた。祖父はシンガポールからさらにビルマへ行く予定だったのか。本当にボースに会うつもりだったのだろうか。

昭和二十年八月十五日、日本降伏。ビルマから満州への脱出を図ろうとしたボースは、中継点の台湾・台北飛行場で離陸直前に起きた機体事故のために火傷を負い、それが原因で死亡した。遺骨は東京・杉並区の寺にあり、いまだにインドに返還されていないと聞く。

祖父がシンガポールに赴く前の交友関係を断片的に示す逸話が残っている。池ノ上の家には彼の来客が多かったが、その中には当時の共産党書記長S・Tや右翼の大物K・Sなど、思想的背景の異なる活動家がしばしば出入りし、母屋の座敷や洋間で、あるいは離れで、祖父と密談していたこと。さらに、離れが憲兵隊長と赤坂芸者Kとの密会場所として利用されていたこと。断片的にせよ祖父の人間関係を知ると、まるで塀の上を歩くような危うさを感じる。しかも、彼の周辺には軍の濃い影がつきまとっている。

祖父の職業はよくわからない、といってよい。「おじいちゃんは軍属だった」という言葉は、両親からよく聞かされていた。軍属として武器や燃料を商ったりしていたのか。あるいは、諜報や偵察などの特殊な内務機関と関わりがあったのかは全く不明だ。しかし交友関係からして、さらに、昭和十九年にシンガポールに出かけた理由が本当だとするならば、ただの商売人だったとは考えにくい。

明治二十二年、祖父は二人兄弟の次男として福岡県糸島郡今宿村（現在の福岡市西区今宿町）で生まれた。長男が本家を受け継ぎ、祖父は分家を構えたことになる。江戸時代は福岡藩の下級武士であり、「士族の出」という誇りが一家を支えていた。正月は必ず「福岡雑煮」で迎えた。それが、黒田武士の誇りとも聞いた。福岡雑煮は鯛雑煮である。鰤雑煮の「博多雑煮」は商家の風習だと、正月の雑煮を囲むたびに父から聞かされていた。

若い頃の祖父は、兄が働いていた満州で満鉄（南満州鉄道）関連の仕事をしていたようだ。大正七年、三十歳のときに祖母との婚姻届を本籍地である福岡の役所に出している。しかし、大正六年に大連で写した夫婦や親兄弟の写真があるから、祖母が満州の祖父の元に嫁いだのはそれより前だったのだろう。大正七年五月には南満州県奉天市の満鉄病院で長男が生まれている。その長男は満二歳で他界し、大正九年七月に生まれた次男が「長男」として戸籍に記載されている。いったん次男と記載された文字が斜線で消され、その横に「長男」と付記されているのだから、当時の事務処理はいい加減である。私の父は、大正十年に安東県の満鉄病院で生まれており、戸籍上は「次男」とされている。

大正十二年頃、一家は満州から日本本土に帰り、親類縁者の多い大分市内にいったん落ち着いた。大分で三男が生まれ、大正十四年には上京して世田谷代々幡町に居を構え、長女が生まれた。大分在住中に親交があったと推測される右翼の大物K・Sは、別府・亀川に別荘をもっていて、家族ぐるみの付き合いを物語る写真がある。その後の祖父の人生に関わる重要な人脈は、大分にいた頃から作られたのかもしれない。

祖父一家の東京での生活は裕福だった。特に、池ノ上の大きな家を構えてからは贅沢三昧だったようだ。四人の子どもたちは、なに不自由なく育った。長男は、東高剣道部の友人に対して、気前のよい父親のことを「建築関係の仕事」についていると紹介している。豊富な財力は何ゆえだろう。祖母は毎月のように日本橋三越に出かけてお気に入りの着物を買い求めた。祖父は、画家K・Tのパトロンとなって写生旅行の費用と生活費を工面した。祖父は下戸だったが美食家であり、横浜のホテルニューグランドまでよく出かけて家族と食事をした。そして、懇意にしていた横浜の骨董屋で中国製の骨董品を衝動買いした。彼には絵心があり、鍾馗《しょうき》様を描いた墨絵が遺されている。おしゃれなひとで、夏には白い麻の背広上下とパナマ帽というい で立ちだった。妻や娘の着物のほとんどは彼の好みで選ばれ、父と婚約した際の写真で母が着ていた着物も祖父の見立てによるもので、大柄な菊の花を配した紫紺地の付け下げだ。

家族思いで気のきく父親だった一方で、大変な癇癪持ちの一面があり、いわゆる卓袱台返しは度々だったらしい。昭和十八年、写真館で写した一家の記念写真の中央には、眼光鋭くカメラを見据える四角い大きな顔の祖父が座っている。

誇り高く、野心満々だった祖父は道半ばの満五十五歳でこの世を去った。情が理に勝る彼の気性は息子や娘に受け継がれたが、次男の父に最も色濃く残されているように思える。祖父や父の気性や考え方に反発を覚えながらも、どういうわけか、わたしは実家の仏壇と風習とを受け継ぎ、正月の鯛雑煮と旧盆の迎え火・送り火だけは今も欠かさない。わたしの胸の中には、いまも幻の祖父が棲みついているのかもしれない。

「おじいちゃん、もっと生きたかったのよね。生きていたら、きっと会えたわ。何でシンガポールなんかに行ったの。本当は、何が原因で死んだの」

「いまさらそんなことを訊ねてどうする。お前はそんなに俺のことが知りたいのか」

『昭南』という二文字の入った戒名の位牌が、今日も仏壇の奥からわたしを睨んでいる。

四．立石の娘

昭和五十四年、八十四歳でこの世を去った祖母は、最も長く池ノ上の家と関わったひとだった。池ノ上の家を最も愛し、家に愛されたひとだった。戦時中、夫と息子三人が出征した後の大きな家を娘と二人で守った。戦後、老朽化の進む家に強く執着し、改築を拒んだのは祖母だった。彼女の中では池ノ上の家に勝る家などなかった。その家に夫と長男との幻影を見ていたからなのか、あるいは、亡き二人に誓いでも立てていたのか、胸の内は想像するしかない。

「あんた達の勝手にはさせない」と、ピシャリというのが口癖だった。父と叔父はそんな母親の強固な意志を聞きいれて、それに従った。そのことに象徴されるように、祖母の言動は生来の強烈な気性に裏打ちされていた。

大分県国東半島の基部、宇佐と杵築《きつき》との中間に立石《たていし》という駅がある。国道一〇号線とJR日豊線が平行に走る両脇には、狭い田畑とその背後の小高い山が続く。宇佐を過ぎたあたりから特急の車窓に額を寄せて気をつけていても、駅名を確かめる間もなく通り過ぎてしまう小さな駅だ。祖母は明治二十八年、八人兄弟・姉妹の六番目、四女として、立石村に生まれた。

父親は立石村で唯一の特定郵便局を営んでいた名士だった。広大な山林を所有し、鬱蒼とした山の中の墓地に先祖一人ひとりの墓を構えている。昭和三十六年、中学一年生の夏休みにわたしは祖母の生家を訪れた。合歓《ねむ》の花咲く山裾の道をしばらく歩いてから山に分け入り、祖母の妹と墓参りをした記憶がある。生家近くの寺が先祖代々の菩提寺で、祖母は嫁いで家を出た後も寺との親交を重ね、伽藍《がらん》改修の寄進を行うなど寺に尽くした。その功徳があってか、祖母が亡くなったときは、葬儀に特別に参列するために立石の寺の住職が大阪まで駆けつけ、弔辞を読んだほどだった。

いまも東京・九段北にある三輪田学園は、明治二十年に三輪田眞佐子によって女学校として設立された伝統ある学園で、明治三十六年に五年制の高等女学校となり、全国から女子を受け入れた。祖母は、その学園の第十二回卒業生に名を連ねている。黒紋付袴姿の百五十七名の卒業生と二十一名の教員とが写った立派な卒業写真の画質は、百年経ったいまも鮮明である。前列中央に座っているのが創立者の三輪田眞佐子女史。撮影は、東京・神田の「小林寫眞館（御茶乃水）」とある。大正になったばかりの頃だ。

遠方の高等女学校に進んだのは祖母だけでなく、妹二人は東京女学館と門司女学校でそれぞれ学んでいる。兄が二人いたが、いずれも立石で家業を継いでいるところを見ると、娘たちのほうがいかにも行動的で逞しい。

祖母が生まれた年に日豊線が開業しているが、宇佐から延伸して立石駅ができたのはその十五年後で、祖母が三輪田女学校に入学した後である。汽車に乗るためには、生家のある立石村から宇佐まで人力車か馬車で行かねばならない。そこから数時間かけて門司まで列車に乗り、さらに門司から下関までは船で渡る。下関から神戸までは山陽線で約十時間、神戸から東京までは東海道線で約八時間である。立石からは一昼夜かけての上京だ。

家が裕福だったにせよ、立石のような豊後の山村から遠方の高等女学校にわざわざ進学できる女子は珍しかっただろう。上京に際して親兄弟が付き添ったかどうかはわからないが、本人の勇気は並大抵のものではなかったに違いない。現代に置き換えるならば、海外の全寮制中学に留学するケースに似ている。そこまでして幼い娘を勉学のために遠方にだす親は、その子の将来によほど期待を寄せてのことで、「良妻賢母」を理念とした当時の女子高等教育からすると、親も本人も「玉の輿」を思い描いていたのだろう。

女学校を卒業した祖母は、東京の親戚宅で行儀見習いをした後に、大正六年頃、南満州鉄道（満鉄）関係で働いていた祖父と現地での結婚生活に入った。奉天市、大連市などを移り住み、その間に長男、次男をいずれも満鉄病院で出産。当時の生活の様子を本人から幾度となく聞いたことがあるが、複数の支那人を雇う経済的に恵まれた暮らしだったと、しきりに自慢していた。一方、その思い出話はうんざりするほど支那人に対する強い蔑視感情が露《あら》わで、民族的差別意識はその後になっても無くならなかった。

八人兄弟・姉妹の六番目、四女として生まれた祖母は、兄弟の中では最も気が強かったらしい。祖母の妹たちの話によれば、負けず嫌いで上昇志向の強い娘だった。その性質は、三男一女の子育てに際しても遺憾なく発揮され、特に長男に対しては教育熱心で厳しい母親だった。

祖母の誇りであり自慢だったのは、男の子を三人産んだことだった。祖母の中には男尊女卑思想が根強くあり、女は有能な男の傍らにいてこそ、女の甲斐性という考え方だった。思春期にあったわたしが、祖母の言動にやり場のない哀しみを覚えたのは、一人娘を持つ母に対して「女を一人しか産みきらん」と容赦なく言い放ったときだった。理不尽な戦争で、夫と長男とを相次いで失った喪失感と悔しさが、澱《おり》のように胸底に重く沈んでいたからに違いない。自分は男の子を三人も産んだ。しかし、頼りにしていた最も出来の良い長男を戦争にとられた。悔やんでも悔やみきれない思いである。お前にはその悔しさがわからないだろうという気持ちが、嫁である母に対する叩きつけるような言葉になって発せられたのだ。生来の激しい気性は、次男の嫁である母だけでなく、三男と末娘の配偶者たちにも否応なしに向けられ、強い軋轢《あつれき》を生んだ。まるで祖父に代わって祖母が「家長」として君臨しているかのようだった。「一家が栄える」ことに腐心し、息子二人や男子の孫に対してことさら強く干渉した。祖母の言葉はいつも命令口調で、彼女の許しなしには様々な事が進まない時期が長く続いた。現代の人権感覚で考えると、口が裂けても言えないような言葉が祖母から出ることがあった。人間性を疑いたくなるようなこともあった。戦後は核家族が増えたとはいえ、池ノ上の家の家族のように、戦前の家父長思想から抜け切れない世代が家族関係を支配していた家が少なくなかったのである。

祖母は自分の財布を持っていなかった。聞いたところによると、戦後の新円切り換えのころからのようだ。祖母の頭の中の貨幣単位は戦前のままだった。生活用品や食料品の値段に疎かった上に、いつまでも「銭」という単位が頭から抜けず、「リンゴひとつは、十銭《じっせん》もするの?」などと値段を聞かれたことがあり、戸惑った。自分はすでに「ご隠居さま」の身だから、モノの値段など知らなくても構わないという鷹揚《おうよう》な考えだった。そして、靴を窮屈がって洋装でも草履だった。

とにかく自分の意見を通す祖母だったが、五十代から患った高血圧症が進み、真赤な錠剤のアテロという血圧降下剤が手離せなくなっていた。晩年は心身ともに思うにまかせなかったが、母から奨められて始めたレース編みだけは根気強く続けた。複雑な模様を丁寧に仕上げた大きな花瓶敷が今のわが家を飾る。そして、わたしが成人した記念にと嫁入り道具のつもりで誂えてくれた鎌倉彫の姿見は、家紋の桔梗《ききょう》が前面に彫られている逸品で、鶴岡八幡宮近くの老舗に特注したものである。祖母自身は宝飾品に全く興味がなく指輪一つ身に着けないひとだった。華美なところは皆無だったが、贅沢な贈り物を選ぶセンスをそなえていた。気性は激しいが、情の濃いひとだった。辛辣なひとだったが、正直で、意地の悪さは少しもなかった。家族だけでなく、誰とでも正々堂々と接した。祖母がこの世を去って四十数年。いまになってようやく、わたしは彼女の全体像が見えるようになったのである。

祖母が亡くなってほどなく、まるで彼女を追うようにして、池ノ上の家は約六十年の生涯を閉じた。戦火に耐えた頑丈な家だった。多くの人々の人生に関わり、彼らを護り、彼らに安らぎを与えた。十二分といえるほどに家族の期待に応え、その役目を存分に果たした偉大な中廊下の家の最期だった。家が消えてしまったいま、後悔していることが一つある。家の外観や屋内の様子を写した写真がほとんど残っていないのだ。わたしは池ノ上の家に、そのことを謝らなければならない。

雪の札幌

札幌駅より少し北に上がったところ、北七条に「三楊荘《さんようそう》」はありました。文字通り三本のポプラの大木が玄関そばにあり、遠くからもよく見えました。子どもだったけれど、そびえ立つ三本並んだポプラの姿をよく憶えています。木造二階建てのそこは会社の寮で、父の転勤で東京から札幌に越した昭和三十年秋、両親と私の三人は社宅が空くまでのしばらくの間、寮のお世話になったのです。

寒い朝、寮のおばさんがいつも炒りたてのほうじ茶を入れてくれた暖かい茶の間の光景がつい昨日のことのように蘇ります。その香ばしい匂いを胸いっぱいに吸い込んだ少女は、見送りの母親と一緒に北大前の路面電車の停留所まで歩きました。通学先は社宅が校区になっていた南二十一条の幌南《こうなん》小学校です。札幌駅や大通り公園などの繁華な街中をゆっくり走る電車に三十分以上も揺られながら一人で通いました。南四条の創成《そうせい》小学校の前までいくと線路は大きく南に曲がり、そこから真っ直ぐ行けば学校近くの停留所に停まります。見知らぬ土地で経験する電車通学。不安と緊張はあったけれど、それを上まわる旺盛な好奇心を抱いて過ごした小学一年生、六歳の秋。そして冬。私の中の「雪の札幌」が始まります。

札幌の初雪はたいてい十月半ば頃だったけれど、降っても積もらずにすぐに消えてしまう程度のものでした。それでも初雪の頃になると、軒下で干した大量の大根や白菜を一斗樽に仕込んで漬物を作ったり、ニシン漬け作業を始めたり、石炭ストーブを茶の間に据え付けてブリキの煙突を窓の穴から外へ出したりして、どこの家も冬支度を急いだのです。南十七条西六丁目にあったわが家の隣近所は同じ会社の社宅だったので、母はいつも大量に漬物を仕込む裏隣のWさんの手伝いをして、出来上がった漬物やニシン漬けをもらっていました。Wさんの奥さんは旧満州から引き揚げてきたひとで、寒い土地の暮らしに慣れていたらしく、母は何かと頼りにしていました。またその頃、隣町の余市から手拭いでほっかむりしたおばさんが大きい真っ赤なリンゴをリヤカーに積んで売りに来ることもありました。初めて食べる「デリシャス」というそのリンゴは、忘れられないほど美味しかったのです。

編み物好きの母は、寒くなるまでに自分や私のために長いパンツと靴下や手袋をせっせと編みあげました。それだけでなく、寄付するために編んだ小さな帽子や手袋を箱いっぱいにつめて、市内の乳児院に届けたりしていました。たいがいの女の子は、寒い冬でもスカートの下にメリヤスや毛糸の股引《ももひき》を穿《は》いてズボンをほとんど穿きませんでしたから、根雪の降り出す十二月までに、急いで毛糸の股引を編み始めるお母さんたちが多かったのです。前の冬に使って縮んだり小さくなったりしたものをまずほどいて、湯のしした毛糸で編み直します。竹製の四本針を使った中細毛糸のメリヤス編みが多かったけれど、ときどき家庭用の編み機で編んだものを穿いている子がいて、脚をぴったり包む格好の良さが羨ましかったなぁ。長い冬の夜にメリヤス編みやガーター編みを覚えた私は、小学四年生の冬には自分で編んだマフラーを巻き、帽子をかぶって通学。家庭用のテレビがまだ無かった時代で、毎晩のように編み物に熱中していたとき、畳の上においていた編みかけの針を足裏に深く刺してしまい、おそろしく痛い思いをしたこともありました。

　どんどん雪が降りだすと冬用のゴム長靴が頼りになりました。それは毛足の短いゴワゴワした黒っぽいアザラシの毛が上端に張り付けられたもので、ひと冬ですっかりすり切れてしまうほど雪をよくはじいてくれる優れものでした。それでも、通学中の雪道ではフワフワした雪がいつのまにか中に入ってきて、それが解けて足先まで濡らし、毛糸の靴下がいつもジクジク。そのせいだろうと思うけれど、冬になると必ず、私の足にはしもやけができて、ひどくなると赤黒くただれたようになりました。濡れた靴下をストーブの周りで乾かしたり、しもやけのできたところをその近くにかざして焼くと、何ともいえないほどの痛痒い快感。変なことをいつまでも憶えているものです。

アザラシの毛は雪下駄の鼻緒カバーやおしゃれな雪靴にもついていました。早くそういった格好いいものが履ける大人になりたいと思っていたけれど、着物の上からからだ全体をすっぽり覆う大きな角巻姿の女性にはもっと憧れていて、よく見とれていました。

いまとはくらべものになりませんが、大通り公園の雪まつりがだんだん大がかりになったのはその頃だったような気がします。当時の自衛隊が雪像を作るところを見ていたことがありました。子ども心には、雪だるまのように積み上げた雪を固めて形を整えていくものと想像していたのですが、そうではなかった。はじめにベニア板で像の形をあらかた造り、その周りにトラックで運んできた大量の雪を張り付けて像を整えていくのです。そして、仕上げに水をかけて夜中に表面を凍らせ、まつりの始まる日まで、氷を厚く硬くして雪像というよりも氷像のようにしていく。そんな作り方で完成した「義経と弁慶」とか「蒸気機関車」とかの雪像が、記憶に残っています。

年明けから休みなく降り続いた雪はかたく凍りついて、玄関前は階段をつけないと出られなくなるほどの高さです。朝早く配達されて玄関前の箱に入っている牛乳瓶は中がシャーベットのように凍ってしまい、瓶にお箸をいれて砕きながら出して、砂糖をかけて食べたりしました。夜中の台所は零下になって食べ物は凍るので、寝る前に貯炭式石炭ストーブのある茶の間に野菜たちを避難させます。貯炭式石炭ストーブとは、ひと冬中火種を絶やさないものですが、寝る前に高さ八十センチぐらいあったストーブの上端まで石炭を詰めて、下の方の空気の取り入れ口を閉めます。そうすると、燃えない状態で種火だけがチロチロとついた状態になっていて、隙間だらけのわが家でも、その部屋だけは零下にならなかった。朝になって母が真っ先にすることは、空気取り入れ口から火掻き棒を入れてガチャガチャと中を突くこと。そうすると、ボッ、ボッ、ゴーッと真っ赤な炎が出て、いっきに燃えだします。近くの街角には石炭の灰を集める木製の囲いが作られていたので、毎日のように母がストーブの灰を捨てに行きました。

わが家で石炭ストーブのあった部屋は茶の間だけで、小学二年生の春に買ってもらったピアノのある部屋は薪ストーブで寒かったから、冬の間は手がかじかんであまり練習ができませんでした。わが家は周りの家と同じように平屋で外壁も木造だし、二重窓ではなかったから、薪ストーブではさっぱり暖まらないのです。レンガ造りの暖炉の煙突がついた洋館は見かけましたけれど、そんな風にがっちりした家はとても少なかったし、クラスの友だちの中にもそんな家に住んでいる子はいなかったわ。「北国で寒いところなのに、家の造りが粗末だった」と、母があとから言っていました。

冬になると食べるものが限られることが、子どもの目にもわかりました。ホウレン草などの新鮮な野菜類は道内で調達できないから、遥々《はるばる》と本州から青函連絡船の貨車に積まれてやってくる貴重品で、めったに口に入りません。そもそも、いまのように生野菜を食べる習慣は日本中になかった。地元でとれた塩鮭やニシン漬け、玉子、到来もののカニや魚の粕漬、保存している根菜類や白菜の漬物などが主なおかずだったのかな。牛肉や豚肉はもちろん、鶏肉さえ食べた記憶がほとんどないのです。冬にはいったい何を食べていたのだろうと母に訊ねたことがありましたが、「何を食べていたのかしら……」と、彼女の記憶もあやしいものです。ハウス栽培、冷凍・冷蔵による保管などの技術はまだ無かったから、近くの八百屋さんでは、店内の地下が梯子で降りる深いムロになっていて、覗き込むとひと冬中に売るジャガイモやタマネギなどがたくさん入っていました。

屋根の雪は厄介もので、大量に滑り落ちる前に、便利屋さんを頼んで雪下ろしをしてもらわなければなりません。たいていの家はトタン屋根だったから、暖房の熱で積もった雪はじわじわ解かされて、前ぶれもなくいっきに滑り落ちて軒下にたまり、縁側の外がふさがれてしまうほどです。

やってきた便利屋さんの風貌は印象的でした。大柄で髪の毛は少し茶色がかっていて、黒縁メガネをかけていました。誰かにそっくりだったなぁと思ったら、テレビドラマ「スーパーマン」のクラーク・ケントによく似たおじさんでした。屋根に上がったおじさんが馬ソリの荷台めがけてスコップで雪の塊を下ろし、ソリに積んだ雪をすぐそばの豊平川の堤防まで捨てに行きました。堤防といったって、今のようなコンクリートではなく「土手」です。土手の上から川岸にむかって雪を投げ捨てるので、捨てられた雪がどんどんたまっていくけれど、川は凍らずによく流れているので、雪の塊は少しずつ川の水に解け込みます。

川と反対側の土手の急斜面では、近所の友だちと思いっきり雪遊びに熱中しました。いまのようなプラスチック製のソリなどなかったから、大きなスコップに座り、前にしたスコップの柄を両手で持ってソリ遊び。短い急な斜面の下の方に小さなコブを作り、スキーで飛んでひっくりかえりながらも、ジャンプのまね事を飽きるまでしたものでした。

少し奥まったところにあったわが家から表に出ると、道立札幌南高校に通じる広い道路がありました。雪のない季節には三角ベースのソフトボールができるほどの道幅でしたが、新雪の積もった朝は、家々から人が出てきて通学する子どもたちのために道づくりをしてくれました。面白かったのは路面電車の雪かきです。車体の正面にお化けのような大きなタワシをつけた除雪用の電車が走ると、線路をかいて少し汚れた雪がまき上げられて吹雪のようになります。学校帰りにそのお化けタワシが向こうからやってくると、私は友だちと一緒になって電車の来るのを待ち構えて「吹雪」の中にわざと飛び込みます。「ひゃっ、いい、ひゃっ、いい！（冷たい！）」と叫び声をあげながら、鼻の中まで雪だらけにして大騒ぎしたものでした。

通っていた幌南小学校の校門を入ってすぐ横には赤レンガ製の立派な石炭庫があって、テカテカと黒光りする石炭がいつも山積みにされていました。そして、広い教室の教壇横には鋳物製の大きなダルマ型石炭ストーブがデンと置かれていました。広さが今の二倍以上ある教室で、担任が一人で授業。いまでは考えられない六十五名の生徒があふれかえる教室だったけれど、おおらかでのんびりした空気が漂っていました。先生も生徒も細かいことに拘らず、「それでいいんでないかい！（それでいいでしょう！）」で済ませていたところがありました。

幌南小学校は、校庭をはさんで柏中学校と向かい合っていました。冬になるとどちらの学校も校庭が使えなかったのですが、天気のものすごくいい日に、一度だけクラスのみんなで雪合戦をしたことがありました。雪かきをしなかったから校庭の雪は積もるいっぽうだし、二階建て木造校舎のトタン屋根から積もった雪が滑り落ちてきます。学校の屋根はサイロの屋根のように二段階の傾斜がついていて、少し積もった雪がどんどん滑り落ちるようになっているのです。屋根の庇《ひさし》には人の脚ほどもある太くて長いツララが下がっていたから、校舎の近くには、とてもとても怖くて近寄れません。

昭和三十年頃の札幌には、戦後の痕跡がいたる所に残っていたようです。夜になると、当時としては一番高いビルだった八階建てデパートの屋上から夜空を照らすサーチライトの黄色い光が旋回していました。「ソ連の飛行機がよく飛んでくるのよ」と、母が教えてくれました。藻岩《もいわ》山のアメリカンスロープも進駐軍の置き土産の一つでした。初心者が直滑降で滑っても自然に止まるような緩やかな斜面だったから、四年生のスキー遠足はそこに行きました。買ってもらったヒッコリーの重いスキー板を必死の思いで担いで歩いたことを憶えています。スキー靴やゴム長靴を板の留め金に挟んで滑りました。小さなリュックにはおにぎり二個、アルマイトの水筒、おやつのキャラメル一箱。遠足のおやつはたいてい五十円以下と決められていたから、バナナ一本余計に持っていくことができない、そんな時代でした。

雪がきれいなものではないと知ったのは雪解けの頃。家々の煙突から吐き出されたばい煙で雪の表面はうっすら黒っぽくなり、その上を新雪が覆って汚れを隠していきます。黒い汚れはどんどん下の方に沈んでいくから、三月から始まる雪解けといったら酷いものでした。雪に隠れていたゴミもあらわになるし、当時の住宅街の道路は土だったし、雪解け道は雨の後のようにいつも泥道になるのです。

待ちに待った四月。馬の引く荷車が通る街中の道路には、馬草《まぐさ》の混じった馬糞がところどころ遠慮がちに落ちていて、乾燥したそれをまき散らす風のことを「バフン風」と呼んでいました。そして五月。梅も桜もライラックも、春を待ち望んでいたように色々な花がいっきに咲きます。それからしばらくすると鈴蘭が咲き始め、郊外の月寒《つきさっぷ》の丘で鈴蘭狩りをしたことがありました。

昭和三十四年十二月、小学五年生の二学期を最後に、札幌での暮らしは終わりました。暮れもおしせまった三十日、両親と私の三人は、千歳空港で大勢の見送りを受けて雪の札幌に別れを告げ、父の転勤先である大阪へ出発したのです。

大学一年の秋に北海道旅行をしたとき、五年生の担任だったY先生に会いました。担任当時の彼は、北海道教育大学の函館分校を卒業したばかりの新米先生で、メガネをかけた背の高い厳しい先生でした。今なら体罰になるだろうけれど、たびたび脳天に拳骨《げんこつ》をくらわす人で、私は痛くて泣いたことがあります。先生は、地域ごとに母親を集めて勉強会をするような教育熱心なところがあって、わが家がその会場になったりしました。転校する前に挨拶のために学校に出向いた父は、「娘には自由に自分の好きな道を進んで欲しい」と話したようで、受け持ち生徒の父親と話す機会など全くない時代だったから、Y先生にはその時の父の様子と言葉が強く印象に残ったそうです。四十少し手前だった父は、いよいよ働き盛りの時期を迎えていて、子育てどころか家庭生活をまったく顧みないひとでした。それでも、ひとり娘の人生に対して早くから何か夢を描いていたのでしょう。Y先生の話を聞いて父の意外な胸の内を知って嬉しかったけれど、札幌時代の若かりし父の姿を思い出し、少し切なくなりました。

当時の札幌は、一年の半分が雪の世界になりました。大人たちの苦労をよそに、私はまるで懐かしいものに再会したかのように嬉々として雪と戯れ、雪との物語を紡いでいきました。私にとっての雪は、天からの贈り物。わずか四年半しか暮らさなかった札幌だけれど、小学一年生の冬から抱えきれないほどの贈り物をもらいました。

　そのときから数えて六十五年。今の札幌はすっかり様変わりしたけれど、私の故郷はやっぱり札幌に違いない。これからもその気持ちに変わりはないのです。

ボーンマスの水仙

まさかその手紙が母の遺品の中に遺されているとは……。

一九七二年三月、イギリスから大阪の両親宛てに出した十四通のエア・メールです。旅行社が企画した春休みの語学研修に参加し、イングランド南西部にあるボーンマスという町に三週間滞在していたときのものです。

手紙の内容は、初めて経験する外国生活での出来事と、感じたことや考えたことを細々と書き留めた日記で、とりたててどうということのない中身なのです。親を安心させるためにせっせと書いたものだし、急いで書いたらしい誤字の多い乱雑な文章は少しばかり理屈っぽくて、気負い気味だった若い「私」が便箋から顔をのぞかせています。

そんな若い私に誘われて、手紙の中の英国をもう一度訪ねました。

三月五日（日）ジェームズ夫妻

早朝のロンドン・ヒースロー空港から、八十名の参加者がコーチ（長距離バス）二台に乗り、約二時間かけて三三号線をボーンマスへ。初めて見るイングランドの風景に目を奪われる。遠くには幾重にもうねるように広がる淡い緑の草地。道路沿いにはブラック&ホワイトと呼ばれる白壁に黒い木組みの家。オーク（樫の木）の茂る深い森のかたわらを走り、サザンプトンを経由してゆるやかな丘の上に広がるボーンマスの町へ。

キングス・イングリッシュ・スクールに着くと、学校の職員がホーム・ステイ先のジェームズさん宅まで車で送ってくれた。白い壁と黒い屋根の平屋の家の前で車は停まった。玄関ドアが開くと、ジェームズ夫人が前庭を歩いてきて門まで出迎えてくれた。ここは、パインヴェール・クレセントという美しい地名の住宅地。レッド・ヒルと呼ばれる松林（パインヴェール）の帯に沿って緩やかにカーブをえがく三日月形（クレセント）をした土地で、レンガ造りや白壁の家などが道路に面して整然と並んでいる。

見上げるほど背の高いジェームズ氏がニコニコしながら家に招きいれてくれた。物静かな印象の初老の男性。お互いに簡単な自己紹介をしたとき、「二十三歳には見えない、十八歳に見えるわ」と、夫人から言われた。小柄な私は、よほど子供っぽく見えたのだろう。ジェームズ氏はボーンマス出身で、五十七歳の郵便局の職員。彼に負けず劣らず大柄でほっそりした夫人は、ウエールズ地方のカーディフ出身。聞きとりやすいクリアな英語で、まるでアイリッシュ・ダンスのタップのように弾む声の持ち主。

外から見て想像したよりも家の中は広い。娘さんの使っていた八畳ほどの部屋に案内される。小花模様の壁紙、白い小さなドレッサー、大きなベッド、黄緑色の机、ハウ・ツウものが何冊か並んだ本棚、そして花模様の絨毯。きれいで落ち着くわ。

今日は日曜日なので、昼食が「ディナー」とのこと。前庭に面した出窓のある食堂でテーブルを囲む。銘々の大皿に、マトンの煮物、フライドポテト、茹でたホウレン草をつぶしてベチャベチャ状態のもの。デザートは、カスタードクリームの中に、イチゴパイがどっぷり漬かったもので強烈な甘さ。そして、紅茶とオレンジ・ジュース。

夕食は簡単メニュー。サラダ、パン、マドレーヌ風お菓子。食後は応接間のソファで夫人お気に入りのエンゲルバルト・フンパーディンクの歌を白黒テレビで鑑賞する。夫人の大好きなトム・ジョーンズはウエールズ出身らしい。

台所で片づけを手伝う。驚いたのは、調理用レンジがガスではなく電気だったこと。「少し前まで石炭会社のストライキがあって、停電が続いて大変だったのよ」と、夫人がこぼしていた。

「タマネギの匂いが臭くてイヤ」。彼女は鼻をムズムズさせながら細長い缶を持ってきて、シュッ、シュッと台所内に消臭剤を噴霧。初めてみる光景で、消臭剤など見たことがなかったので、それにも驚いた。

初日だからといって特別なことは何もなく、普段の簡素な食事だった。肉料理の付け合わせにホウレン草をつぶして食べるなど、まるでポパイの漫画に出てくる缶詰だと思った。ちっとも味のしない緑色の塊だった。石炭ストのことは日本の新聞で知っていたけれど、年始めから四十日間も続いたので、火力発電量が落ちて、停電・節電が長引いたらしい。

三月六日（月）嵐の中の初登校

家の近くの停留所で№2のバスを待っていたら、「もう八時二十分に行ったわよ」と、道の向こうの家のおばさんが大声で教えてくれた。しかたがないので、嵐の中を少し先の大通りまで歩く。傘がアップ&ダウン（ジェームズ夫人の表現）になる。通りすがりの郵便配達員に訊ねて、ボーンマス・スクエアまで行くバスを教えてもらう。№6、黄色の二階建てバスに乗る。八ペンス（当時のレートで六十四円）。親切な運転手さんで、「スクールならブレイダリー・ロードで降りなさい」。

登校してすぐに、クラス分けのテスト。その結果、セカンド・クラスに入った。五クラスまである。一クラス十〜十五人ぐらい。会話のテキストとボーンマスの簡単な地図をもらって帰宅。ジェームズ夫人はとても心配していたけれど、今日一日のことを報告すると安心した様子だった。

夕食はカレーライス。コメはロング・ライス（長粒米）で、お粥のようなご飯に肉入りカレーをかける。味は、食べ慣れたカレー味。私のために、コメのメニューにしてくれたのかと、嬉しかった。ご飯の炊き方を訊ねてみる。

「コメに対して一五〇パーセントの水、そして少量の塩で煮るわ」

「日本では、一二〇パーセントの水で、塩は入れないのよ」

「本当？」

「いつか日本のご飯をつくるわ」

「それは嬉しいけど、あなたはイギリスにいる間はイギリスの食事を食べるべきよ」

ショート・ライス（短粒米）のご飯にはミルクをかけて食べるそうだ。たぶん、オートミールのような食べ方をするのだろう。

三月七日（火）パブで交流会

今朝はバスの便数の多いウィンボーン・ロードまで歩いた。ジェームズ夫人は、チャーミングなレインハットとコート姿で嵐の中をバス停まで案内してくれた。いつになったら晴れる日が来るのだろう。ついてない。登校途中にスクエアで降りて、日本のような「なんでも屋」でボーンマスの詳しい地図を買う。十五ペンス。スケッチ用にペンギン社製十二色の水性カラーペンも買う。

ボーンマスはイギリス海峡に面した人口十万人の小都市で、温暖な気候の保養地として知られている。街の中心地は賑やかで、大きな聖堂もある。スクエアから南へ向かって下って行くと、ボーンマス・ビーチにでる。目の前にイギリス海峡が広がる。

スクールはスクエアから近い。今日は五十分、四コマの授業。そのうちの一コマはランゲージ・ラボラトリーのブースに入って、イヤホンを耳に講師とのやりとりで発音の練習。

夜は街中のゴーゴークラブ51でさっそく交流会。ドイツ・ハイデルベルクで経済を専攻する男の子と話す。外国人の男の子は落ち着いていて大人びてる。それに比べて日本人の男の子は子供っぽく見える。ドイツ人の彼は、南アジアには関心があるらしいけれど、日本に対する関心が低いのでがっかり。スチューデント・パワーのこと、ドイツで禁止されている長髪のことなどを話す。

帰宅はタクシーで。運賃七十二ペンス+チップ二十ペンス（約八百円）。夜間のタクシーは、二十五ペンス（二百円）のチップをはずむようにと旅行社の添乗員から言われていたけれど、ケチった。シャワーをしてベッドに入る。

三月八日（水）ジェームズ夫人

六時まで授業に出てから真っ直ぐ帰宅する。

ジェームズ夫人は編み物が大好き。娘さんのところの六カ月になる孫に贈るベッドカバーにするために、水色と白の毛糸で十センチ四角のモチーフをたくさん編んでいる。編み物をしながらの会話の最中でLとRの発音を直される。彼女は、shall と will とをうまく使いわけるので感心する。私はたいてい will にするけれど。夫人は英語教育のことも教えてくれた。

「ライトの gh やサイトの gh みたいに、サイレントの綴りは書かないように最近の小学校では教えているらしいわ」

私の方からは簡単な日本語を教えてあげた。

「オハヨウ。コンニチハ。オヤスミナサイ。サヨウナラ。アリガトウ」

夕食は、ラムチョップ、ポテト、芽キャベツ、パン。

「まあ、いい子ね。では紅茶をあげましょう」

全部食べたら褒めてくれた。彼女の料理に少し慣れてきたみたいだ。

応接間のソファで、夫人と私は持参した日本のたばこ「チェリー」を一服しながらサクランボの甘いシェリー酒をチビリ、チビリ。ジェームズ氏は禁酒している。以前に脳の手術をしたらしい。彼にも簡単な日本語を教えてあげた。十一時からテレビでフット・ボールを観る。私が船を漕いでいるそばで夫人はエキサイト。終わってから、三人でミルクティーを飲んで寝ました。

三月九日（木）明日に架ける橋

授業のあとでロンドン一泊旅行を友人と計画。その後、学校のカフェテリア横の小部屋でひとりピアノを弾きながら歌を口ずさむ。「明日に架ける橋」「イエスタデイ」「ゴーゴー・バッハ」になんだかホッとした。そばで聴いていた日本人の男の子が、ピアノの上に小さな紙きれを置いてから部屋を出て行った。「好きです」だって。こういうの嫌なのよね。バカみたいと、思った。夜は日本人の別のグループが帰国するのでお別れパーティー。

三月一〇日（金）デイヴィッド

午後だけの授業が終わって帰宅。「ハロー」と言って帰宅すると、別の部屋にいる夫人が「ホーホー、ホーホー」と、ハトのような鳴き声で応える。おきゃんなひとだ。夕食は美味しいフィッシュ・コロッケ。八時半、ジェームズ氏はダーク・スーツに着替えてクラブへ。金曜日の夜は玉つきや投げ矢に興ずるらしい。

夜遅く、息子のデイヴィッドがロンドンからボロ車で帰省。年齢は私と同じなのに、ヒゲを生やしているうえに肩までの長髪だし、ヌーっと大きいのでかなり年上に見える。彼はロンドンで広告の写真を撮っているカメラマン。私のニコマートに興味を示し、手に取ってしきりと眺めまわしていた。彼のカメラもニコンらしい。

「日本はどのくらいアメリカナイズ（コカ・コロナイゼーション）されているの？」

「かなりね……」

「日本の教育制度はどうなっているの？」

「小学校六年、中学校三年、高等学校三年……」

「きみは何を勉強しているの？」

「バイオロジー（生物学）……」

「日本ではカラーテレビはいくらするの？」

「二百ポンドぐらいかな」

「イギリスでは三百ポンド以上する贅沢品だよ」

物静かな感じの人だけど、色々話が弾んだ。デイヴィッドと話していて、自分の語学力の低さを痛感。こみ入った内容になったとき、相手の言っていることはだいたいわかるけれど、返す言葉がすぐには見つからない。それなりの考えはもっているのだけれど、英語で説明できない。ボキャブラリーがあれば、もっと今の日本について色々説明できるのに。

三月一一日（土）、一二日（日）ロンドン観光

土曜日の朝、親しくなったクラスメートと三人で、列車の週末割引料金を利用してロンドンへ。ロンドンの赤いチューブ（地下鉄）の天井は低くて通路は狭い。おまけにゴミだらけ。肌の色の濃い乗客が三分の二。国際的とはこのことかと、東京の地下鉄との違いに愕然とする。大英博物館近くの安宿に泊まる。日曜日の朝、ウエストミンスター寺院の祈禱と説教に参列。聖歌隊の歌、荘重なパイプオルガンの音色にズシンと感動。

買い物に行く友人二人と別れて、一人で大英博物館へ。一番興味を持ったロゼッタ・ストーンの他に、ミイラ、チベットやネパールの仏像、歴史的人物の手紙や直筆の楽譜、中東の文物など、ここの「略奪物」の多さに圧倒される。ナショナル・ギャラリーでレオナルド・ダ・ヴィンチの絵を観てからハイドパークへ。公園近くのインド料理店の「ホット（辛い）」カレーを味わって、夕方の列車でボーンマスに帰ってきた。

三月一三日（月）深まる会話

午後から、バスで十五分の港町プールへ。ここには、プール・ポタリー（プール焼）の窯が

ある。一九二〇年から始まった新しい陶器窯で、近くのデボン州やコーンウォール州からクレイ（粘土）が出るらしい。平凡な食器を焼いている。シュバイツァーに似た白髪・お髭の陶工と話をする。

「益子焼、志野焼、織部を知っていますか？」

「いや、知らないよ」

プール・ポタリーの製品は、日本の陶器に雰囲気が似ている。

「きみは、バーナード・リーチを知っているかい？」

「ええ、もちろんよ。花瓶をもっているわ。バラがよく似合うわよ」

無口な陶工は、微笑み返してくれた。

夕食後に、ジェームズ夫妻とたっぷり話す。

第二次世界大戦中のことを訊いたら、ジェームズ氏が北アフリカやイタリアで従軍していたことを教えてくれた。なぜ戦争のことを訊くのかと思われたみたいで、ちょっとご機嫌を損ねたかもしれない。彼はオーストリアにいたこともあるそうで、ドイツ語が話せる。わたしの下手なドイツ語の挨拶を「ジャパニーズ・ジャーマニー」といって面白がってくれた。

ロンドン観光でのウエストミンスター寺院のことを話した時は、教会にはほとんど行かないということやアイルランド紛争も理解できないと、三人とも言っていた。デイヴィッドは洗礼名の書かれたカードをわざわざ見せてくれたからクリスチャンでしょ。

家庭内で「個人主義」がはっきりしていることには驚いた。食事は別々のことが多い。ジェームズ氏が食べているときも、夫人は別の部屋で編み物をしている。だからといって夫婦仲が悪いわけじゃない。台所で楽しそうにお喋りしながら二人で洗いものをしている。

街角では親切にされることが多い。歩いているときに場所を訊ねるとそこまで案内してくれる。ただし、こちらが「イクスキューズ・ミー」と積極的に助けを求めなければならない。そして、訊ねられてわからないときは、別の人を引き留めて確かめてくれる。それに、コーチ（長距離バス）の乗り降りでは、必ず運転手さんが介添えしてくれる。なんだかレディーになった気分よ。

ジェームズ夫人とわたしの家族のことを話しているときだった。

「日本では、同居している嫁と姑のトラブルが起きる家が多いわ」

「なあに、それ」

彼女はとても驚いた。

「若い人と年寄りとが一緒に暮らせるわけがないわ。信じられない、信じられない……」

なんども信じられないを繰り返したので、その強い反応にわたしの方こそ驚いた。

三月一四日（火）バースとソールズベリー

お天気に誘われ、学校を抜け出て一人で小旅行へ。ボーンマスから八十キロ北、ブリストル近くのバースへ。ソールズベリーを経由する。ソールズベリーのカシードラル（聖堂）は一二二〇年建立。イギリスで最も高い尖塔が天を突いている。鋭い塔の先端にはもちろん十字架が。

バースは谷間にあって、周辺の丘が美しい。紀元四〇〜四〇〇年にローマ軍の侵略を受けたこの地には、今でも温泉が湧いている。英語の「バス（風呂）」の語源になった所で、ローマ人の作った浴場の遺跡がある。石器・土器・金属器・ローマ皇帝の姿が刻印されたコイン等々、出土品が博物館に陳列されている。

帰宅してからジェームズ夫人にバースのことを報告。

「カーディフに帰るときはブリストルまで行って、フェリーでブリストル湾を渡るのよ。ここから車で三時間ぐらいよ」

そう話しながら、彼女は遠くを見るようなまなざしをしてフッと、ため息をついた。

三月一五日（水）オックスフォード

学校の「修学旅行」でオックスフォード大学とシェークスピアの生家のあるストラトフォー

ド・アポン・エイボンへ。オックスフォードでは、カレッジのダイニング・ルーム、図書館などを見学し、ガウン姿の先生や黒いスーツの胸に白いカーネーションをさした学生たちが行き交う庭を散策した。その後、大学街のブロード・ロードにあるブラックウェルという大きな書店に入り、記念にボールドウィン『動的生化学』の原著を買った。三ポンド六十ペンス（約三千円）。

オックスフォードのあるイングランド中部の地形はほぼ平らで、イギリスって広いなぁと思う。見渡す限りうねるような緑の丘。所々にこんもりした深い森。羊、牛、馬の放牧もよく見かける。どこに行っても山の見える日本とはずいぶん違う。日本は国土の八〇パーセントが山だが、イギリスはその逆。イングランドには山がないといってもいい。山を引き受けているのは、スコットランドだから。

三月一六日（木）一人旅の準備

三月一七日（金）〜二一日（火）スコットランド一人旅

三月二二日（水）Daffodils　come　out!

スコットランド旅行から帰ってみたら、前庭にいっぱい植えられているラッパ水仙と門の左右の塀際に数本あるフォーサイス（レンギョウ）の黄色い花が開き始めていた。

「Daffodils come out!」

ジェームズ夫人は、リリカルな口調で叫ぶ。カム・アウト（咲いた！）という言葉が彼女の口をついて出ると、可憐なラッパ水仙の花が春の陽射しに目覚めたような響きを感じさせる。彼女の様子を見ていると、出窓の花瓶で咲き乱れるチューリップにも、何かささやきかけているときがある。

午後から、一人でボーンマス・ビーチへ。砂浜で裸足になり、イギリス海峡を前にして波打ち際へ。おむつを外されたヨチヨチ歩きの子が、素っ裸で波と戯れている。


【追記】ジェームズ夫人はユーモアたっぷりのキュートな女性として私の心深く棲みついています。ウエールズ人は、スコットランド人やアイルランド人と同じように、ケルト民族の血と文化を濃厚に受け継いでいる人々だということをあとから知りました。ジェームズ夫人の弾むような発音やチャーミングな仕草は、ケルトの片鱗なのかもしれません。「アイルランド娘は、アキュートもしくはキュートな子が多い」（司馬遼太郎『愛蘭土紀行Ⅱ』）。なるほど、ウエールズ娘である夫人もきっとそうに違いありません。彼女の愛でるDaffodil（ラッパ水仙）がウエールズのシンボルということも最近知りました。彼女にとってのラッパ水仙は、故郷の花なのです。

三月二三日（木）　名残惜しい

朝日が輝く中、パインヴェールを抜けて丘を登り、家並みを通り過ごして散歩する。来たときは、学校からずいぶん離れたところで困ったなと思ったけれど、むしろ自然豊かな広々した環境で、素晴らしい所だと思いなおした。午前中に最後の洗濯をして、パインヴェールの見える裏庭に干す。学校から帰ってみたら、乾いた洗濯物がきちんとたたまれて、ベッドの上に置かれていた。

スコットランドから戻ってくると、イギリスを見る目が少し変わった。イギリス社会の奥の方に目が向くようになった。そして、学校に行くのが嫌になった。学校の授業よりもイギリス人の中に入って積極的に話す方が英会話は上達すると思えるのだ。

授業の講師は、中近東、アフリカ、北欧、南アジア、そしてヨーロッパ大陸などで短期間英語を教えてまわる人たちらしい。彼らは授業中に平気で欠伸をするし、アゴで生徒を指したりして感じの悪いときがある。月給は百ポンド（八万円）だと友人が言っていた。

「イギリスではオックスフォードやケンブリッジを卒業すると初任給は四百～五百ポンド（三十二万～四十万円）だけど、他のカレッジ卒業の初任給は百ポンド（八万円）程度だよ」

「日本でも大学卒業の初任給は百～百二十ポンド（八万～十万円）ぐらいよ」

デイヴィッドとはそんなやりとりをしたことがあった。

夕食後、ジェームズ夫妻と話す。

「もっといてくれたらいいのに……」

私には、返す言葉が見つからない。

三月二四日（金）最後の夕食
午前中は荷造り。午後は最後の授業。

最後の夕食は、コールド・ビーフ、生野菜、ひき肉のシチュー、お手製のアーモンド風味のババロア。

夜遅くにデイヴィッドがロンドンから帰省した。

「ボーンマスは海外の若者が集まっているのに、ここのイギリス人はあまりオープンじゃない。日本人は壁を作るというけれど、それは日本人だけではないと思う」とわたしが話すと、「そうだ、そうだ」と言いながら、彼は父親の方を指さす。

「ロンドンでは、ポートベロ・マーケットに行ってみると楽しいよ」

いつまでも三人で話していたかったけれど、荷造りが途中だったし、ボーンマス最後の手紙を書かなければならなかったので、お喋りは一時半で終わりにした。

三月二五日（土）　サヨウナラ

少し、風邪気味。食欲がなく、最後の朝食は、缶詰のグレープ・フルーツ、ボイルド・エッグ、紅茶。ジェームズ夫人に最後の挨拶。

「日本にいらっしゃい」

「いつか、行くわ」

最後だというのに、わたしはきちんとしたお礼の言葉も言えなくて、ただサンキュウを繰り返すばかりだった。

三週間滞在したジェームズさん宅を去るこの日の朝は、ぬけるような青空が広がっていた。小さな前庭のフォーサイスとラッパ水仙には、眩しい陽光がふりそそいでいる。

「ダッフォディルズ・カム・アウト！」

光の粒のようにキラキラ輝くリリカルなウエールズ訛りがわたしを見送ってくれる。彼女は涙を浮かべながらわたしを強く抱きしめて、おもいっきり大きな音で頬に口づけしてくれた。

「アリガトウゴザイマシタ、バイバイ」

わたしは、パインヴェール・クレセントの白い小さな家に向かって別れを告げ、迎えにきたタクシーで、集合場所の学校へと急ぐ。

ロンドンでは英国最後の観光気分を味わおうと、ビートルズのレコードジャケットになっているアビー・ロードを歩いたり、デイヴィッドに教えられたジプシーのポートベロ・マーケット（蚤の市）をひやかしたりした。

夜にジェームズさん宅へ再びお別れの電話。

「ロンドンは雨よ。アリガトウゴザイマシタ。バイバイ、サヨウナラ」

「ボーンマスも今夜は雨よ、サヨウナラ、バイバイ」

明日二六日（日）は参加者四十名でフランスへ向かう。パリ、ジュネーブ、ローマを巡って、一週間後の四月二日に帰国する予定だ。


両親に宛てた手紙の日付は、三月二五日（日）でお終いになっている。

東京に帰ってしばらくしてからジェームズ夫妻にお礼の手紙を書いたら、翌年の春になって夫人から返事がきた。

「あなたが帰った後は、誰もお世話しなかったわ。娘のヴァレリーに二番目の子どもができて、上の男の子を見るための手伝いで忙しかったのでね。ロンドンはＩＲＡのテロで物騒になって、カメラマンのデイヴィッドを心配しているのよ。そして、夫婦二人でスペイン旅行に行ったわ。スペインは近いし、安いのよ」

あとから気が付いたけれど、ジェームズ夫妻をファースト・ネームで呼ぶことはなかった。私のことは、「アキコ」と呼んでくれたけれど。手紙の差出名も、ミスター／ミズ　ジェームズになっている。

カズオ・イシグロ『日の名残り』

さて、五十年前に書かれた自分自身の旅行の記録と記憶を丹念にたどり、あらためて文章として綴りたいと思ったのは、ある小説の中で呟かれた主人公の言葉と懐かしい地名に背中を押されたからです。

カズオ・イシグロ『日の名残り』という小説があります。ご存じの方も多いでしょう。その中には一九五六年七月当時のイングランドの風景がたっぷり描かれています。私の英国旅行の十六年前の話です。

イングランド中部のオックスフォード近郊にあるダーリントン卿の館。そこに仕える執事スティーブンスが主人公です。かつて館の女中頭をしていた同僚を訪ねるために出た小旅行で、一日目の夜を過ごすのはソールズベリーの素朴な安宿。翌朝、彼は大聖堂の尖塔を眺めながら街の中をゆっくり散策します。

第二次世界大戦中に館で起きた様々な出来事を克明に回想しながら主人公は旅を続けますが、

「そんな過去のことを振り返るために旅に来たわけではない。イギリスの田舎のすばらしさを存分に味わえる、私にとってはきわめてまれな機会のはず」と、彼はフォードのスピードを落として小川や谷の景色に目をとめ、草地の香りを思いっきり味わいます。

かつての同僚に会ったあとで、旅の最後に訪れるのがウェイマスです。「この海辺の町は、私が昔から一度は来てみたいと思っていたところです。旅行者を何日間も飽きさせない町と聞いている」と賛美していた町で、私が三週間滞在していたボーンマスから西へ、プールから三十分ほど行ったところにある海辺の保養地です。私はスティーブンスに背中を押され、五十年前の情景をもう一度脳裏に甦らせて、この滞在記を書いてみたいと思ったのでした。

ところで、初めて日本を離れて三週間を過ごした英国での生活は、私の人生においてかけがえのない日常だったと思いますが、そこで感じたことや考えたことを長い間顧みようとはしませんでした。しかし、醸造樽の中で液が静かにしみ出て上清《じょうせい》となるように、想い出という塊の中から自然にしみ出てきた英国の印象に、あるとき気づきました。

「フェアな態度」。それはイングランドやスコットランドで接した人々から受けたはっきりした印象でした。相手と少し距離をおきながら、対等に相手とかかわる。その態度が堂々としていたのです。堂々と主張するといっていいかもしれません。そして、彼らのそうした態度は、当時の私にとってとても心地よいものであり、好ましく思いました。

彼らはなぜそうできるのか。勝手な推測になるけれど、だれかれ区別なく人間に接する上での「基準」あるいは「ルール」といえるものが彼らにはあり、それに照らして判断・行動する「個人の行動規範」があるのではと思いました。その規範がキリスト教の教えに基づくのか、国の教育によるものなのか、あるいは社会通念・常識といった経験則なのかはわかりません。

誰かに教わったことではないし、誰かに向かって主張したわけでもないのですが、長く携わった大学教育という仕事のなかで、物事や人間関係において常にフェアでありたいと心がけてきました。そのためには、自分の視線の先に見つめることを定め、それを基準にして物事や人間関係を判断し、行動すべきと考えてきました。いま思えばおそらく、二十三歳のときの英国滞在の経験が、その後の私の中にずっと生き続けていたのです。

懐かしい英国の自然と人々。三週間という短い時間の中で言葉の不自由さをもどかしく思いつつも、出会った人々との間に共感できるいくつものことがらを発見しました。なによりも、リリカルなジェームズ夫人の春の声がいまも耳の奥に残っているのです。英国旅行は、その後の私の人生にとって一番大切なことを教えてくれた旅だったのかもしれません。

スコットランド一人旅

さまよいたい

いまから五十年前のスコットランドといえば、スコッチウイスキー、タータンチェック、そして幻の怪獣ネッシーなど、一般的な知識はその程度だった。イギリス旅行のガイドブックを見ても、スコットランドに関しては都会のエジンバラやグラスゴーなどについての観光案内が載っている程度だったから、よくわからない所というだけで、私の好奇心はかなりそそられていた。イングランド南西部にあるボーンマスでの英会話研修が目的とはいえ、英国滞在中にそこに行かない手はないし、できれば行ってみたいという望みを抱いて日本を出発した。

「旅は未知なるものに引かれていくものであり、それだから漂泊の感情を伴っている」とは、三木清『人生論ノート』。スコットランドに行く理由を二十三歳になったばかりの私に向かって問い質せば、「ただ漂泊したいだけよ」、という本音が返ってくるに違いない。

そういった行動にでた背景には、大学山岳部に属して山登りをしていた経験があった。「山行計画」を立てるときは必ず国土地理院発行の五万分の一地図を買い求め、ガイドブックの登山道を色鉛筆で地図上に書き込んでいく。地図の等高線は二十メートル間隔に引かれている。間隔が狭ければ急な勾配を示すし、幅が広ければ斜面は緩やかである。地図上の様々な記号を読みとりながら地形や樹林の種類を想像し、登る前から山の姿や高さを頭の中に描いてワクワクしていた。

山登りの経験から、知らないところに出かけることに迷いはなく、スコットランド旅行に対しても緊張感はあっても不安を抱くことはなかった。たとえ一人旅だとしても平地だからと高を括っていたのは確かだが、英会話学校での一週間がトレーニングになって、会話に少し慣れてきたこともあった。漂泊であれ放浪であれ、およそ旅は目的などなくてもいいし、出会った人や景色との一期一会を愉しめればそれで充分なのだから。

エジンバラへ

「モンスター（ネッシー）に会いに行く」。取ってつけたような理由をホストファミリーのジェームズ夫妻や研修ツアーの添乗員に伝えて、その頃日本でも話題になっていたネス湖を訪れるための二泊三日の計画を企てた。出発前日に、ボーンマスの旅行社でロンドンからエジンバラへの航空券とエジンバラとグラスゴーのホテルを予約する。エジンバラだけには行ってみたいという英会話の堪能なクラスメートとはじめのうちは二人旅。

ところが旅の初日から計画は大幅に狂い、先が思いやられた。飛行機のロンドン出発は二時間半の遅れ。おまけに、濃霧のためにエジンバラ空港には降りられないのでグラスゴーまで行き、そこからエジンバラまでコーチ（長距離バス）で戻るという空港でのアナウンス。結局、予約していたエジンバラのホテルに着いたのは夜中で、夕食は食べずじまいだった。翌日からは友人と別れて一人旅。列車とバスを乗り継ぎながらネス湖（ロッホ・ネス）を経てグラスゴーまでを一日で進むという予定だ。

ところで、スコットランドが北海道に匹敵する面積だとは知らなかった。その半分を一日でぐるりと周るなどは考えただけでも無茶な話だったのだ。しかし、そのことに気づいたのは、愚かにもエジンバラを出てからだった。そんなことは無理だと、どうして誰も言ってくれなかったのだろうか。そうか、みんなスコットランドのことをよく知らなかったからだ。

詳しいガイドブックなどない。いまのように安直に調べられるインターネット情報や携帯電話もない。列車やバスの時刻表は手に入らず、無いない尽くしの出たとこ勝負。初級レベルの英会話能力をフルに駆使し、あとは自分自身の勘だけが頼りである。「人さらいにだけは気をつけなさい」と、日本を発つ前に言われた母親の大げさな忠告が現実味を帯びてくる。何があっても他人のせいにはできない。ここは日本の北海道じゃない。怖いもの知らずの若気の至りとはこのことである。

ローズおばさん

エジンバラの朝は前夜から続く深い霧の中にあった。ウェイヴァリー駅でアバディーン経由インヴァネスまでの乗車券を買う。四ポンド五十ペンス（三千六百円）。北海沿岸をひたすら北上する路線だ。

座席は向かい合わせの四人掛け。ゆったりしていて、真ん中にテーブルがある。

向かいの席には全身ローズ色ずくめのおばさんが座った。帽子、コート、バッグ、靴など、全身が鮮やかな濃いローズピンク一色。ド派手といってもよいのだが、なぜか品がよい。どういう方なのかしら、と目が釘づけになる。いまでもエリザベス女王の色鮮やかな帽子とコート姿を拝見すると、必ずこの「ローズおばさん」の姿を想い出す。日本の街なかではお目にかかれない中年女性の素敵な姿にしばし見とれていたが、思い切って話しかけてみる。

「どこまでいくのですか」

「ダンディーまでよ」

そこは、エジンバラとアバディーンとの中間にある町だ。

「あなたはどこまで行くの」

「アバディーンです。そこからインヴァネスに行って、ロッホ・ネスを訪ねます」

ローズおばさんは、歯切れのよいキングス・イングリッシュでゆっくり答えてくれる。

「これからインヴァネスまで行っても、ロッホ・ネスは見られないわよ。一日でアバディーンから往復するのは無理よ」

ローズおばさんは、私がアバディーンとロッホ・ネスをこれから往復すると思ったらしい。

「いいえ、ロッホ・ネスを観た後で、今日中にインヴァネスからグラスゴーにいくつもりです」

「インヴァネスからはパースを回ってエジンバラに戻る方がいいわ。そのコースだとグランピアンの雪山がよく見えるわ。この辺とは全然違った景色なのよ」

でも私は、ローズおばさんの親切な助言を聞き流す。

「私はどうしてもネス湖が見たいのです。ネッシーに会えるかもしれないでしょ」

ローズおばさんは噛み合わない会話にすこし苛立ちながら、この娘なにをバカなこと言っているのかしらと、呆れた様子だ。

スコットランドは全体的に山がちで、真ん中にグランピアン山脈の峰々が連なっている。ちょうど北海道の中央にある大雪山系のイメージだが、高さは千三百メートルぐらいだから高くはない。が、北緯五十七度と緯度が高いために積雪量が多いことで知られ、ウインター・スポーツのメッカになっている。

北海沿いにあるアバディーンからは西方向へと内陸へ入り、グランピアン山脈の北側をまいて直線的にインヴァネスまで行くことになる。パースはグランピアン山脈の南側の町で、インヴァネスからそこに行くまでの途中で真っ白な峰々が近くに見えるのかもしれない。残念なことに、そのときの私にはそんな予備知識がなかった。

ローズおばさんは、私にお構いなく調子に乗って早口でまくしたてる。

「エジンバラの霧が深いのは北海のせいよ。今年は暖冬だから霧の発生が多いわ。その霧は内陸では雪に変わって、グランピアンは雪が多いのよ。スコットランドの西側には小さな島がたくさんあるけれど、緯度の割には暖かいわ。それは暖流が流れているからなの」

彼女はひとしきりスコットランドに関するレクチャーをしたあと、真赤な口紅を引き直して意気揚々とダンディーで降りた。

いま想い出すと、このときのローズおばさんとの会話は私の人生の中で最も愉快な出会いの一つに数えられる。鮮明な記憶は派手な衣装のせいだけではない。おしゃべりの舞台と小道具が見事に揃っていたのだ。見ず知らずの人とかわす会話で、あんなにワクワクする体験はいまだかつてなかった。

アバディーンからインヴァネスへ

アバディーンでいったん降りて、別の列車に乗り換える。駅から見える街の景色は鈍色《にび》で、曇り空の下で寒々としている。家々の壁や屋根は、ストーンとスレートだ。イングランドの家々はブリック（レンガ）が多いので街には落ち着いた明るさがある。スコットランドのこの街はどこを見ても灰色一色だ。それでも、遠くにカシードラル（聖堂）の尖塔がいくつも見える。その景色だけは他の街と同じ眺めで、なにかホッとする。アバディーンは北海に面した活気ある大きな港町で、少し前に開発された北海油田の拠点になっていた。

乗り継ぎを待つ間、プラットホームのベンチにポツンと座っていたら、おじさんが近づいてきて突然話しかけられる。

「コリアンなの？　どこに行くの」

「いえ、ジャパニーズです。インヴァネスまで」

「ヘエー……」

おぼこ人形のように前髪をたらし、後ろは長い髪を上げてお団子にしていたので、チャイニーズかコリアンに見えたのだろう。アバディーンの人々にとって、日本人の娘っ子だとは思いもよらなかったのかもしれない。

アバディーンからは西へ、グランピアン山脈の北側の裾野をまいて列車は進む。北海沿いの景色とはまるで違う。丘陵地に点在する羊や牛の長閑《のどか》な放牧風景を眺めながら、ハントリーという大きな町を経て、インヴァネスには約二時間かけて着いた。そこからコーチでネス湖を往復し、またインヴァネスから夕方の列車でグラスゴーまで行くつもりだった。しかし、それはとんでもない誤算だと知った。インヴァネスのターミナル窓口のおねえさんに訊ねると、親切に教えてくれた。

「ロッホ・ネスまで行って、またここまで戻ってからグラスゴーに列車で行きたいのだけれど」

「今日中に戻ってくるのは無理です。そんなコーチの便はないわ。インヴァネスからロッホ・ネス、ロッホ・ロッキーを通って、フォート・ウィリアムまで行く夕方のコーチがあるから、それに乗るといいわ。今日はそこまでね。フォート・ウィリアムからグラスゴーに行く鉄道があるけれど、明日は日曜日だから列車はお休みだわ。でも、コーチならあるわ」

日程が大幅に狂いそうだ。でもしかたがない。なにしろネス湖を見たいのだから。日曜日はレイル・サービスが無いって、そんなバカな！　でも、日本で買い求めていたコーチ・マスター・チケットの期限はまだ先だから利用できる。残り少ないお金が節約できる。ネス・トラベルというインヴァネスの旅行社で、フォート・ウィリアムのホテルを探してもらって予約する。一泊朝食つきで二ポンド（千六百円）のB＆B（ベッド＆ブレックファスト）だ。フォート・

ウィリアムってどのへんなのかな。でも、そこからグラスゴーには行けそうだから、よかった。

薄暮のネス湖

いよいよ薄暮のネス湖へ。いやがうえにも、胸は高鳴る。

インヴァネスから夕方五時五分発のコーチに乗って、まずネス川に沿って南西に下る。そして、道路はネス湖の東岸をほぼ忠実に辿っていく。対岸に見える岩の露出した台地は満々と水を湛えた湖に切れおち、水面にその影を落としている。想像していたよりも大きな湖だ。灰色一色の湖中にウルクハートの廃城が岸から突き出ている。寒々とした寂しい光景に向かって、シャッターを切り続ける。神秘的な雰囲気はあるけれど、意外に暗さは感じない。本当にネス湖にやってきた。ネッシー、早く姿をみせてよ。はるばる日本から会いにきたのよ。

途中の停留所では住民がひとり、ふたりと降りていく。観光客が多いのだろうか、湖岸にはキャンピング・カーやゴミくず・空き缶が放置されている。長いネス湖の畔を通りすぎるのに約一時間半かかった。コーチの車窓から観ただけのあっけないネス湖見物。私のネッシーは幻のままに終わった。

ネス湖とつながっているロッキー湖を通り過ぎる。よそ者の目には、二つの湖の境目がよくわからない。いつのまにか道路は湖岸を離れ、岩の大地の上を走り続ける。ヒースだろうか、エビ茶色した背の低い草が左右の地面を覆っている。

ところで、イギリスの地図をひろげて北の方に視線を注ぐと、インヴァネスからフォート・ウィリアムにかけて、まるでナイフで切ったような隙間が確認できる。地殻の断層である。この断層はグレート・グレン峡谷と呼ばれ、インヴァネスはその北端にあって、北海に面している。一方のフォート・ウィリアムは南端に位置し、そのすぐ南には大西洋に通じる長い湾が入り込んでいる。

最近知ったのだが、この峡谷は、北海と大西洋とを結ぶ貴重な水路として、十九世紀初頭にこの地域の雇用創出を主な目的にした開発工事が行われ、運河として完成をみたそうだ。木造船による物資の運搬や漁船の往来など、スコットランド経済を支える歴史が始まった。現在も約百キロの運河として、スコットランド観光の重要な役割を担っているらしい。その名を、「カレドニアン運河」という。カレドニアンとはラテン語で、「スコットランド北部」のことである。この運河の途中にネス湖、ロッキー湖、オイック湖などの細くて長い湖がある。そう言ってしまうと身も蓋もない気がするが、人間の手が入った所に怪獣などいるわけがない。この運河は海とつながっているので、大型の海の生き物であるクジラやサメなどが迷い込み、そういった生き物が大昔のネス湖で発見されたかもしれない。でも、ただそれだけのことだったのだ。私が珍妙なネス湖見物の旅を企てた五十年前にもそんなことはとっくにわかっていたはずだが、当時の私の知識の網の目はかなり粗かったようで、かかったのは幻の怪獣だけだった。

フォート・ウィリアム

コーチがフォート・ウィリアムに到着したのは午後七時半。もうすっかり暗い。インヴァネスで予約していたインペリアル・ホテルの主人はひどいメロメロ英語（これをスコットランド訛りというのだろうか……）で、私は彼の言葉がほとんどわからない。すると、白いギプスをはめた不自由な手だったにもかかわらず、主人の方から紙とペンを出して筆談に応じてくれたのでうまくいった。

「今夜の食事は何かありますか」
「チキンサラダ、パン、紅茶ならありますよ。スープも欲しいですか」
「はい、ありがとう」

小さなダイニング・ルームで、特別にサービスしてくれた食事を一人で食べる。泊り客は私だけだろうか。小さなホテルながら、どっしりしたベッドと広くて清潔な部屋に安心する。

翌朝、朝食をとったあとで冷たい小雨の降るなかを湾の近くまで歩く。桟橋にとまっている一羽のカモメと一緒に、カラーン、コローンと対岸から渡ってくる教会の鐘の音を聴く。人影はない。空も丘も湾も地面も、すべてが静けさのなか灰色に沈んでいる。私のからだもその中に溶け込んでしまいそうだ。立ち寄るはずのなかったところだけれど、もう二度とこの地を訪れる機会などないだろうと思い、ひどく感傷的な気分になった。さあ、今日はフォート・ウィリアムからグラスゴーへ行こう。鉄道はお休みだ。コーチだと六時間以上かかるらしい。

荒涼たるハイランド

フォート・ウィリアムからグラスゴーへ向かう道路は、しばらくは荒涼とした大地を走るどこまでも真っ直ぐな弾丸道路。道路の両側には、鉛色した大小の湖とその奥に雪を頂いた岩山が飽きることなく展開する。湖の付近には家が点在していて、こんな荒涼とした原野にも人間の営みがある。家の周りの狭い放牧地では毛の長い羊が、芽吹き始めたらしい微かに青い草を食《は》んでいる。羊の周囲だけに、暖かい生命の温もりが感じられる。

大きな湖の対岸には、高くはないがそそり立つ岩山が連なっている。それらの急峻な斜面からは長い滝が何本も湖に流れ落ちていて、激しく水しぶきをあげているのが手に取るように見える。こんな高緯度なのに凍らないのだろうか。イングランドはもちろんのこと、ロッホ・ネス附近の単調な景色とも全く違う荒々しい自然の姿だ。背後に連なる雪の峰々。あのひとつがイギリスで最も高い山、ベン・ネビスだろうか。千三百四十メートルはあるはずだけれど。

いくつもの湖の岸を丁寧にまきながらコーチは進む。途中の小さな集落では人々が乗り降りする。ザイルを持ったクライマーが乗ってきた。さっそく山のことを訊いてみる。

「この辺の山は難しいのですか」

「雪と岩だらけだけど特別なテクニックはいらないよ。誰でも登れるさ、四時間ぐらいさ」

コーチの車窓から眺めたホテルの駐車場には、キャリーにスキーを載せた車が何台も停まっている。ふと見ると、クロッカスの鉢が黄色の花をつけていた。冷たい景色の中にも微かな春の息吹を感じる。三月も終わりに近い。もうすぐ夏時間になる春分がやってくる。

グレンコー山塊の裾を走って、夕暮れはロッホ・ローモンド（ローモンド湖）で迎えた。グラスゴーまではあと二時間ぐらいだ。スコットランド民謡にも歌われる湖の周囲は、白樺などの落葉樹の裸木が多い。子ども連れの釣人が大勢乗り込んできたのでバスの中が急に賑やかになる。みんな暖かそうなキルティングのアノラックを着ている。やっとグラスゴーのバス・ターミナルに着いた。もう夜八時。街灯の下だけが明るい。

もし、いま抱いているスコットランドの印象を誰かに訊ねられたら、「寒くて冷たい灰色の世界」と即座に答えるだろう。いかにも暗くて寂しい雰囲気なのだが、雨、雪、霧に包まれた自然の風景や街の表情が若いときから好きだったから、当時二十三歳だった私は、旅をしながらスコットランドがいっぺんに気に入った。訪ねた季節が早春だったせいもあるだろう。その季節だからこそ、スコットランドらしさを肌で感じることができたのかもしれない。そういう意味では、幸運だった。

古い本だけれど、『スコットランド紀行』の著者、ミュアは、「スコットランドの歴史は不完全で混乱していて、その原因は地理的なものと民族性にある」と述べている。

スコットランドの山岳地帯から北西部一帯は、「ハイランド」と呼ばれ、南東部は「ローランド」と呼ばれる。ハイランドにおけるクラン（氏族）同士の激しい争い、ハイランドとローランドとの反目、イングランドからの圧力と搾取など、スコットランドでは、戦う相手を変えながらもたびたび内戦が繰り返されてきた。内戦といえば、日本では群雄割拠の戦国時代を思い浮かべるが、スコットランドにおける断続的内戦は数百年に及んでいるし、統一に向けた戦いとはいえない。

スコットランドの民族性と文化的な特性、そして現代まで延々とくすぶってきたイングランドからの独立運動などはさておいて、地形的、気候的な条件が、闘争に明け暮れた民族の歴史と生活を形作ってきただろうと想像することは難しくない。ハイランド一帯を占める荒涼とした大地と岩山、ヒースしか生えない嵐吹きすさぶ草地、泥炭の多い濁った湖、そして北緯六十度近い厳しい寒さなど、自然環境は南のイングランドとは比べようもなく過酷だ。

グラスゴー

予約していたアプスレイ・ホテルに向かうために、グラスゴーのターミナルからタクシーに乗る。イギリスのタクシーはどれも黒のオースチンで、ドライバーも親切だし、安くて安全な乗り物として評判がよかった。

「アプスレイ・ホテルまで、お願いします」

「サケホシイ？」（えっ？　酒欲しいかって言ったの？）

「アプスレイ・ホテルを知っていますか？」

「イエス。サケホシイ？」（なんだかロレツのまわらない口ぶりだし、酔ってるの？　私が日本人だとわかって、酒欲しいかって、言ってるの？）

急に怖くなり、ノー・サンキュウと言いながら、開いたままのタクシーのドアから急いで降りた。

ホテルの住所（ストリート）はわかっている。ボーンマスの旅行社でもらったグラスゴーの簡単な街路図を見ながら、とぼとぼ歩き始める。ホテルは、サッキーホール・ストリートにあるのだ。サッキーホール・ストリート。あっ、そうか。スコットランド訛りで、サッキーホールが「サケホ」に聞こえ、ストリートが「シイ」に聞こえたんだ。そうか、なんだ、そうだったのか。ワナワナと緊張がほぐれ、思わず涙が溢れてへたり込みそうになった。

さっきのドライバーを疑って悪かった。もう少し落ち着いて考えればイヤな思いをせずにすんだ。さあ、またタクシーに乗ろう。今度は、サッキーホール・ストリートのアプスレイと言えばいい。それにしても、途中で道を訊ねた若い女の子たちもメロメロ英語で何を喋っているのかさっぱり聞き取れなかった。スコットランドはスコッチウイスキーのせいで酔っ払いが多いと聞いていたけれど、みんなそうなのかな。キングス・イングリッシュとは全く違う。

ボーンマスには今夜帰ることになっていたので、ホテルから電話をする。

「まだグラスゴーにいます」

「ホー！　グラスゴーですって！」

ジェームズ夫人は驚いたけれど、あまり心配していない様子だった。

エジンバラとスターリング

スコットランドにもうしばらくいたい。そんな気分になって、グラスゴーからロンドン行きの列車に乗って再びエジンバラで下車。スコットランドの想い出に、スコッチウイスキーの本、七十二のクラン（氏族）の紋章が描かれた色鮮やかな図版、そして小さな銀の匙を一本買う。

このときエジンバラで買い求めた図版は、五十年経ったいまも色あせていない。ハイランドのクラン名とその紋章は、その闘いの歴史を抜きにして眺めると楽しい。七十二のクランごとにタータンチェックの色の組み合わせと格子模様が決められている。また、紋章の模様は、獅子、狼、王冠、剣などが多い。クラン名には、マックから始まる名前が多い。マクドナルド、マクレガー、マッケンジー、マクミラン、マッカーサー、マッキンタイア、マクベイン、マッキントッシュ等々、欧米社会で見聞きしている名前も多い。彼らは、スコットランドにルーツをたどることのできる人々なのだろう。

計画が大幅に狂ったついでに、もう少し寄り道しよう。エジンバラ近くのスターリングの古戦場と古城をスコットランド最後の訪問地とした。石造りの大きな古城の砲台から見下ろす古戦場は春霞にけむり、緩やかに蛇行する川が見える。スコットランドとイングランドとが争ったかつての激戦地だとは思えないほど、穏やかな風景である。今日はヨークまで行こう。ヨークの大聖堂をぜひ見たい。

ところが、エジンバラを夕方の列車で出たのはいいのだが、ヨークに着く時刻の午後七時過ぎに降りた駅はなんと、ヨーク手前の町、ダーリントンだった。列車が遅れていたことに気づかなかった。もう暗くて駅名もよく見えなかった。降りた乗客が多かったから、私はつられて降りてしまった。

ダーリントン

どうしよう。心細い思いで、駅の案内所に入る。泊まるところを訊くと、駅前のB&Bを教えてくれた。一泊朝食付きで一ポンド五十ペンス（千二百円）。本当の安宿で、宿の主人はおじいさんだった。遅い時間に髪の毛の黒い東洋人の女の子が飛び込んできたので、彼は驚いた様子だった。しかしすんなりと宿泊の手続きをしてくれた。前払いの領収書の住所を見て、あぁ、確かにここはヨークじゃないわ。行きずりの宿だったが、案内された二階の広い部屋には大きなベッド。その夜の食事は、エジンバラの果物屋で買ったオレンジ一個だった。

ぐっすり眠った翌朝、ホテルの前から見た景色は工業都市そのものだった。遠くに大きな工場の高い煙突が林立し、駅から工場の方へと勤め人がぞろぞろ歩いていた。それを見た途端、イギリス社会の現実に引き戻された気がした。巨大な円筒形をしたコンクリートの建物は発電所だろうか。そんなことを考えながら、ロンドン行きの列車に乗った。今日こそ間違わずにボーンマスまで帰ろう。ただし、ヨークのミンスター（英国国教会の大聖堂）を見てからにしよう。

無事帰宅

やれやれ、やっとロンドンのキングス・クロス駅にたどり着いた。そこから夕方のコーチに乗り、ボーンマスのジェームズさん宅に帰宅した時刻は十時半を過ぎていた。二泊三日の予定が、四泊五日になってしまった。

「モンスターには会えたの？」

ジェームズ夫人はニヤニヤしながら開口一番に訊く。

「いいえ、会えなかったわ。でも色々なことがあって、スリリングだったわ。それに、日本人だけでなく、東洋人には一人も会わなかった。本当に見知らぬ土地にきたっていう感じがしたわ」

ジェームズ夫妻にはグラスゴーから電話したこともあって、あまり心配していなかった。

「遠い日本からやってきたブリリアント・ブレインの持ち主だから大丈夫だと思っていたわ」

学校で親しくなったクラスメートは、予定日を過ぎても帰ってこない私のことをずいぶん心配していたらしい。翌日、わざわざジェームズさん宅まで来てくれた。海外に出たまま若い娘が行方不明になる話やさらわれてどこかの国へ連れていかれるという噂もあった時代だった。

一人旅は集団という壁がないゆえに、周囲からの刺激を直に感じる。私がスコットランド一人旅を企てたのは、ただ彷徨《さまよ》いたいだけというよりも、見知らぬ土地で自分自身を解放し、初めて体験する出来事を肌で感じながら、ささやかな驚きと感動を味わいたかったのだ。

いま振り返れば、この旅は、「すごろくゲーム・スコットランド一人旅」と名付けたくなるほど、一人ぼっちの泣き笑いの顛末《てんまつ》だった。アキコ、無事ボーンマスに戻れてよかったね。そのときの私にそっと声をかけて、肩を優しく抱いてやりたい。

追想の学び舎

堤通雨宮町

　仙台駅前から東二番丁通りへ、そこから北へ向かって二キロメートルほど行ったところに堤《つつみ》通雨宮町《どおりあまみやまち》がある。青葉山に移転する数年前までは東北大学農学部の広いキャンパスのあったところで、研究棟、講義棟、事務棟、小さな実験農場や果樹園などが点在していた。そこには、私が大学院生・研究生として七年間過ごした講座の研究室があった。すでに五十年も前のことなのだが、まるで昨日のことのように鮮明な情景が次々と目の前に浮かんでくる。

　当時のキャンパス内には、旧制二高当時からのイチョウ、ユリノキ、メタセコイアなどの巨樹が何本もあり、三階建ての学舎と高さを競っているかのようだった。春、夏、秋には幹と枝をすべて覆いかくしてしまう豊かな葉の美しさに目を奪われたが、すっかり葉を落とした裸樹が針金のオブジェのように屹立《きつりつ》する冬の姿も見事なものだった。枯葉がハラハラ舞い落ちることとが語源の「アポトーシス（プログラムされた細胞死）」という言葉を知ったのはその頃だった。

木々の中でもユリノキは、私にとって特別な木だった。ハンテンボクという異名のつけられたこの木の葉は、その名のとおり手のひらほどの袢纏《はんてん》の形をしている。初夏になると、若緑の葉に隠れるようにしてチューリップに似た橙色の可憐な花をつけるので、チューリップ・ツリーとも呼ばれている。ユリノキという名はどこかで聞いたことがあった。そういえば、それまで通学していた東京・目白の日本女子大学のキャンパスの中央にこの木が堂々とそびえていた。仙台での新しい学究生活は新緑のユリノキとともに始まり、四季折々、悠然とした姿で高みから私を見守ってくれた。

所属した講座は栄養化学講座で、当時の農学部にあった二十五講座の一つである。講座のトップは四十五歳の木村修一教授だった。教授、助教授、助手、技官、教授秘書らのスタッフに、大学院生、学部四年生らを合わせて総勢二十数名の大所帯。国や企業などからの研究費が潤沢にあり、実験研究だけでなく、文献抄読会、院生自主ゼミなども活発に展開されていた。

木村教授はビタミンのひとつであるパントテン酸の研究で著名な栄養化学者だったが、そのいっぽうで、生物学と栄養学とが重なる部分に新しいテーマを見出した日本では稀有な学者だった。加齢と栄養、腸内細菌と栄養、運動と栄養、ストレスと栄養、発がんと栄養など、生体の置かれた状況での栄養環境とそれに対する応答と適応という視点で研究に取り組みだした時期だった。そのようなテーマと研究成果は、その後の健康ブームの波に乗り注目を浴びて現代に至っているのだから、彼は栄養学者として時代を先取りしていたといえるし、当時から強い自負をもっていた。

しかし一九七五年頃は如何せん、異端視されていた。なぜなら、当時の学会の主流は、「食物中の栄養素とその働き」といった分子としての栄養素を化学的視野の中だけで捉えるテーマがほとんどだったからだ。その背景には、日本における栄養学が、ビタミン学が母体になって輝かしい成果をあげてきたという伝統があった。

生命現象の側からたべものをみるという、生物学的視点に立った栄養学を追究する木村教授の考えに強い共感を抱き、私は彼に研究指導を仰いだのだった。

加齢する系と制限食

いくつか掲げられている講座の研究テーマの中で私に与えられたのは、「加齢と栄養条件」というものだった。加齢する系として、何を実験の対象とするか。そこで浮上したのが、消化管の小腸粘膜上皮細胞の加齢だった。

この細胞の「寿命」に関する研究では、強いエックス線の影響によって寿命が短縮するという報告があったけれど、栄養条件の影響をみたこれまでの研究は、国内だけでなく海外を見渡してもなかった。研究室ではWさんによる試験的な実験が行われていて、私はその仕事を引き継いで発展させ、細胞の寿命だけでなく、細胞の誕生・成熟という加齢のプロセス全体について実験動物のマウスを用いて追究することになった。そのための栄養条件は、「制限食」である。

「制限食」とは、バランスのとれた組成の食餌を決めた量だけ決めた時間に実験動物に与える栄養条件である。現代生活における「規則的な食事」とか「ダイエット」という概念に近い。制限の程度は研究者によって異なる。多くは、自由摂食（いつでも食べたいときに食べられる状態）に対して給餌量を三〇〜四〇％制限して与える。そのような食餌制限下でも、毛のツヤは良く体重も増える。動物はケージの中で極端な運動不足状態に陥っているということである。

アメリカのマッケイら、そして後のベルグやロスらは、制限食がラットの寿命を延長させることを早くに見出し、同時に、老化したラットでしばしば見られる腫瘍が制限食で減少することをすでに報告していた。彼らの結果は、制限食がからだの中の細胞分裂・増殖や代謝に強い影響を与えることを示唆しており、木村教授はそのことに強い関心を抱いていたのである。

絨毛に魅せられて

小腸粘膜の表面は肉眼で見ると平らでヌルヌルしており、ヒトもラットやマウスの実験動物と似ている。平らに見える表面をルーペで数倍に拡大して見ると、絨毯の毛のような小さな突起物がたくさん出ているのがわかる。さらに組織学標本を作製し、光学顕微鏡で観察すると、ちょうど指のような構造物がぎっしり並んでいるのが見える。肉眼で小さな突起に見えたのはこれである。その指のような突起を「絨毛《じゅうもう》」という。絨毛の長さは、ヒトでは一ミリメートルぐらいあるが、ラットやマウスは、せいぜいその数分の一に過ぎない。

光学顕微鏡で数百倍に拡大した絨毛の縦断面をみると、一層の細胞が指の付け根にあたる「陰窩《いんか》」から絨毛表面をびっしりと覆っている。細胞の形は、一辺が約一〇マイクロメートル（一〇ミクロン、一〇〇〇分の一ミリメートル）の円柱状だ。走査型電子顕微鏡で絨毛の表面をみると、絨毛はまるで土筆《つくし》の先端のようであり、皮を剝いたときのトウモロコシのようでもある。おもわず手を伸ばして触りたくなるほど、チャーミングなスタイルをしているのだ。

ところで、チャーミングな表情を見せる絨毛表面にある円柱状の細胞一つ一つは、実は栄養素吸収の最前線であり、その細胞膜には個々の栄養素に対する関門がある。そのような働きを発揮するので、これらの細胞は「吸収上皮細胞」と呼ばれている。

アポトーシス

吸収上皮細胞とは、陰窩に散らばっている「幹細胞」が規則的に分裂して新しく誕生した細胞で、新しい細胞がひと足先に生まれた細胞を斜め上へと次々に押し上げていく。細胞は絨毛上を螺旋状に滑るように上り、上っている間に吸収上皮細胞としての働きを発揮する。そして、ついに絨毛のてっぺんに達した細胞は、小腸管腔内へポロポロと落ちて、細胞の一生を終える。このような出来事は、「アポトーシス」と呼ばれる「細胞死」のひとつのタイプである。それは、「生の営みの中の死」ともいえる。からだの中には、アポトーシスを内包して生を営んでいる正常な組織や器官が小腸以外にもいくつも知られている。ある報告では、一日当たりに消化管に落ちる小腸の細胞数は一千万個と試算されているが、正確なところはわからない。小腸だけでなく、口腔、食道、胃、そして大腸など、消化管全体の粘膜表面の細胞も、毎日たくさん剥がれ落ちている。剥がれ落ちたおびただしい細胞たちと腸内細菌の死骸とが糞便の主な内容で、実は、たべもののカスは思っているほど多くないのである。

小腸の吸収上皮細胞たちの寿命、つまり陰窩で生まれてから剥がれ落ちるまでの生存時間は、ヒトで約一週間、ラットやマウスでは約二〜三日。陰窩で生まれる細胞数と絨毛てっぺんから落ちる細胞数とはほぼ同じで、アポトーシスという細胞死によって組織としての平衡が動的に維持され、絨毛全体の形はほとんど変化せず、個体の消化吸収機能が安定的に保たれている。

動く細胞を追跡する

吸収上皮細胞の寿命が制限食によって変わるということをまず、はっきりさせたい。そのために使われたものが、「放射性同位元素トリチウム」が結合したチミジンという物質である。このようなチミジンを、正確にはトリチウム・チミジンと呼んでいる。トリチウム（三重水素）という名称には馴染みがないけれど、水素の仲間で、非常に弱いベータ線という粒子放射線を出す性質をもっている。

チミジンとは、そもそもDNAを構成する分子のひとつである。細胞が分裂増殖するときには新たなDNAが作られ、新しい細胞の核ができる。そのことを「DNAの複製」というが、その際に新しくチミジンが必要になるわけだ。

マウスの腹腔内にトリチウム・チミジンを含む生理食塩水を少しだけ注射する。腹壁の毛細血管に浸み込んだ注射液中のトリチウム・チミジンは、マウスの心臓を経て小腸粘膜の毛細血管に達し、分裂増殖する活発な幹細胞に瞬間的に取り込まれてDNAの複製に使われるはずだ。その後、生まれた新しい細胞は絨毛上を上り始める。実験では、このトリチウム・チミジンを取り込んだ細胞を追跡しようとしているわけだ。

この実験の制限食は、自由摂食に対して給餌量を四〇％制限したものである。その栄養条件で一カ月間飼育したマウス(三カ月齢、体重約三〇グラム)にトリチウム・チミジンを注射する。その後、数時間ごとにマウスを解剖する。全長五〇センチメートルの小腸を切り取り、胃の幽門部から下、一五センチメートルあたりの空腸部位を使う。切り取った数センチをホルマリン液で処理し、それを用いて顕微鏡観察用のプレパラートを作る。

厚さ五マイクロメートルにスライスされた組織切片が貼りついているスライドグラスを、銀粒子を含む特殊な乳剤の中に数秒間だけ浸けて引きあげ(ディップ法)、数日間、乳剤のついたスライドグラスを暗室内に放置する。その間に、乳剤の銀粒子は、スライドグラスに貼りついている組織切片から出る弱い放射線に感光する。乾燥して薄いフィルム状になった乳剤のついたスライドグラスを定着処理すると、放射線に感光した部分の銀粒子が「黒点」として見える。顕微鏡でそれを確認するには、核を紫色に染めるヘマトキシリンと細胞質をピンクに染めるエオシンによる二重染色をほどこし、細胞一つ一つをくっきり染め出さなければならない。そうすることによって初めて、顕微鏡で観察できるプレパラートが完成する。ここまでくれば体力勝負のこの実験もまずは一区切りつく。

制限食は吸収上皮細胞の寿命を延ばす

いよいよ顕微鏡の世界に足を踏み入れ、絨毛を凝視する。

小腸の組織切片を顕微鏡で見ながら、絨毛基部から先端まで真っ直ぐに伸びている理想的な形を保っているものをマウス一匹につき三〇本選ぶ。プレパラートによっては、望ましい絨毛が全く見えずに空振りになるものもある。指のように理想的な形を保っている絨毛に視野を定め、光学顕微鏡の倍率を六〇〇倍にあげ、絨毛一本を大きくとらえる。そのようなものは、絨毛の縁にずらりと細胞がきれいに並んでいて観察に適している。

まず、絨毛の片側の細胞数をカウンター片手に数える。そのとき、細胞の中にはっきり「黒点」の見えるものがある。それが、トリチウム・チミジンを含む核を持った細胞である。絨毛の一番下から先端へ、黒点がないかと目で追う。黒点をもつ細胞の先頭を確認し、一番下からの細胞数を数える。黒点をもつ細胞は、注射後の時間が経った個体ほど先端近くまで移動しているはずである。黒点をもった細胞はいったい何時間かけて、絨毛の先端に達するのだろうか。

結果は明らかだった。制限食を与えられたマウスの細胞が絨毛の先端に達する時間は約七四時間。それに対して、食べ放題に餌を食べたマウスのものは約五七時間だった。制限食は吸収上皮細胞の寿命を三〇%も延ばした。しかも、制限を受けたマウスの絨毛の長さは制限を受けないマウスの絨毛の長さよりも五%短かった。少しだけ短くなった絨毛上をずいぶんゆっくり動いたのだ。このことは数百本の絨毛で観察されたのだから、ゾクゾクするほどの驚きだった。こんなにはっきりした結果が得られるとは予想していなかった。あと戻りできない一つ一つのステップに細心の注意を払いながら根気強く進めた実験の成果が、栄養学という学問の醍醐味を初めて実感させてくれた。

切磋琢磨

ところで、研究室は男社会だった。総勢二十数名のなかの女性の数は、教授秘書、技官に学生を合わせても五人に届かない年が多かった。

実験の都合で徹夜になることもあり、泊まり込む場所は「中二階」という薄暗い空間。一度だけ梯子段を昇って覗き込んだことがあるが、汚れた寝袋と壁には女性のヌード写真。ここは女人禁制の聖域らしい。そこに女子学生が寝るわけにはいかないでしょう。だから、夜中の実験のときはいつも机にうつぶせになって仮眠をとった。当時は、当たり前のように煙草を吸う男性が多かったが、研究室も例外ではなかった。さすがにくわえ煙草はなかったが、揮発性や引火性のある様々な有機溶媒を使う実験室内にもかかわらず、休憩コーナーの灰皿は一日で吸い殻の山ができるほどだった。

そんな男社会の中に、牢名主のように全体に目を光らせている博士課程のOさんがいた。四年生の卒論のときからで、もう五年もいるらしい。すでに額は後退気味で縮れ毛。ヒョロヒョロと背が高く、いつもツンツルテンのズボンに汚れた白衣だった。二つ年上だけなのにどこか老成した雰囲気があり、メガネの奥の眼差しはいつも鋭かった。

その頃の農学部には学生運動のしこりがまだ残っていて、教授と院生との間の意志疎通は決してよくなかった。遡ってみると、Oさんが講座に配属された四年生の頃は学園封鎖の嵐が農学部にも吹き荒れたときで、それからの数年間を彼は講座の中で過ごしてきたわけである。そして、多少なりともそのような体験のあるスタッフや学生たちが研究室に数名いて、それぞれが虚無感や将来への不安を引きずりながら新たな一歩を歩み出そうとしていた時期だった。院生が自分の研究テーマを決めて教授を説得したり、半ば強引に始めるケースもあった。詳しい経緯は知らないが、Oさんがそうだった。そうすることを教授が許していたのは、講座教授の専制を善しとしない時代の背景があったのかもしれない。その結果、百花繚乱のごとく、自由に選択された研究テーマが乱立することになり、教授の無責任さを責める院生もいた。

Oさんのテーマは、ビタミンAを血液中で運ぶたんぱく質（レチノール・バインディング・プロテイン、RBP）に関するもので、他のテーマとはまったく異なる生化学の先端をいくものだった。彼は、動物組織の加齢と栄養条件というテーマに取り組む私に興味をもったようだった。話がよく合って、いつのまにか私にとっての一番の話し相手になっていた。

「結局、生物をどうみるかだべ。アンタはもっと勉強すべきだっちゃ」。彼は強烈な仙台弁で私を諭し、レーニンジャー『生化学　上・下』（和訳本）の輪読会を毎週一回早朝に開き、彼に誘われた他の院生も参加して一年かけて読破した。エネルギー代謝の視点で書かれたこの本は、海外の教科書にはよくあることだが、章ごとに演習問題がついている。私は物理化学的な問題が解けずに劣等感にたびたび襲われた。さらに翌年は、米国科学アカデミー紀要(PNAS)の輪読会を開き、生化学、栄養学の英文レビューを片端から読んだ。

「アンタそんなことも解らねぇのかやぁ。ダメだべっちゃ!」と、容赦なくやり込められて血の気の引くこともあった。しかし、これらの輪読会を通して、切磋琢磨ということを肌身で感じた。そして、ようやく研究の基盤を固めることができたと思った。そのとき輪読に使ったレーニンジャー『生化学』は、いまも私の本棚の特等席に納まっている。

Oさんとのおしゃべりはたいてい昼どきで、大学生協の食堂でお昼を済ませた私が、実験室内の彼の個人机のそばまでいってだべった。

「なんだやぁ、また来たのすか」と苦笑いされるときもあったが、彼は母親手作りのいつも決まったおかずの弁当(ご飯、タマネギとサツマイモの天ぷら、ソーセージ)を、「俺んちは金ねえからなぁ。タマネギの天ぷらは美味ぇなや」とぼやきながらガツガツ食べていた。私はそれを見ながらお茶をすすり、実験の進み具合や失敗の愚痴などをはき出した。研究テーマのかけ離れていたことがむしろ話を面白く感じさせたのだろう、話がとぎれることはなかった。何かのきっかけで話題が下ネタにおよぶこともあった。奥手だった私は散々笑いものにされたが、逆に女性のからだについては、こちらが恥も外聞もなく真面目に教えたこともあった。生化学の専門知識には詳しいくせに女性についてはとんでもなく無知だったし、いい年なのにと驚いたのだが、本当は私の方がただからかわれていただけなのかもしれない。ずいぶん開けっぴろげな間柄で、苦み走った表情と笑ったときに見せる八重歯は気になったけれど、それ以上の気持ちにはならなかった。彼はたぶんわかったのではないだろうか。「こいつ、煮ても焼いても食えねえわ」。

ひとあし先に学位を取得して研究室を後にした彼はいま、仙台市内のある女子大学の理事長をしている。あのときの他愛ない会話の数々を、篤い友情を交わした日々のことを、彼は覚えているだろうか。

陰窩からの細胞の供給量が減少する

さて、吸収上皮細胞の寿命が制限食で延びることはわかった。では、なぜ延びるのだろう。ここで登場するのが、コルヒチンという化合物である。この薬剤には、細胞分裂を中期で止める作用がある。つまり、ＤＮＡが複製された核が二倍の大きさになって、いよいよ細胞が二つに分かれようとするときにストップをかけるのである。このような細胞を観察すると、明らかに普通とは違う大きな核が見える。つまり、活発に分裂増殖する細胞の在りかを見つけることができる。細胞分裂にはバイオリズムがあるので、最も活発に分裂する時間帯を予備実験によってあらかじめ確かめてから、制限食の実験を行わなければならない。

寿命実験と同様の飼育を行ったマウスに対して、最も分裂が活発になる時間帯にコルヒチンを注射し、三十分後に解剖して小腸を切り出す。この実験で観察すべき部分は絨毛下部の陰窩。そこで大きな核を持つ細胞を探す。

明らかな結果が得られた。すなわち、制限食は、陰窩での細胞分裂を抑制した。いやいや、その表現は適切でない。分裂細胞の割合を減少させたといったほうが正確である。コルヒチンによって停止された核をもつ細胞数が、制限食によって減ったのである。つまり制限食は、絨毛への細胞の供給を減らした。そのために、絨毛上を動く細胞のスピードは遅くなり、先端まで行く時間が延びたのだ。

陰窩で分裂する「幹細胞」は数カ所に散らばっている。それら活発に分裂増殖する細胞たち全体のことを当時は「ジェネレーション・プール」と呼んでいた。制限食は、このプールを小さくしたというわけだ。

寿命の延びた細胞の働きは衰えない

寿命が延びた細胞の働きはどうなっているのだろうか。細胞の「老化」が進んで、役立たずのまま絨毛上に留まっているのだろうか。次の実験が始まる。

新しく使う手段は、絨毛の凍結切片を作製するための「クリオスタット」という装置である。初めて使う器械だった。

洗濯機ぐらいの大きさのマイナス二〇度の箱の中に、分厚いステンレス製の「刀《とう》」のついたミクロトームが入っている。ミクロトームとは、組織の薄切切片を切る装置のことだ。ミクロトームの台座に載せた小腸（あらかじめ反転させて、粘膜側を表面にする）を急速凍結させ、絨毛先端から基部にむけて数十マイクロメートルの厚さでスライスする。スライスした絨毛を緩衝液に溶かし、遠心分離した上澄み液に含まれている「終末消化酵素」を分析する。

終末消化酵素は、栄養素を小さな分子に分解すると同時に吸収上皮細胞内に取り込む働きをする。分析の結果、絨毛の先端部分にある細胞の酵素活性は高い状態にあった。つまり、寿命の延びた細胞は、消化吸収機能が低下するどころか、むしろ高いままだ。制限食によって五％短くなった絨毛全体の働きを補うかのように、いままさに剝がれ落ちんとする間際まで、細胞はしっかり働いているのだった。

約五年間にわたり行われた実験研究が終わった。

小腸粘膜の絨毛に存在する細胞の生存時間に目を向け、それに対する制限食の効果を試した実験だった。かつてラット個体での延命効果が知られていた制限食は、マウスの細胞・組織レベルでも明らかな延命効果を見せた。吸収上皮細胞の寿命が延長すること、それは陰窩での幹細胞の分裂が抑えられるためであること、寿命の延びた細胞は機能を維持しながら最後まで働いていることなど、それまで誰も見いだしていない、ささやかながらも驚きに満ちた新しい発見だった。

例のOさんは、いつものお喋りの中で、こう言っていたものだ。

「いままで誰もやらねかったことの理由は、二つのうちのどっちかだっちゃ。ひとつは、難しくて出来そうにねかったから。もうひとつは、やる価値がないと思ったからだっちゃ。あんたの実験は、どっちなんだべ」

ボスは栃木訛り

ここで、独特の雰囲気を醸し出していた木村教授について、もう少し話さなければならない。彼は、研究室内では「木村さん」と呼ばれることが多かった。「僕はそれで構わないんだよね」と呟くのは、ナヨっとしたイントネーションの栃木訛り。宇都宮出身の彼は、ジャズマンの渡辺貞夫に喋り方がそっくりだ。そして、「僕は片肺飛行だから」と、若い時の気胸で片方の肺をつぶしたことをよく話していた。どうりで、肺活量が低そうだった。声に張りがなく、口数も少ない。それなのに熱気を帯びたあの表情はなんだろう。風貌は映画監督の山田洋次に似る。その風貌とイントネーションとで言葉少なに話す「栄養化学」の学部講義は、学生たちにはすこぶる好評だった。とてもわかりやすく、頭にストンと落ちる。この名講義を聴いた多くの学生は一人残らず、「栄養学は面白い！」、と思ったに違いない。

わかりやすい講義と関係ありそうだが、教授のことを「口説き上手」と評した院生がいた。たしかに、話していると「誑《たぶら》かされる」「言い包められる」気がする。難しい指示でも出来そうな気がする。その魔法にかかってやり始めたことがうまくいかないときに「うまくいかないねぇ……」と言われて泣くのはこちらだ。そのときはもうすでに、教授の気持ちが冷めているからだ。そんな彼を、「あきっぽい」と言った院生もいた。

にもかかわらず、木村教授は強力な磁力をもっていた。それに引っ張られた人間が集うのである。私もその一人だった。慕うにしろ、反発するにしろ、彼の周囲には大きな磁場がつくられていた。そして、そこに引っ張られるのは人間だけではなく、研究資金もしかり。農学部では研究費の稼ぎ頭だった。

木村教授はアイディア・マンだ。「演繹的《えんえき》」である。つまり、直感、閃きが起動力になる。彼の直感には根拠がある。情報量は豊富だ。新しいものが好きだ。俯瞰《ふかん》的で幅広い視野を持っているからこそ、直感による演繹的な思考ができる。彼の場合、テーマを思いつくときは独特の思考過程をたどる。離れたふたつの現象を大胆に掛け合わせて仮説を立てる。育種技術による新種の創出のようなものだろうか。石橋を叩くように一歩ずつ結果を積み重ねて結論に到達する「帰納的」研究に終始する人（日本の研究者はこの方法をとる人が多いのだが……）にとっては、突飛な発想に思えるかもしれない。

「加齢と栄養条件」もそうである。アンチエイジングを目的に、様々なたべものを調べ挙げるわけではない。彼の描く研究のイメージはそうではない。ヒトがもって生まれた生命の原理に栄養条件がどのように関わることができるのか。その問題提起をしたいのである。生き物を主体にした発想だ。もし影響があるとするなら、なぜそのようなことが起きるのかをさらに知りたいのである。知りたいのは、栄養条件に対する生き物の応答とか適応である。「生き物にとって栄養とは何か」ということを、彼は常に問い続けていた。

温故知新

どう読んでも面白いとはいえない研究の話を個人的な青春の想い出話に終わらせないためには、おそらく誰にとっても大切なことを最後につけ加えなければならないだろう。

マッケイとロスが食餌制限によるラットの寿命延長を明らかにしたのは、一世紀近く前の一九三五年のことだった。ネズミの寿命を確認して結果を得るには少なくとも三年以上かかる。研究者はそのような実験デザインを描くことに二の足を踏むものだ。当時、この発見に関心をもった人は多かったが、第二次世界大戦をはさんだこともあって、再現性が認められたのは一九六〇年、ベルグによるラットを用いた実験だった。彼は、栄養学分野で最も権威ある米国の学術雑誌J.Nutritionに三本の論文を立て続けに発表した。制限食は個体の寿命を延ばすだけでなく、腫瘍の発生、腎臓や動脈の炎症、骨格筋の変性など、老化したラットに一般的に見られる様々な症状を抑えることも明らかにした。このような古典的手法ともいえる動物個体を用いた栄養学研究は、誰の目にもはっきりわかるマクロな現象を示すことによって、結果に対して有無を言わせない強い説得力を発揮する。

多くの人たち、なかでも生き物の老化や寿命に関心をもつ生命科学者たちは、食餌制限という栄養条件に強い関心を抱いた。栄養学者の木村修一もそのひとりだった。その後二十世紀末になると、老化や寿命を制御する遺伝子が次々と発見され、それらと食餌制限との関係にも関心が注がれてきた。

遺伝子と制限食

酵母、線虫、ショウジョウバエ、マウス、そしてヒトなどの細胞では、現在までに「寿命遺伝子・老化遺伝子・長寿遺伝子」などとよばれる数十個の遺伝子の存在が明らかにされている。この数が多いか少ないかと問われれば、非常に少ないと答える。なぜなら、ヒトの場合、細胞の核には約二万個の遺伝子が入っているのだから。老化や寿命を制御する遺伝子は、細胞の中でお互いに促進したり、抑制したりしながら、最終的には細胞・組織・個体などの寿命を長くしたり、短くしたりしていることがわかってきた。

これら遺伝子の働きは、その情報によって作られるたんぱく質（酵素や受容体など）の働きとして現れる。細胞内でのエネルギー産生と消費のプロセスを調節したり、細胞の分裂・増殖のスイッチを切り換えたり、細胞のおかれている体内環境への応答に関わったりする。このように八面六臂の機能を発揮することによって、老化や寿命の制御をおこなっている。すべての生き物にとって共通した生命現象で、ただ自然の成り行きと考えられてきた出来事が、遺伝子による巧妙かつ複雑な仕組みで制御されていることが、いまや明らかになっている。

そんな複雑な仕組みに対して、栄養の制限がそれら遺伝子の中のいくつかに対して影響することがわかった。単独の栄養素でなく、エネルギー（カロリー）摂取が、である。

しかし考えてみれば、当たり前のこと。なぜなら、「食」の一番の目的は、外界からのエネルギー獲得にあるからだ。遺伝子に最も強いインパクトを与える要因が、細胞内のエネルギー代謝であっても何ら不思議なことではない。

では、細胞の老化や寿命と個体のそれとは具体的にどのように結びつくのだろうか。かいつまんで言えば、つぎのようになる。

酵母や線虫、さらにショウジョウバエ、そしてマウスなどでは、細胞の老化や寿命は、個体の老化や寿命と因果関係にある。つまり、細胞に対して老化や寿命に関わる遺伝子を人為的に操作すると、個体の老化や寿命が直接的に左右される。そのうえ、栄養条件が制限されたときには、数種類の遺伝子の働きを介して細胞の老化は抑制され寿命は延び、個体の老化も遅くなって寿命も延びることがわかってきた。制限食による個体の老化の抑制や寿命の延長は、細胞の遺伝子の関与なしには実現しないのだ。そこがあまり知られていないとても重要な点だ。

では、ヒトやサルなどの霊長類でもそうなのだろうか。

ヒトやサルなどの霊長類では、健康や長寿を保つ遺伝子はいくつか発見されているものの、その働きについては、制限食の影響も含めて不明な点が多い。唯一といっていいだろうけれど、参考になるのはアカゲザルに関する報告だ。長期的な制限食で飼育された個体では、疾病予防効果や寿命延長などが確認されている。かつて、ネズミで明らかにされた結果と同様である。そこで、ヒトの老化や寿命に対しても、遺伝子を介した制限食の効果が期待できると考えられているわけだ。

さらにヒトで調べられた近年の研究では、体内にできる「老化細胞」の全身への影響が明らかになってきた。体内のどこかで生じた働きの衰退した細胞（老化細胞）の悪影響が、組織や器官へと広範囲におよぶ。他の細胞の働きを阻害したり、がん化を誘発したり、動脈硬化症に代表される老年病の発症を引き起こしたりする。そしてときに重篤な病態を呈し、それによって個体の寿命は縮まる。そもそもの主な原因は、細胞が受ける過剰な酸化ストレスだ。

実は、その酸化ストレスの軽減に、細胞内でエネルギー代謝をコントロールする機能をもつ老化や寿命の遺伝子が一枚噛んでいる。ヒトにおいても細胞から個体へと、制限食の効果が発揮されるというのである。つまり制限食は、老化や寿命を制御する細胞の遺伝子に影響し、それによってエネルギー代謝によって生じる過剰な酸化ストレスは軽減され、細胞や個体の老化が抑制されて寿命が延長する、という図式が成り立つということだ。いまだ十分に解明されたとは言えないものの、制限食が遺伝子に与える詳細なメカニズムについては興味がつきない。

「腹八分は長寿の秘訣」という先人たちの経験則が、いまなお貴重な実験条件として生命科学とりわけ老化研究や細胞科学の先端研究で活かされていることにあらためて驚くとともに、感慨深いものがある。一世紀前に生まれた制限食という実験条件の「研究寿命」は、さらに延びそうである。半世紀前に演繹的思考で日本の栄養学にこの実験条件をもちこみ、細胞の寿命と結びつける研究を行った木村修一先生は、この「制限食」の長寿ぶりをみて、ご同慶の至り！と思われているに違いない。

《参考文献》
McCay,C.M.et al　The Jornal of Nutrition Vol.10（1935）
Berg,B.N.　The Jornal of Nutrition Vol.71（1960）
Berg B.N.et al　The Jornal of Nutrition Vol.71（1960）
Berg B.N.et al　The Jornal of Nutrition Vol.74（1961）
Loss M.H.　The Jornal of Nutrition Vol.75（1961）
Koga A.et al　Jounal of Nutritional Science & Vitaminology Vol.24 No.4（1978）
Koga A.et al　Jounal of Nutritional Science & Vitaminology Vol.25 No.3（1979）
Koga A.et al　Jounal of Nutritional Science & Vitaminology Vol.26 No.1（1980）
本城咲季子ら「食餌制限による寿命延長のメカニズム」　生化学　第八二巻　第五号（二〇一〇年）
早川智久ら「ＳＡＳＰ：細胞老化と個体老化の接点」　基礎老化研究　第三五巻　第三号（二〇一一年）
佐藤俊朗「腸管上皮幹細胞」　生化学　第八五巻　第九号（二〇一三年）
森　望著『寿命遺伝子　なぜ老いるのか　何が長寿を導くのか』　講談社（二〇二一年）

女ともだち

「氷心玉骨」のひと

「ダルエスサラームの国立博物館でジンジャントロプス・ボイセイの実物を見ました。オルドバイ渓谷の小さな博物館にも行きました」。

憧れのキリマンジャロ（タンザニア、五八九五メートル）に登ったというのに、下山して訪れた首都ダルエスサラームの博物館で化石人類のジンジャントロプス・ボイセイを見たことをわざわざ書いてきた。「ネェー聞いてよ、すごいでしょ」と言いながら、少し頸を傾げて、ふふふ、と笑っているあなたの丸い顔が目に浮かんだ。人類誕生に興味のある私を悔しがらせようとしたのかしら。少し前になるけれど、物置の箱の中にあった古い手紙を整理していたら、あなた（Ｆさん）からのそんな絵葉書を見つけました。一九八六年、タンザニアの消印があるから、四十年近く前のことになります。

あなたは私と同じ丑年生まれだけれど、あなたの学年は一つ下。でも私は二年生から入部したので、日本女子大学山岳部では同期でした。三年間にわたって「同じ釜の飯を食べた」仲間だから、良いところも嫌なところも認めた上での付き合いが続いたわ。長い合宿ではお互いに仲間を信じて頼る気持ちにもなるし、岩場や雪面でザイルを結べば運命共同体にならざるをえない。だから、人生のある時期、お互いに命を預けた関係といえるけれど、そのことを深刻に考えたことはなかった。初めての長い合宿は一九六八年八月。南アルプスだったわね。あなたもきっと覚えているでしょう。

一年生から四年生までの十三人で、塩見岳《しおみ》→北荒川岳→間ノ岳《あい》→北岳までの長い縦走をした。二人にとっての三千メートル級の山は、塩見が初めてだったわけよ。あなたはトップを歩くサブリーダーのセカンドで、足元ばかりをみて喘いでいた。初めて経験するワンピッチ一時間は長かった。入山して塩見を見晴らせる三伏峠《さんぷく》まで登ったとき、コバイケイソウの白い群落と稜線をわたる爽やかな風に迎えられて、あなたと私は息を吹き返した。ゆっくりでも一歩ずつ歩き続ければ、こんなに高い所にたどりつけるということを実感した夏だった。みんなと一緒だから登れる、そう思った。

翌年は逆コース。北岳から入山して、最南端の光岳《てかりだけ》まで予備日を含めて九日間の長い縦走だった。光岳は二千五百メートルもあるのに、頂上の標識は樹林の中。えっ、ここが頂上なのって、みんな面喰った。下山は大井川鉄道のトロッコ用軌道を鼻歌まじりに歩いて、寸又峡《すまたきょう》温泉にたどりついた。

初めての冬山は乗鞍岳。新宿を二十三時二十分発のアルプス10号に乗って松本まで。早朝の四時、マイクロバスで松本から鈴蘭小屋まで行き、その日は冷泉《れいせん》小屋付近まで高度をかせぐという強行軍。次の日には位ヶ原《くらいがはら》のテント場を目指し、みんなで輪かんじきを履いて、腰までの雪をかき分けながら登ったわ。毎年、冬は乗鞍に行ったけれど、凍った稜線歩きは危険だったので頂上の剣が峰まで行かずに肩の小屋近くから頂上を眺めていた。頂上から空に舞い上がる雪煙を見上げながら、青空を背景にした真っ白な雪山はこの世で最も美しいものだと思った。楽しかったのはテントでのクリスマス。みんなで山の歌や讃美歌を歌った。あなたはいつの間にかアルトのパートを重ねていて、素敵なハーモニーにみんなで酔ったわ。あんなロマンチックなホワイトクリスマスは後にも先にもない。秋の奥多摩連峰、木曾御嶽の雪上訓練、剣岳の岩稜歩き、後立山《うしろたてやま》連峰、三月の木曾駒ヶ岳、五月の白馬岳。春夏秋冬、ずいぶんたくさん仲間たちと登ったわね。話し出すとキリがないわ。

東京の私立女子高校で世界史を教えていたあなたは、毎日の授業の他に登山部の顧問として生徒の合宿に同行していた。その上、ある時期は生徒指導部の仕事までもが重なり、夜の新宿を男の先生と巡回することもよくあったらしい。どちらかといえば強靱な肉体の持ち主ではなかったし、何事も手を抜かずに一生懸命だったから、からだも神経も休まるときがなかったでしょう。そんなあなたにはいつも密かに想う山があった。秋の谷川岳に一人で紅葉を見に行ったという葉書をもらったことがあった。谷川岳は、確かあなたが学生時代にお付き合いを始めたばかりだった人が遭難した山。卒業後、山登りから遠ざかっていた私を誘って、二人で岩手県の焼石岳《やけいし》に登ったこともあった。でも本当は、岩手山に登りたかったのでしょう。あなたが盛岡の中学に通っていたときに登った「初めての山」だったから。

あんなに元気だったのに——。

一九九一年、キリマンジャロに登った五年後に、あなたは四十二歳の若さで胃癌のために天国に逝ってしまった。手術から二年後のことだったけれど、私にとっては突然のことでした。あなたやあなたの周りの人間は「胃潰瘍」と知らされていたので、私が上京しさえすればいつでもあなたに会えると思っていた。ところが療養中に会えなかったばかりか、福岡で仕事と子育て真最中の私は、東京の自宅で行われたご葬儀にも参列できなかった。亡くなったのは四月二日。まるで天国の新学期に駆けつけるような、あわただしい旅立ちに思えました。

勉強のために仙台で一人暮らしを続けていた私は、人恋しさからか、東京の世田谷でご両親と暮らしていたあなたとは、よく手紙のやり取りをしていました。「ハガキをありがとう」という挨拶から始まるあなたの手紙を見ると、私の方から出すことが多かったみたい。あなたから私に送られてきた手紙は封書と葉書を合わせて十六通あまり。現役時代は、かみ合わない議論を年がら年中闘わせていた。山岳部のありかたや学生運動のこと。それなのに、卒業後はどういうわけかお互いに手紙をよく書いたわ。

仕事と山の話題が多かったけれど、ときには意味不明の内緒話を読まされたことがあったわ。

「……結婚生活の裏ってホントにわからないものですね」。（えっ、どうしたの？）

「結婚してたって、他に女性を求めることがあるのだと、信じていくべきか。世の常識をとって、日陰の身などにならないよう、いい加減で足をあらうべきか、それが問題だ。このひとくさりは、家宛のハガキには書かぬこと」（何があったの？）

「男とは純粋でバカなのか、それともエゴのかたまりなのか……？　又、女とは……」。

誠実で、正義感が強くて、ちょっと意地っ張りで、とても頑固で、そして、とびっきりの優等生と誰もが認めていたあなた。そんなあなたを図々しくも惑わせていた男がいたとはね、そんなヤツ、さっさとやめちまいなさいよ！と思いました。

手紙のやり取りは一九七四年から始まったけれど、あなたからの最後の手紙は、一九九一年一月末、亡くなる二カ月前にもらった葉書だった。星野富弘の桜の画詩が描かれたもので、お見舞いの花籠に対するお礼だった。愛用の明るいブルーのインクで、しっかりした、おおらかな筆跡だった。

娘を失くしたご両親をなんとか慰めたいと、山岳部のOG有志によって『追悼文集』が編まれ、中学の恩師や友人も含めて、親交のあった五十五人の方々が寄稿文を寄せました。あなたはこの文集を読むことができないけれど、あなたが多くの方々と手紙をやり取りしたことが文集の中で明かされています。そして後半二十頁には、あなたの「遺稿」も掲載されています。

病に侵される少し前の一九八八年四月から一九八九年十二月まで、進路指導部にいた間に、あなたは二年生に向けて『二進月報』を毎月発行し生徒たちに読ませていました。その中身のほとんどは読書指導で、毎号十~十五冊の様々なジャンルの本、日本文学の古典、評論、小説等々、高校生が手に入れやすい文庫本を中心にかいつまんで紹介しています。

なんとか生徒に良書を読ませたい、読書の愉しさを知らせたいという気持ちが、ユーモラスで温かいことばの翼にのって生徒たちの上に舞い降りた。少しお説教じみているけれど、ほのぼのとした雰囲気の紙面はさすが。読書好き・作文好きのあなたの面目躍如だわ。毎号、文章の最後をお気に入りの一句でしめる楽しい書評文。折角だから、少しだけ抜き出してみます。

五月号（一九八八・五・一）

連休を目前にワクワクしている君ッ！　四月号で紹介した本、何冊読みましたか？　むつかしい本を読むには二つの方法があります。ひとつは、とにかく通して読んでみること。もう一つは、メモをとりながら読むことです。小林秀雄が『人間の建設』で述べているように、本当に面白いことはむつかしいのです。もし、この本が私の高校時代にあったら、私はもっと古典に対する興味をそそられたのにと羨む一冊は、田辺聖子の『文車（ふぐるま）日記』です。また素人の私がナールホドッ！　と古典に開眼したのは、丸谷才一の『日本文学史早わかり』でした。丸谷才一は、はじめ□文学を勉強した人なのですね。（漢字一文字□の答えはFまで。）

目つむりていても吾を統ぶ五月の鷹　　寺山修司

一月号（一九八九・一・九）

あらゆる本の中で一番夢中になれるもの、読み切るまで手離せないもの。それは推理小説ではないでしょうか。アガサ・クリスティが好きな人でも意外と読んでいないのが戯曲です。クリスティは、八五歳で死ぬまでに、長編探偵小説八十六冊のほか、短編と普通の小説を足すと、一〇五冊の本を書き、戯曲は二十一本書いています。『天才とは、天が与える一パーセントの霊感（インスピレーション）と、彼が流す流汗（パースピレーション）の九十九パーセントから成るものである』といったのは、エジソンです。何といっても勝負は、心身の《流汗》にかかっているようです。いつもクールな頭とナイーブな感性を。そしてカバンには一冊の本を。

新年の白紙綴じたる句帖かな　　正岡子規

追悼文集の中に描かれているあなたの人生模様は色鮮やかです。中学時代は生徒会の役員に制服のモデル。高校では文化祭の委員長や合唱団のリーダー。学生運動真っ盛りのときには、学科に対してカリキュラム批判を淡々と主張し、結局はそれを認めさせた。卒業後は山岳部現役の活動を支えた。そうそう、奥村チヨの「終着駅」をよく口ずさんでいたことも。あなたは責任感の強い行動的な人だったし、周囲のひとに対する細やかな心遣いをいつも忘れない人だった。そして、誰よりも美しかった。華やかな友禅染の着物姿の写真には見惚れてしまう。

楚々とした姿の真ん中に、しなやかで強い心柱が一本通っていた。「やるべきことはやり切った」と、最期にそう思ったかもしれない。でも、あまりにも早すぎた。

自作の版画『氷心玉骨《ひょうしんぎょっこつ》』は、あなたが好んで年賀状に使っていたもので、真にそのとおりの人生だったと、私は思います。

「こいのぼり」のひと

私が物置から運び出したひと抱えもある古い手紙の数々。おそらく百五十通はある中で、かなりの部分を占めているのは、Fさんを含めた大学時代の山仲間からのもの。みんな、よく書くなぁ。大量の手紙の中で、男性からの手紙はわずかに葉書が五通。二通は、海外出張中の夫からの絵葉書。二通は恩師からの礼状。一通は問い合わせに対する恩師からの返書。男性にとっての手紙は仕事のツールであり、それ以外で書くものは恋文なのだろうか。そのどちらかである、おそらく。そういえば、異性間で交わす手紙を「文通」と言っていた青春用語は、死語になってしまったらしい。現代の女性は男性と同様に、親しい人に長い手紙を書くことはほとんどないそうだが、私が持て余している古い手紙の山は、女性が日常的に長い手紙を書いていた昭和という時代の証拠品だ。

その証拠を一番多く残しているのが、山とは何の関係もない友人Kさん。不思議な縁が今も続く。友人以上、姉妹未満というところだろうか。

Kさんは私の六歳上だが、鹿児島の公務員を辞めて日本女子大学大学院に進学するために上京。偶然、私と同学年になった。研究室は別だったのに、何かをきっかけにすぐに親しくなった。趣味が同じでもないし、どこかへ一緒に遊びにいくわけでもない。鹿児島出身の彼女は東京の友達を作りたかったのかもしれない。そうか、きっとそうだ。うーん、彼女はちょっとしたヒ、ト、タ、ラ、シ、だろうか。

彼女は料理が得意で、東京・上中里のアパートでよくご馳走になった。当時のアパートは風呂無し・共同トイレ。近くの銭湯に一緒に行った。そんな友人関係は私にとっては初めてだった。しかし、二年後に卒業してからは熊本と仙台に離ればなれになったので、その頃から手紙のやり取りが始まったわけである。

一九七四年から一九八〇年までの六年間に封書十六通、葉書四十通。封書はたいてい便せん五〜六枚にびっしり。葉書も虫眼鏡で読みたくなるような筆圧の弱い小さな字がぎっしり。しかも表にまで続いて終わる長さである。誰かが盗み見しようにも、端から諦めるだろう。こんな手紙を書いてよこす人など、他にいない。よくもこんなに書くなぁと、呆れた。

彼女とのやりとりは、先方からもらったものに対して、私が返信を書くことが多かったようだ。なぜなら、「ちっとも書いてこないけど、忙しいのよね、きっと」などと、催促の言葉がたいていはじめに書かれているからだ。しかも、彼女の手紙の内容はほとんどが仕事に関する愚痴で、まったく閉口した。やる気がない上に足を引っ張る同僚がいる、学生の意欲がない、研究するにもお金がない、機械がない、授業の準備に時間を取られる、学会発表と報文づくりに忙しい等々。あーあ、勤めるとはこういうことかと思う一方で、暗に自慢とも受け取れる。

だから、こちらも頑張っている様子を報告するという、お互いに見栄と意地の応酬といってもよかった。しかし、約一年あまり手紙がプッツリ途絶えた時期があった。あちらから来ないから、こちらからも出さない。

ところがあるとき、熊本から突然の電話。「好きな人ができて、子どもを産んだのよね」と彼女が言う。青天の霹靂《へきれき》だった。

私は彼女の奔放な情念を感じ、結婚せずに子どもを産んで育てる人生を選択した強い覚悟を知った。自ら信ずるままに何事にも迷わずに突き進む。自信家らしい彼女ならありうることだ。私は少なからず動揺した気持ちを落ち着かせ、お祝いに大きなイヌのぬいぐるみを贈った。

それからの数年間、なんと彼女は、息子の成長記録を『こいのぼり』という手書きの育児通信にして定期的に送り続けてきたのだ。相変わらず小さな字がA4判三段にびっしり。よくもまあ、こんなに書くことがあるもんだなぁ。

働きながら一人で子育てをしなければならなかった彼女は、研究テーマを百八十度変えた。それまでの専門は、食品の物性を機械で測定するレオロジーという応用物理学の分野だった。しかしある頃から、研究の対象を物質ではなく生活する人間に求めた。研究環境や生活の変化などが、研究の視点に影響したのだろう。村落に伝わる伝統的な食生活や子どものための食教育などに視線を注いで実践的な研究を進めた。さらに高等学校家庭科の男女共修の運動に取り組み、実現にまでこぎ着けた。活動家としての彼女がいよいよエンジン全開で走り出したと、私の目にはそう映った。

そんな頃、偶然にも私は福岡に住まいを構え、職を得た。福岡と熊本は近いとはいえないが、さほど遠くもない。運命の糸にたぐり寄せられたというのも大げさだし、彼女が私をたぐり寄せたわけでもない。せっかく日帰りできる距離に住むようになったというのに、忙しさにかまけて会う機会がなかった。ようやく二人が定年退職し、お互いを訪ねることが出来るようになった矢先のことだった。

二〇一六年四月、御船《みふね》町に住むKさんは熊本地震の大きな被害にあった。

一人住まいの家は半壊だったが、半年後に修復されて前より安全な家になった。その復興の話を聞いて、四十年前の彼女の姿を思い起こした。自らの信じるままに迷わずに突き進む。挫けない。壊れた家の隅々までを撮影した冊子を作り、保険会社と交渉したのだ。

地震の被害にあって破損した文書類を棄てたことを知り、私の手元に保管していた四十年前の『こいのぼり』をまとめて返した。そうしたところ、彼女がめずらしく弱音を吐いた。

「当時のことを想い出して、苦しくなって読めなかったわ。ずいぶんとんがっていたのね」。

「いやぁ、あなた今でもとんがっているよ。私だって自分で自分を励ましながら、自分に鞭を入れながら生きているのよ。あなただけじゃないわよ！」と、私も珍しく檄を飛ばした。

彼女と私との関係はこの先まだまだ続く。そして、もっと強くなる。そんな予感すらする。

さてどうしたものか。古い手紙の山を前にして、私はフーッと深いため息をつく。まずは庭をわたる初夏の風に当てよう。そしてそのあとは暇にまかせて、もう一度ゆっくり読もう。女ともだちからの古い手紙にオサラバするにも、それなりに手間ひまかかりそうだ。

II

箸

「俺はもう、割箸でいいんだよ」。新しい箸の使い勝手が悪くて、夫が少し投げやりな言い方をする。使い慣れている塗箸の剝げが目立ってきたので、私が気を利かせて塗箸を新調した。そして、「どれにするか迷ってね。本当は天然木の方が使いやすいけど、汚れやカビがつきやすいし……」と、言い訳をあれこれ言ったときに返ってきたのが「割箸発言」だった。何かにつけてこだわりの強いひとなのに、箸は使いやすければなんでもよいという。その夜の酒の肴が割箸に味方した。滑りのある山芋の短冊切りと里芋の煮っころがしである。新しい箸はそのままに、ひとまず買い置きの割箸を添えて、その場は一件落着した。

御代替わりの行事が続いた令和元年の秋、大嘗祭《だいじょうさい》の儀式が行われた暗闇の中で、微かな光に天皇の手元が浮かびあがる。その手にはピンセット型の食具――おそらく竹折箸だろう――が見えた。それで神饌《しんせん》を挟み、別の皿に取り分けている。そうか、古代の箸はやはり一本だったのか。一本を折り曲げて使っていたのか。

やはり、と思ったのにはわけがある。『食の民俗事典』で、「食のことわざ・箸」の著者・筒江 薫氏は新井白石の『東雅』を引用し、「古くは細い竹一本を折り屈《かが》めて、その端と端とを向かい合わせて食をとった」と述べているからだ。箸の始まりは、本当にピンセット型だったのだろうか。

『日本の食文化1　食事と作法』には、遺跡の出土品や古い文献などをもとに食具としての箸の歴史が詳細に書かれている。

箸の始まりは中国で、紀元前から黄河地域では青銅製や竹の箸が使われていたようだ。日本の箸の歴史は七世紀の奈良県の遺跡から出土した檜の長い一対の棒に遡る。食具としての出土品としては、弥生時代の遺跡から木製の匙があるが、箸は出ていない。ということは、弥生時代には箸は存在せず、匙あるいは手掴みで食事をしていたことになる。

七世紀の遺跡から出土した箸は長さが三十～三十三センチで、両端か片方が細く削られている。同じ時期の遺跡からはピンセット型の箸も出土しているので、両方のタイプがあったわけだ。しかし、一対であれ、ピンセットであれ、いずれにせよたべものを挟んで口に運ぶ直箸《じかばし》にしては長すぎて実用にそぐわないとみられ、その頃に使われた箸は、主に祭器だったと考えられている。

それにしても、三十～三十三センチという長さが気になる。というのは、それが約一フィートに相当するからだ。古代、祭器としての箸の長さを決める根拠となったのは、遥か彼方の西方からもたらされたスケールだったのだろうか。あるいは偶然の一致だろうか。

現代人の使っている長さ二十センチぐらいの箸は、最も古くは八世紀の遺跡である奈良県の藤原宮から出土し、それ以降の平安京の遺跡からは大量の檜の箸が出ているというから、平安時代になってようやく実用的な食具としての箸が広まったのかもしれない。古代の人々はその箸をどのように持って、何を挟んで口に運んだのだろうか、想像は拡がる。ちなみに、中国や朝鮮半島の遺跡から出土する箸は金属製が多いが、日本は湿潤な気候のせいか、錆びの早い金属製の箸は古代から使われなかった。素材は、檜、竹、栗、欅、杉、柳、茅、苧殻《おがら》、薄、萩などの植物で、用途に応じて幹・枝・茎などが使われてきたし、現代でも行事によってはそういった多彩な素材が箸に利用されているようだ。

実用の箸は、使いやすい長さを決める基準として、聞き慣れない「短咫《たんあた》」という「身体尺」が使われている。「短咫」とは、親指と人差し指を直角に開いたときの指先と指先の間の長さのことである。箸の長さは短咫の一・五倍がよいとされている。私の短咫は十六センチだから、一・五倍は二十四センチになる。私の場合はそれでは長すぎて、もう少し短いほうが都合がよい。日頃使っている塗箸は二十二センチ。ちなみに割箸の長さは二十〜二十一センチで、私の短咫の一・三倍に相当し、最もしっくりするから嬉しくなる。割箸が使いやすいのは白木製で滑らないだけでなく、長さも納まりがいいのだ。正月の祝箸は中央部が膨らんでいて両端が細く、長さは二十四センチ。持ったときにいかにも長すぎる。わずか一〇パーセントの長さの違いが使い心地に影響するとは、手の識別感覚はたいしたものだと感心する。

食事の場面が頻繁に出てくるテレビ番組が多いが、老若男女を問わず、箸使いの心許ない手元が映しだされることが少なくない。そういう私も偉そうなことは言えない。十代後半まで箸の持ち方がおかしかった。母親が気にして、よく注意されたが直す気がなかった。さほどの不便を感じなかったせいだ。後になって、大学の友人たちが箸を上手に使う美しい所作を見て、意識的に持ち方を変えたところすぐに上達し、少し大人になったような気分がした。

箸が上手く持てないひとの手を見ていると、親指と人さし指で箸を操ろうとしている。そんな光景を見ると、そうじゃないよ、中指を二本の間に入れて！　と、ついお節介を言いたくなる。そうしないと、持ち手の神経が箸先まで伝わらないからだ。二本のうちの一本は人差し指と中指で挟み、もう一本は薬指にのせる。親指は二本に添える程度だ。そうすれば、箸先にかなり強い力をこめてたべものを割いたり、切り分けたりすることも可能になるから合理的だ。

普段は無意識に箸を使っているが、箸の優れた機能を存分に発揮させようと駆使するときがある。それは、魚料理のときだ。特に、焼き魚、煮魚は箸でないと食べにくい。骨を取り外し、むしり、はさみ切ったりほぐしたりして身を口まで運ぶ。骨付きや尾頭付きの魚、さらには生魚を刺身で食べる日本人の食習慣と箸とは、切っても切れない関係がありそうだ。たべものを刃物で傷つけずに口まで運ぶこのような細かい作業は、ナイフとフォークでは難しい。大げさに言えば、たべものに対する日本文化の優しい一面が、箸使いの作法には表れている。

箸はたべものを口に運ぶだけではない。

幼いときから可愛がってもらっていた叔父が六年前に亡くなり、東京の町屋斎場で葬式があった。葬儀場と同じ屋根の下に火葬場も併設している大きな近代的施設に驚いた。広い火葬場内にはエレベーターの自動扉のようなテカテカした銀色の扉がいくつも並んでいる。これから死者を見送る人、灰になった死者を迎える人など、大勢の人たちが黙って扉の方を向いて遠巻きに立っている。

小一時間ほどして、「収骨の準備ができました」という案内に促され、控室から火葬場の扉の前に向かう。まだ触れられないほど熱い台の上には、灰に姿を変えた叔父がいる。形を留めている骨がほんのわずかなのは、九十五歳という年齢のせいだろう。順番に長い箸を渡されて小さな骨片を拾い揚げ、崩れないようにそっと骨壺に納める。その時の箸が竹製だったかどうかは覚えていない。薄情にも、祖母や両親の骨揚げのときの記憶はもっと薄れてしまった。骨揚げに立ち会うたびに、箸が使われることに違和感を覚える。焼け残った骨は「死」の実体に他ならない。骨揚げはまるで、「死」を箸で拾うようだ。弔われるべき死者がモノとして箸で拾われる。しかもその箸は、骨揚げのたびに繰り返し使われてきたものである。いったい、箸で遺骨を掴むなどという方法が、いつから当たり前になったのだろうか。

かつての骨揚げでは、「合わせ箸」(箸から箸へ遺骨をわたす所作)や「違い箸」(チグハグな二本の箸を用いる)など、どうみても奇妙な箸使いの習わしがあり、そのような行いは食事の作法としてタブー視されてきた。しかし、現代では骨揚げそのものが簡略化・流れ作業化しており、奇妙な風習は過去のものになりつつある。なによりも箸はたべものを掴む食具であるはずなのに、いまの骨揚げでは単にモノを掴む道具と見なされている。私は箸で骨を拾いたくないし、拾う行為も見たくない。若い時にはそれほど感じなかった箸に対するそんなこだわりが、齢を重ねるほどに強くなっていく。

年越しの迫ったある日、小掃除のついでに使わなくなった箸を戸棚の奥から出して食卓に並べる。娘たちが幼い時に使った短い白木の箸。母が生前に使っていた細い竹箸。使いづらくてすぐに買い替えられた箸、来客用の箸等々。さんざん使って塗りの剝げたものや汚れが取れなくなったものは捨てたから、そういうものを含めるとお箸にはずいぶんお世話になってきた。たべものを口へと橋渡ししてくれたそんな棒切れたちを分類してポチ袋に収め、また戸棚の奥へ。こうしておけば箸たちも落ち着けるだろう。そして最後に、正月三が日に使う祝箸を整え、年一回の出番に備える。

結局のところ、夫は新しい塗箸を手なずけたのだが、あのときの「割箸発言」の要望を聞き入れて、お昼ご飯だけは割箸を使うことにした。ものの本によれば、そもそも箸は清潔を重んじて白木を使い、一回きりの使い捨てを旨とするものらしいから、割箸を使うことに無駄使いの後ろめたさを感じることなどないはず。割箸は日本人による発明品だし、最も伝統的な箸らしい箸といえるのかもしれない。わが家では、使用後の割箸を菜箸《さいばし》として何回か使ってからお役御免とし、その後は庭仕事の道具になる。そんな割箸たちの「ごっつぁんです！」という声が、どこからともなく聞こえてくる。

《参考文献》
野本寛一編『食の民俗事典』柊風社（二〇一一年）
小川直之編『日本の食文化1　食事と作法』吉川弘文館（二〇一八年）

料理カード

「柚子の花のつぼみを押してぱっと開かせて乗せる」「蕗は煮立った出し汁に浸して一晩置く」「星鱶《ぶか》は美味で剣鱶《ぶか》はまずい」「蟹は生きたものを使うこと」「米一升、酒一合、みりん少々で炊いたご飯は非常に美味」「日本料理の盛り付けは三角形の頂点をつくるように山高に」等々、母が遺した料理カードです。

日本が日中戦争から太平洋戦争へと突き進む時代、昭和十四年から十五年にかけて、広島市宇品《うじな》にあった広島女子専門学校（広島女専、現在の広島県立大学）家事裁縫科に在籍していたときに作成されたものです。

カードは葉書をひとまわり大きくしたサイズです。二種類の用紙のうちの一つはスベスベした薄手のケント紙で、それほど黄ばんでいません。もう一方は画用紙のようにざらついたもので、茶色に変色しています。どちらも同じ記入項目があらかじめ印刷されたものです。それらには実習の行われた月日が記され、母の旧姓の印が押されています。ケント紙カードは二年生（昭和十四年）で使用、画用紙様カードは「三乙」という学年とクラスの記入があるので、三年生（昭和十五年）で使用されたものでしょう。濃いブルーブラックの万年筆で書かれた滑らかな母の筆跡はいまだに明瞭です。

一品につき一枚、百八十九枚を数えます。表には料理名、材料と分量、裏には食材の扱い方、調理手順や注意点が事細かにぎっしり記入されています。班ごとに分かれた学生自身による実習だったのか、あるいは先生が師範台で行うデモンストレーションだけだったのかはわかりません。それにしても本当に、こんな贅沢な食材を使った実習が行われたのか、戦時色が濃くなっていく時期だというのに。初めてカードを見たときは、疑問を抱きました。しかし思い直して、丹念に目を通すことにしました。その充実した内容は、調理実習用の教科書の原稿として通用するばかりでなく、広島女専で行われた戦時中の教育の実態を示す貴重な記録としての価値があると思われました。

日本料理、西洋料理、支那料理、菓子と飲料、ソース、正餐の献立等に分類され、料理全般に亘って学んでいます。とくに西洋料理をたくさん習っています。アルファベットやカタカナ名のメニューが八十種類を超えます。メインの食材として、牛肉、豚肉、鶏肉の他に、タイ、ヒラメ、シタビラメ、サバ、アジ、イワシ、キス、ハモ、マナガツオ、アナゴ、サメ、タコ、カニ、クルマエビ、シバエビ、アサリ、ハマグリ等の瀬戸内の魚介類が頻繁に登場します。中には、冷凍エビ、コイ、マグロなどを使ったものもあります。冷蔵・冷凍技術の乏しかった時代ですから、魚介類のほとんどは、その朝に水揚げされたものが学校の教室まで運ばれたのでしょう。瀬戸内海に面した土地ならではの、見事なラインナップです。

クルマエビをヒラメで巻いて蒸したものにイエローソースをかけ、ブイヨンで煮込んだ冬瓜を添えた一品は、贅沢なフレンチ。六月にはコーヒーアイスクリームも作っています。十二月二十日はクリスマスメニューです。「ヒレ肉のベーコン巻き・ベヤルネーズソース」と「クリスマス・プディング」。どれもこれもすごいご馳走だし、とても書き切れない！

カード裏の調理手順には、魚や野菜の包丁の入れ方の図示、注意点には擬態語や擬声語も使われています。先生の説明を受けながらの聞き書きもあったでしょう。師範台上で繰り広げられる先生の手さばきを目で追いながら、一言一句を聞き逃すまいと耳を傾けてメモを取っていた学生達の姿が目に浮かびます。おそらく、先生があらかじめ板書したものや実習中に耳に入ったこと等をノートに書き取り、授業後にカードに書き写して清書したのではないでしょうか。カードの記述に書き損じがほとんどないからです。

カードに目を通しながら、私は思わず考え込みました。これほどの実習がなぜ行われたのだろうか。手の込んだ料理を当時の家庭で作ることはできない。女性がプロの料理人になることはそれ以上に不可能です。それなのに学校はなぜ教えたのだろうか。答えは一つです。どこにも負けない最高の教育を学生たちに授ける。学校はその矜持《きょうじ》をもっていたのです。学生たち一人ひとりがその教えを受けとめ、誇りと自信を身につけたに違いありません。

しかし、その充実した勉学の日々にも、戦争の影があからさまに迫ります。昭和十四年のカード数は百四十八枚、実習日の明らかな実習回数三十四回に対し、十五年は四十一枚、実習回数十一回です。十五年には簡単な料理が増え、中には「卯の花のパン」「そうめん」等の簡素な献立もあります。昭和十四年までは良かった。しかし、十五年から悪くなった。実習は、当時の国情を反映しているかのようです。もちろん、残っているカードがすべてかどうかはわかりません。しかし、残されている二種類のカードは紙質だけでなく、内容にも大きな隔たりが見られます。

昭和十三年四月、母は大分の実家を離れて広島女専に入学しました。三年間の学業を終えようとしたとき、患った虫垂炎が手遅れになり生死の境をさまよいました。大分に帰省して療養し、半年以上の休学を余儀なくされました。卒業は十六年十二月二十六日です。日米開戦の時期とちょうど重なり、世の中は勉学どころか食べることすらままならない時代に突入していきました。

人生で一番輝いていたときの自分自身が料理カードの中にいる。母はそう思っていたのではないでしょうか。だから、ずっと大切に持っていた。人生で挫けそうになったとき、料理カードの存在そのものが彼女を励まし、生きるための誇りと勇気を奮い立たせた。八十年の時を刻んだ母の「料理カード」は、いまなお瑞々しさ溢れる青春の記録なのです。

ハンバーグは下の下？

「ひき肉料理なんて料理のうちに入るか！　下の下だ」。

食べものに対する優劣意識の強かった父は、大正十年生まれ。亡くなって三十年になるけれど、ハンバーグを作るたびに、私はいまでも彼らしい辛辣な物言いを思い出す。子どもの頃の夕食はいつも祖母と母と私の三人だった。母の作るひき肉料理はオムレツや野菜のそぼろあんかけぐらいで、ハンバーグが食卓に上った記憶はない。コンビニやファミリーレストランのない昭和に育った団塊世代である。

数十年ものあいだ、父は外でいったい何を食べていたのだろうか。会社の接待費で飲み食いする「社用族」という言葉が横行していた。部下を引き連れた屋台の焼き鳥やおでんから、一人数万円はする高級料亭の料理まで、連日連夜、彼の好きなものばかり。そんな席に、ひき肉料理など出る幕はなかったろうし、いわんやハンバーグなど、父は食べたことがなかったのではないか。舌が肥えているとか、美食家とか言われているうちに、四十代前半には糖尿病と診断されて薬を飲みだしたから、ご自慢の味覚にも病気の影が覆いかぶさっていたはず。接待費が、「ただ飯食い」という下の下の行為が、彼のからだを蝕んだのだ。

亡くなった父は端から邪険にしたが、ハンバーグは子どもも大人も大好きなひき肉料理の定番。手作りは格別に美味しい。どこが美味しいかといえば、出来立ての熱々を一口噛んだときに広がる肉汁のうま味だ。なかなかどうして、本物の肉の味である。

岩村暢子『家族の勝手でしょ！』という本がある。子どものいる家庭の食卓を撮った写真と、母親に対するアンケートやインタビューなどからなっている。偶然と思うが、二百七十四枚の写真の中にはハンバーグが五回（五世帯）写っている。手作りは三回、二回は外食。予想に反して、ハンバーグは家庭の味としての居場所が与えられずにぞんざいな扱いを受けているのかもしれない。手作りハンバーグは、かつてのような食卓の人気者ではなさそうだ。「ハンバーグは、作るのに時間がかかったので、味噌汁もできなかった。子どもは待ちきれずに納豆ご飯を食べてハンバーグは食べなかった」と、せっかく作ったハンバーグが不発に終わったことを嘆く母親がいる。さらに、「どうせ食べないだろうから、無駄なことはしたくないから、子どもに食事を出さない」「子どもの自主性にまかせて食べたいものを自分で選ばせる」「手をかけた料理に反応がないと二度と作らない」など、母親からの衝撃的な声が寄せられる。著者の岩村暢子は、食卓の中に家庭の病巣を見る。「現代の家庭には、父や母はいても〈親〉がいない」「親なるものが家庭から姿を消している」と落胆し、苦い思いを飲み込んでいる。

食卓の風景とそこでの会話が日本の小説に描かれることはほとんどなかった。とても珍しいシチュエーションだが、平野啓一郎『ある男』には、肉汁のうま味よりも専らソースで勝負するレトルトパウチのハンバーグが登場する。平野はこの小説の中に主人公（弁護士）の息子や女性クライアントの息子などを登場させ、親子の自然な会話を巧みに描いている。そのひとつに、妻が泊りがけで出張した夜、主人公が息子に夕食を用意するところがある。といっても、冷凍のハンバーグとスパゲティを温めるだけのこと。もしこの食卓を『家族の勝手でしょ！』風の写真にしたら、殺風景なもの。父親と保育園に通う幼い息子との夕食。食卓の上はいかにも寂しく会話も少ない。パパと息子だけの食卓でも、もし冷蔵庫から出して温め直したママ手作りハンバーグがそこにあれば、留守中のママの姿も食卓に加わって、父子の会話がはずんだかもしれない。この長編小説の中で、食事の場面が登場するのはこの一カ所だけ。それでも、かつて描かれることのなかった父と幼子との食卓シーンが日本の小説の中についに出現したのだ。平野の細やかな革新的手法に気づいた読者もいるのではないだろうか。

自慢できるほどのものでもないが、生前の父に手作りハンバーグを食べさせたかった。私が家庭を持ってハンバーグを作るようになったとき、父は重篤な病にあって食事がまともにできなかった。そうなっても人間というものは、「目が食べたい」のである。あれやこれや食べたいと、突然わがままを言う。母が急いで用意すると、「旨そうだな」と喜ぶものの、一口食べただけで「もういい」という。あの頃の父にわが手作りハンバーグを食べさせたなら、相も変わらず「下の下だ！」と貶しただろうか。最近になって、ふとそんなことを思ったりもする。

理を料る

新鮮な鯛のアラを前にして、邪念がわいた。いつもは型どおりの甘辛いお煮付けにするけれど、今夜は何か違うものにしよう……。カマの部分は塩焼きに、中骨の身や頭の部分からは出汁をとろう。その出汁で大根を炊こう。

さて、沸騰したお湯にカマ以外の部分を全部入れて出汁をとる。ブクブク湧いてくるアクをきれいに掬う。骨についている身は割箸で徹底的にこそぎ取る。皮や血合い肉からでたあぶらが汁に浮かぶ。汁が濁るまでしっかり煮出してからザルで一気に濾《こ》す。薄口醬油、味醂、濃口醬油、塩少々で味付けした汁は意外にもさっぱりした薄味で、かすかにトロミがついている。アミノ酸、ペプチド、脂質などが魚肉から溶け出て、滋養たっぷりのスープ。かすかなトロミは、皮や骨のコラーゲンが熱分解して溶け出たゼラチンでしょう。ユズの皮を一片入れて、臭みを和らげる。そのスープを見ていたらまた、邪念がわく。もっと美味しい食べ方があるんじゃないかと、一瞬、考える。大根はやめて、いっそのこと雑煮にしよう。この液体を飲まない手はない。中に入れる具は、あり合わせのものばかりになるけれど。大根と人参の薄切り、生シイタケの細切り、白ネギは「白髪ネギ」にする。焼いた丸餅を漆塗りの多用碗に盛り付け、熱々のスープを注ぎ、白髪ネギをたっぷりのせたら完成。思ってもみなかったこの日の幸運は、美味しい雑煮にありつけたことだった。そして、もう一つの幸運がある。これぞ家庭料理、という醍醐味を味わったことだった。材料を目の前にしたぶっつけ本番、レシピなしの料理作りこそが料理の面白さであり、醍醐味なのだ。

いつもこうはいかない。すでに四十数年、数万回になるだろうか、家族とともに食べる食事を作ってきた。手探りの簡単料理に始まり、少しずつ手馴れてきたころは半ば習慣化し、悪くいえば惰性に陥った料理になっていった。夫は若く、子どもは成長期にあり、何か食べさせておけばいいだろうという気持ちだった。美味しい料理を作るための時間も気持ちの余裕もなかった。そんな心掛けでは、かの魯山人《ろさんじん》に叱られる。

北大路魯山人は、昭和初期に料亭「星岡《ほしがおか》茶寮《さりょう》」（東京・赤坂）を開き、家庭料理の神髄を追究・実践した当代随一の趣味人だった。彼は、最晩年に書かれた著書『料理王國』の中で、美味しい家庭料理を作るための心掛けと秘訣を繰り返し述べている。そして、家庭料理こそ料理の王道とする彼の言葉に、一介の老主婦である私はいまも励まされている。

家庭料理で大切なことはまず、「親切心と真心である」と説く。食べるひとのことを思って作りなさいということ。しかし、それだけでは美味しい料理はできない。最も大切なことがある。それは「質の良い材料を選ぶこと」であり、「料理の美味不味は材料で決まる」と魯山人は断言している。そして、良質の材料が高価とは限らないとも述べる。鑑識眼がものを言う。冒頭、近くのマーケットで買った一盛四百五十円の鯛のアラを使った出汁が、極上の雑煮に仕上がった第一の理由は、さしずめ質の良い材料だったからといえそうだ。

長年作り続ける家庭料理が習慣化し、惰性に陥るのは致し方ない。歯磨きと同じである。何も考えずに手を動かす。ときに、気もそぞろのことがある。メンドクサイと思うこともある。そう思うのは私ばかりではない。私の母親もそうだったらしい。

母は生前、「少しだけ丁寧にすると料理は美味しくなる」と、よく言っていた。彼女から吐露されたその言葉は、私にとっての至言である。ただし、「丁寧に」の中身がなんであるかは、教えてくれなかった。日々の料理作りでは魯山人のいうようにはなかなかいかないことを、彼女はイヤというほど実感していただろう。必ずしも質の良くない材料、簡単な道具、未熟なテクニック。気分や体調に左右され、真心とか、親切心などもどこかに置き忘れている。それじゃ美味しい料理はできないと、自戒したのだろう。それを補うための彼女自身の心掛けが何か必要だった。それが、「少しだけ丁寧に」ということなのだ。急がずに、材料から目を逸らさずに気持ちを集中させ、そして、少しは工夫して……とかね、おそらくそういうことなのだ。あの極上の雑煮は、その至言の賜物だったかもしれない。そして母の心掛けは、魯山人のいうところの「理《ことわり》を料《はか》る」という意味に通じている。つまり料理を作るとは、「食材をよく見て、その理を考えて」食べられる形に整えるということであり、理を料ろうとすることによってこそ、真の美味しさは生まれるのだから。

手作りの家庭料理が美味しいということは、なによりの幸運。それだけで、いい一日だったなあ、と思える。気持ちはもう、明日を迎えている。

小説の難題

日本の小説にはなぜ「食」が描かれ難いのだろうかと不思議に思っていたところ、その理由と背景について、開高健がエッセイ『どん底での食欲』の中で明かしている。「文壇には、食べものと女が書けたら一人前だ、という戒語がある」。つまり、「この二つほど書くのにむつかしいものはない」。さらに、「わが国の知的フィールドでは、食談というものを軽蔑する伝統がある」。なるほど、文学界とはそういうところかと理解したが、なぜ食が疎外されるのか、その源流はどのあたりにあるのだろうかなどと思った。

食を軽蔑する伝統に小石を投じるため、物語の中に食の描写を試みる作家たちがいる。その最右翼は村上春樹で、小石の数は抜きん出ている。しかし、彼の作品についてはここではふれない。なぜなら、彼の描く食は、どちらかというと「風景としての食」だからだ。村上スタイルの食の扱いは他の作家にも散見されるけれど、小説世界の人物像やその人生に密着させ絡ませながら食を描いているのは、やはり開高健、そして車谷長吉ではないだろうか。

「ご馳走を食べたい、南華へいってチャプスイのいいのを食べたいわ」と、別れの日を前にして女が言った。『夏の闇』の主な舞台はドイツ（西ベルリン）だろうか。そこには「南華」という中華料理屋がある。主人公はベトナム戦争の従軍作家で、作者の開高健に重なる。心身ともに疲弊して戦地からいったん逃れた旅の途中、十年前に日本で別れた女のいる国にきて彼女とひと夏を過ごす。情事と飽食に明け暮れるありさまが濃密に、執拗に描写され、かねてから性欲と食欲とは表裏一体の肉欲と捉える開高の主張が、この作品で頂点に達した感がある。その文章は、あたかも彼の本性が爆発して深奥にある灼熱の溶岩が流れ出ているかのようだ。

チャプスイは女の大好物で、クズ野菜で作る八宝菜に似たおおざっぱな家庭料理。女は全裸の上にエプロンをつけ、主婦きどりになって得意料理の腕を振るう。そして、心の支えになる子どもがいますぐ欲しいと、一歩先を見すえた生活を願う。いっぽうの男は、テト攻勢第三波が予想されるサイゴンへ再び戻りたい焦燥にかられ、女から逃げ腰になっていく。情欲がとたんに冷めた女は、潔く男を逃がしてやる。精悍で、知的で、そしてセクシーな女はどこか堂々として、男はただ朦朧とした混乱の中にあって、別れを迎える。

開高健はこの物語を書いた二十年後、絶筆となった『玩物喪志』の中で再びチャプスイにふれている。彼にとって、チャプスイは想い出深いこだわりの料理だったのだろう。

「アヤちゃんは黙って、カツ丼を喰うていた」。それを見ている生島は、心中を前にして「気分が冷えて」半分も食べられない。『赤目四十八瀧心中未遂』には、田舎の食堂のカツ丼が、二人にとっての最後の食事として登場する。

主人公の生島は、大学は出たものの会社勤めが続かず、その日暮らしで彷徨を続けている三十四歳の男。流れついた尼崎のアパートは共同便所のある薄汚いところで、住人たちは裏社会と通じた素性の知れない人ばかり。同じアパートに住むアヤちゃんは、背中に「迦陵頻伽(カリョウビンガ)」の彫り物のある綺麗なひとで、生島は別世界に生きるこの女性に強く惹かれ、ある晩二人は結ばれる。裏社会から抜け出したいアヤちゃんと、「漬物が腐るほど真面目人間」の生島は、三日間の逃避行の果てに奈良の赤目四十八瀧まで行く。が、結局、アヤちゃんは兄の借金の形として博多の苦界に身を投じる覚悟をきめ、生島を置いて去っていく。

作者の車谷長吉は、土壇場にあってなお食欲旺盛な女のために、牡蠣フライ、蛸ブツ、鯵《あじ》のたたき、ハンバーガー、炒飯、餃子、そしてカツ丼などをつぎつぎと繰り出す。加えて、生島に一本三円の臓物の串差しを一日千本仕込む職をあてがうところや、アヤちゃんが生島に瑞々しい「桜ん坊」を差し入れするところなど、多彩な食べものを自在に登場させる。

開高健は食欲と性欲とを一体のものとし、車谷長吉は食欲を生への渇望として、食のとらえ方は両者で異なるようだ。しかし、二人の作家は重要な役どころを「食」に与え、ヒロインを生気溢れる人間として息づかせ、男を凌駕するほどに逞しい魅力的な女性として描き切った。作家の意図は覗い知れないが、食と女を抱き合わせる巧妙な着想で、創作の舞台に上ったという印象がある。

いずれにしても、小説の中の「食」は、書く側と読んで味わう側のどちらにとっても、まだまだ興味深い難題として残されているのではないだろうか。

鷗外さんと鯖の味噌煮

　いつものように近くの小さな書店に立ち寄ったとき、文庫本の書棚に貴方の『雁』を見つけました。貴方の小説は高校の現代国語で『舞姫』を読んだきりです。もう一つぐらい読んでみようかと思いました。読んで驚きました。鯖の味噌煮が出てくるじゃありませんか。しかも、重要な役どころです。鷗外さん、百十年前に書かれたご自分の作品を憶えていますか。

「僕」（おそらく貴方ご自身でしょう）は、本郷の医科大学に通う学生ですが、話の中心は友人の岡田君と彼が心を寄せる女性・お玉さんのこと。お玉さんは金貸しのお妾さん。無縁坂の妾宅に女中さんと住んでいて、通学で坂を行き帰りする岡田君の男ぶりに強く惹かれ、通る時刻を見計らって家の前で待つようになります。毎日のように二人は顔を合わせ、今日こそはと思いつつ、なかなか言葉は交わせません。ときは明治十三年、いまから百四十年前のこと。他人同士の男女が親しそうに路上で話せる時代ではないからでしょう。

「僕」と岡田君は、無縁坂近くの下宿屋で暮らしています。ある日の夕食に鯖の味噌煮が上りました。鯖の味噌煮は、令和のいまも食堂の日替わり定食の主だし、合宿所や寮の定番メニューですよ。「僕」は、煮魚、鹿尾菜《ひじき》、麩《ふ》が大嫌いで、散歩がてらに牛鍋屋にでも行こうと、岡田君を誘います。散歩の途中、無縁坂にあるお玉さんの家の前では彼女が岡田君の通るのを待っています。でも、「僕」が一緒なので話せない。「僕」と岡田君はぶらぶらと不忍池までやってきて、偶然、友人の石原君に会う。石原君は池の雁を指さして、石を投げて脅かしてやろうとふざけて言います。岡田君は、可哀想じゃないか、僕が石で逃がしてやると言って石を投げたところ、その石が不運にも一羽の頸にあたって死ぬのです。なんと石原君は、その雁を捌いて食べようと二人にもちかけます。百四十年前のひとは、そういうことが平気でできるのです。よほど動物性たんぱく質に飢えていたのでしょう。牛鍋はなんと雁鍋に化けたわけですよ。死んだ雁を岡田君の外套の内側に隠し持って無縁坂に差しかかると、またお玉さんが立っている。しかし今度も岡田君には「僕」と石原君という連れがいて、話ができない。結局、岡田君とお玉さんは、それっきりです。なぜなら、岡田君は翌日下宿を引き払って、医科大学の教授から薦められたドイツ留学の準備に入ったからです。

もし、鯖の味噌煮が夕食に出なければ、岡田君は一人でお玉さんに会って打ち明け話でもして、別れの夜をともにすごしたかもしれない。貴方は『雁』の最後の段で、鯖の味噌煮（という些細なもの）が二人の運命を変えたと書いているのです。とんでもない。二人だけでなく、一羽の雁の運命をも変えてしまいました。岡田君とお玉さんの運命はすれ違いで終わらせたのに、なぜか雁を死においやった。この小説で最も罪深いのは「僕」でしょ、鷗外さん、おわかりかしら。「僕」が岡田君を誘わなければよかったのよ。そうすれば、何一つ悲劇は起きなかったわ。貴方という作家は、殺さなくてすんだ雁まで殺したりして、死への欲動のとても強い方とお見受けしますわ。

貴方は鯖の味噌煮が窮極に嫌いなのですね。そんな鯖の味噌煮に悪い事をさせようとする貴方は、ちょっとしたサディスト。貴方は鯖の味噌煮の臭いを嗅ぐと、「嗅覚の hallucination」を起こすと仰ってる。クラクラするのでしょう。鯖中毒にでもなったことがあるのかしら。鯖の生き腐れっていいますから。百四十年前には冷蔵庫がなかったでしょうし、塩鯖を焼いて食べるのが安心だし、その方がずっと美味しかったでしょう。

貴方の『雁』に出会った小さな書店の隣には大きなスーパーマーケットがあります。今日は鮮魚売り場で玄界灘産の新鮮な鯖を二枚に下ろしてもらいました。今夜は久しぶりに「鯖の味噌煮」です。わが家の味噌は、仙台味噌。味噌煮といっても、醬油、砂糖、みりん、酒などに生姜を加えて甘辛くサッと煮て、最後に味噌を溶いて入れます。味噌の風味を活かします。

鷗外さん、どうかしら、ご一緒に召し上がりませんか。トロトロしてとても美味しいですよ。

口腹を満たす

　今夜は、餃子。豚ひき肉二百グラム、キャベツ三枚（中葉）みじん切り、ニンニク三片摺りおろし。塩コショウたっぷり、ゴマ油少々。コネコネ、コネコネ混ぜ合わせて三十分放置。皮は市販のもので普通サイズ五十枚。ざっと計算すると、餃子一個当たり約三十キロカロリー。たんぱく質・脂質・炭水化物のバランスは大変よろしい！　手作り餃子は思いのほかヘルシーなのよ、みんな知ってるかな。

　さて、今日は仕事休みの娘の手をかりて包もうか。

「映画やドラマに餃子って出てこないよね」

　食卓の向かい側で、はやくも四個目を包んでいる娘にそう話しかける。

「そうだね、是枝にも出てこないね。『海街 diary』は、アジのフライ、ポテトサラダそれに梅酒だっけ。『ゴーイングマイホーム』は、ラーメンサラダだったね」

ちゃちゃっと手早く包む娘から、お母さん遅いよ、と言われながらも、私は映画やドラマ、そして小説などの食事シーンをあれこれ思い浮かべる。

是枝裕和脚本・監督の『海街diary』。風吹ジュン扮するおばちゃんの食堂が作るアジフライ。姉妹が卓袱台を囲んで食べる朝食風景。長女の綾瀬はるかが恋人のアパートで作るポテトサラダ。法事の後、離れて暮らす母親の大竹しのぶを綾瀬が見送るシーンでは、駅で手渡す小瓶の梅酒が登場した。

同じく是枝のテレビドラマ『ゴーイングマイホーム』では、山口智子扮する主人公は料理研究家。いつも料理を作っていた。調理担当スタッフとして参加した映画の制作現場で、季節外れのソラマメを買うためにデパートの地下まで助手を走らせ、セットの片隅の簡易コンロで鞘つきのまま焼くシーンがあった。へぇー、そうやって火を通すやり方があるのか……。鞘の中のマメは白いフワフワのワタに包まれている。あれごと焼くとなると一種の蒸し焼きだな、なんて想像しながら観ていた。宮﨑あおい扮するシングルマザーがラーメンサラダのニンジンを手早く切るシーンにも思わず見入った。あのあとしばらくしてから、わが家近くのコンビニの棚にはラーメンサラダが並んだっけ。

是枝は、「食」や「食卓」を家族のシンボルとして描くし、その情景の細部をすくい撮ってスキのないところがすごいけれど、ちょっとたべものに頼りすぎかな、と思った。

「小説には意外とたべものや食事シーンが出てこないのはなぜだろうね」

「生活臭が強くなるからよ。ダサクなるし」

そう言いながら、娘はなかなか上手に包む。（いつの間にか上手くなったなぁ……）

「でも、村上春樹には頻繁に出てくるよね。料理名が情景や会話の中にいっぱい出てくる。都会的で、若者好みのおしゃれな料理。例えば、マッシュルームサラダ、チーズバーガー、マカロニグラタン、鱒のムニエルなんかのイタリアンやフレンチね。ワインは出るけれど、日本酒は出てこない。彼はよほど料理が上手なんだろうけれど、和食や中華は苦手かも。餃子は出てこないね。餃子は都会的じゃないからね」

私があれこれうん蓄を傾けると、娘は待っていましたとばかりに応える。

「ニンニク臭いからね。餃子のあとのあれはちょっとね……」（あれって、何さ）

焼き方は定法《じょうほう》どおり。強火のフライパンで、片面に焦げ目がついたら水を入れて蓋。水が無くなったら、ゴマ油をひと回し入れて焼き色をしっかりつけたら、出来上がり！　初めて作ったときは大ごとと思ったけれど、十日に一回も作りだすと、安くて美味しいわが家の主菜料理の代表格になった。五十個のうち三十一個は年の数で娘が食べる。今夜の彼女の夕食は餃子だけ。食べる量が多いけれど、カロリーと栄養バランスはまあまあだろう。残りの十一個は七十三歳の夫、そして八個は七十二歳の私の口へ。

餃子は手作りが一番美味しい。しかも包みたてをすぐに焼いて、熱々を酢醬油で食べるのが一番ジューシー。ラードをわざわざ練り込まなくても、ラー油がなくても、肉とキャベツのうま味が溢れ出る。三人家族で材料費は六百円ぐらい。充実感満点。異議なし！

包み終わった娘は待ちきれない。まず十五個焼いてサワー片手に食べ始めた。ワッシ、ワッシと食べる彼女を目の前にしてただ見ているのがバカバカしくなり、私も一つ、また一つと、熱々の焼きたてを食べながら、話はとぎれとぎれに続く。

「『ノルウェイの森』なんて、セックスシーンと同じくらいたべものや食事のシーンが出てくるし、それが登場人物たちの日常生活の実態なわけよ。なにしろたべものが会話の繫ぎとして使われているところがずいぶんある。たべものに特別の意味はなさそうだけれど、レアなステーキとか焼肉とか、ドギツイものは出てこないわ。二百万部も売れたそうだけど、陰の立役者はおしゃれなたべものたちかもしれないよ」

「どうしてそういう書き方をしたのかな」

「さあね。わかんないけど、そういうシチュエーションって、自然だよね。たべものがそばにあったほうが、読者は登場人物を身近に感じる。っていうか、たべものがあると、人間に細かい動きが出るんだよね。物語のリアリティって、細かい描写のところで感じるでしょ。人とたべものが一緒に動いて場面に空気の流れができる。そうやって、たべものは会話の小道具に使われるけれど、同時に、描かれた時代を映しているとも思うわ」

もちろんそれは他のモノや風景でもよいのだろうけれど、村上春樹がはっきり意識して、たべものを会話に割り込ませるところは日本の小説としては珍しい。

海外の小説は、ジャンルを限らず、日常を描くのにたべものや食事がよく出てくる。私の好きなエリザベス・ストラウト『オリーヴ・キタリッジの生活』はまさに、そうだ。アメリカ北東部の港町を舞台にした七十二歳主婦の人生と彼女の人間関係を丹念に描いた短編集。ドーナッツは頻繁に出てくるし、豆乳をかけたグラニューラ、マヨネーズたっぷりの玉子サラダ、ベークドビーンズ等々、挙げたらキリがない。「あそこの娘はシナモン色の髪の毛」とか「カリウムの補給にバナナをたべたらいい」なんていう会話もあって、たべもの情報満載。登場人物の暮らしぶりや好みを描写する上で、たべものが必須アイテムになるお手本。

餃子十五個はいつの間にか二人のお腹の中へ。たべものの印象しか残らない小説の読み方ってどうなのよって娘が言うので、まあ、それはそれで面白いじゃん、と言い訳して第一ラウンド終了。三人揃ったところで、話題は「コロナ感染対策の徹底」に変わり、三十五個を焼きながら食べながら、三つ巴の第二ラウンド開始。かくして、口腹の時間はまだまだ続くのです。

林檎

秋のお彼岸近くなると宗像特産・早生みかんの「姫神《ひめのかみ》」が店頭に並び、暑さの残る街に秋の貌《かお》がのぞく。ちょうどその頃、青森県産の早生リンゴ「サンつがる」が隣に並ぶ。なめらかでツヤツヤした紅い肌に黄色のスジがところどころに入る。リンゴの棚に添えられたカードは、この品種がゴールデンデリシャスを母親（めしべ）とし、紅玉《こうぎょく》を父親（花粉）として交配されたことを教えてくれる。大きな紅い実の生い立ちを知ると、なんとも愛おしい気持ちになり、さっそく一個買い求める。サクサクした歯ざわり、酸味と甘みもほどよく、爽やかな果汁が口いっぱいにひろがる。

リンゴの食べ方、食べさせ方には色々ある。皮も食べられる数少ない果物だ。生はもちろんのこと、コンポートのように砂糖液で煮ることもできる。くり抜いた芯にバターと砂糖をつめて焼きリンゴにすると濃厚な香ばしさがあるし、アップルパイ、タルト、フルーツケーキのように、生地にはさんだり混ぜたりして焼き菓子の中に入れる方法もある。モンゴメリ『赤毛のアン』には、養父母に引き取られたアンがグリーンゲイブルス（緑の切妻屋根）の家に来て初めて口にする食べものとして、マリラが果樹園のリンゴで作った砂糖づけが出てくる。そんな食べ方もあるらしい。そういえば、山登りにリンゴとレモンの砂糖づけを持って行くとバテたときに元気が出ると、親しい友人が話していた。子どもの頃、風邪で食欲のないときにきまってリンゴの摺りおろしを母親に食べさせられたことを憶えている。長じて、札幌の友人宅のジンギスカン鍋で、リンゴの摺りおろしをつけ汁の中にたっぷり入れる方法を初めて知ったりもした。油っこい焼肉にぴったりの甘酸っぱい風味はなかなかイケる。デザートで、薄く切ったリンゴにアイスクリームをのせるのも美味しい。リンゴの酸味とアイスクリームの甘味が口の中で溶け合って、小さなつむじ風がからだの中を一瞬吹き抜ける。

　リンゴの味を初めて知ったのは、生後半年の頃だったらしい。それまでも母乳が足りなくて、もらい乳や粥の汁など、綱渡りの栄養補給があったと母から聞かされた。粉ミルクなどは手に入らない昭和二十四年春。ようやく秋になってリンゴが出回ると、その摺りおろしをガーゼで濾《こ》し、しぼり汁を白湯《さゆ》で薄めて飲まされた。その頃の品種は、「紅玉」か「国光《こっこう》」か。当時はこの二種類ぐらいだったはず。いま出回っている「ふじ」だの「スターキング」よりも酸味が強く、甘みが弱い。おそらく、砂糖を少し加えて飲まされたのではないだろうか。生まれて初めて口にする果物がリンゴだったというひとは多いだろう。もちろん本人の記憶にはないだろうけれど、舌は憶えているかもしれない。憶えているはずだ、命を護ってくれた母なる紅い実なのだから。

物語のたべものに興味を持ちはじめて気がついたのだが、果物が小道具として使われる作品は数少ない。それだけに、すぐ想い出すのは海外の古い物語に登場するリンゴだ。なぜか特別な意味を込めた、いわゆる「メタファー（隠喩）」としての扱いをされているところが面白い。

小学生の頃に読んだ世界児童文学全集第一巻『ギリシャ神話』の「トロイア戦争」には、戦争のきっかけとなった「金のリンゴ」が登場。子ども向けに書かれているとはいえ、ギリシャ神話には多くの神々が登場するので、話はやたらと複雑だ。記憶に残っているのは、後段のトロイの木馬のくだりであり、そのつぎが話の導入部に出てくる「金のリンゴ」である。ギリシャ神話が書かれたのは紀元前のことだから、物語に登場するリンゴとしては一番古いかもしれない。「金のリンゴ」は、最もうつくしい女性の象徴としてまず登場するが、それを手にした美の女神アフロディテに唆《そそのか》されたトロイの王子・パリスが、スパルタの王妃・ヘレネを略奪することによってトロイア戦争は始まる。結局、「金のリンゴ」は、「不和をもたらす使い」とされている。

それから少し遅れて書かれたキリスト教の『旧約聖書』（創世記）のエデンの園。かの有名なリンゴの木が登場する。しかし創世記には、ただ、「善悪を知る木」と記されているだけである。その木がいつからリンゴにされたのか、理由は定かでない。イブが蛇に唆されて食べたのはリンゴの実とされてきたし、イブに誘惑されて食べたアダムともども、二人は神によって重い罪を背負わされてエデンの園から追放される。エデンの園のリンゴの意味は、言わずもがなの「タブー（禁忌）」であり、それを犯すことによる「罪と罰」のメタファーでもある。創世記には、それを食べると死ぬとまで書かれている。

さらに下って、グリム童話（五三番）の『白雪姫』には「毒リンゴ」が使われる。老婆に化けた母親である王妃に売りつけられ、毒リンゴをかじった白雪姫は深い眠りにつく。グリム童話の原作では、白雪姫は王妃によって二回殺されそうになるが、三回目の極めつきの凶器が毒リンゴなのである。しかしそのお陰といっていいだろう、白雪姫は王子様に救われて、めでたし、めでたしの結末を迎える。つまりリンゴは、物語に劇的な展開をもたらすための仕掛けになっているとも読める。

それら三つの古い物語の中のリンゴは、「魔力」あるいは「悪意」を象徴する不吉な食べものとして登場している。リンゴ栽培の歴史は四千年前のヨーロッパにさかのぼるとされる。ブドウと並んで人類と最もつき合いの長いありふれた果物に他ならないのだが。

リンゴはなぜ悪者にされるのだろうか。そのタネにアミグダリンという青酸配糖体の含まれているのを知ってのことだろうか。その物質がウメ・ビワ・アンズ・ナシなどの未熟な果実やタネにも含まれていることは、いまではよく知られている。ふだんの縦切りと違うかもしれないが、リンゴの真横にナイフを入れて輪切りにしてみてほしい。中央に星形の空洞がある。その一つ一つの尖った部分に焦げ茶色した二粒のタネが入っている。一個のリンゴにつき十粒のタネ。もしリンゴを芯のまま食べたとしても心配することはない。しかし古代の人々は、リンゴの実の最奥に含まれる「毒」の存在に、あんがい気づいていたのかもしれない。

日本の物語に果物は登場してきただろうか。記憶にあるのは、芥川龍之介『蜜柑』や梶井基次郎『檸檬』。なぜか両方とも柑橘類で、主人公の心象風景を表す重要なものとして描かれている。いっぽう、みかんの皮を剝く、ブドウをつまむ、リンゴやモモやオレンジを切って食べるシーンなどを描いた作品は記憶にない。その理由のひとつには、小説の場面に家庭の台所や食卓の描かれることが少ないからかもしれない。しかし、唯一といってよいだろう、幸田文は、小説の中でリンゴを描いている。

小説『流れる』にはリンゴの砂糖煮が登場する。作者の幸田文が素顔を晒しているようで、彼女自身の生活感と心情がむき出しになっているのである。この場面を何回読んだことだろう。読むたびにその情景が胸に迫ってくる。

主人公の梨花は夫と子どもを亡くした四十過ぎの女で、傾きかけた芸者置屋の女中として住み込みで働きはじめる。持ち前のさっぱりした気性と気転の利く確かな頭で、置屋の主人や芸者たちの細々した暮らしを支える。置屋に居候を決め込んでいる主人の姪には、不二子という「高慢《こま》ちゃくれた」手におえない幼い娘がいる。たびたび高熱を出すので「医者だ氷だ」と、だらしのない母親に代わって梨花は走り回る。買い物の途中、「林檎」のツヤツヤした肌が目にはいり、梨花はかつて自分が母親だった時の記憶をよみがえらせる。

これを砂糖で煮てつめたくしてやったらと、ぽとぽと汗を流して喘いでいる不二子をおもう。梨花の子どもがかつて幼く病弱だったころ幾度この林檎を煮てやったろう。紅い林檎を白く剝いて煮ると甘酸っぱい匂いが立って、果肉は夢のように柔かく、砂糖の煮汁は重く透明になる。それを氷に冷やして、きらきら光る匙に取ってやると、うつつのようになっている熱の子どもは乾いた唇を明ける。「おいしい」と云ったたっけ。

(『流れる』)

梨花はリンゴを一個二十円で買い、不二子のために砂糖煮を作る。不二子は、「これなあに? うまい」と云って、珍しそうにして食べる、のである。不二子のために買ったリンゴは小さな紅玉だったのかしら……。一個のリンゴが描く幸田文の世界は、この物語の核心ともいえる。

春遅く、リンゴは桜のような薄紅色の花をつける。十二歳の「赤毛のアン」は、その花が道の両側に咲き乱れる光景を「歓喜の白路」と名づけ、新しい生活の門出をリンゴとともに祝った。リンゴは世界中どこにでもあるありふれた果物だけれど、その花と実には、人間をふるい立たせて運命を切り拓いていく力を与えてくれる何かが、潜んでいるのかもしれない。

宗像族

宗像《むなかた》大社（福岡県宗像市）秋の大祭「みあれ祭」。二〇一七年、「神宿る島」宗像・沖ノ島と関連遺産群が世界文化遺産に登録され、その年の秋はひときわ賑やかだった。この二年間はコロナ禍の中にあってやむなく中止。寂しいかぎりだ。

「みあれ」とは、「御生れ」や「御阿礼」と漢字で表されることもあり、神の誕生や降臨を意味するとされている。宗像大社で中世まで行われていた「御長手神事《みながてしんじ》」を昭和三十七年（一九六二年）に復活させたお祭りである。

宗像大社は三女神を祀る。本殿のある神湊《こうのみなと》近くの辺津宮《へつぐう》には市杵島姫神《いちきしまひめのかみ》、神湊の沖にある大島の中津宮《なかつぐう》には湍津《たぎつ》姫神、さらに沖合六十キロの沖ノ島の沖津宮《おきつぐう》には田心《たごり》姫神と、三人の姫神がわかれて祀られている。『古事記』によれば、三女神は天照大神の剣の欠片から生まれたとされているが、三女神が三宮にわかれて祀られたのは四世紀後半頃らしい。

みあれ祭では、大漁旗を翻す地元の漁船団数百隻が白波をたて、沖ノ島の女神様と大島の女神様の乗った御座船を護って神湊までおつれする勇壮な海の神幸《じんこう》が華やかに行われる。そして、二女神のお神輿は沿道に咲き乱れる彼岸花に迎えられ、辺津宮までの陸の神幸へ進む。一年に一度だけ、三女神が揃って辺津宮にまみえ、厳かに祭儀が行われるのである。

クライマックスは、一般参拝者の見守る中、辺津宮の高宮《たかのみや》（高御座《たかみくら》）で夜を徹して執り行われる神事だ。鬱蒼とした山中にある古代祭祀跡の地面からは、三女神の神威が立ちのぼる。白装束姿の巫女の舞が、闇の中の微かな光に浮かびあがる。

弥生時代末期から古墳時代にかけて、現在の宗像大社あたりは、玄界灘で漁労を生業とする海人族《あまぞく》の「宗像族」によって治められていた。宗像は「胸形」が語源とも言われ、『魏志倭人伝』によれば、人々は胸にまじないの入れ墨をしていたという。宗像族のルーツは定かでないが、大和朝廷が成立する以前から玄界灘に面した北部九州に住みついた民であることは確かとされ、漁労の他に高度な造船技術や航海術を備えた水軍として玄界灘や朝鮮海峡を自在に往来し、朝鮮半島との交易や人流を盛んに行っていたとされている。その宗像族が玄界灘での航海の際の標識とし、さらに祈りの拠りどころとしたのが、周囲四キロの無人島、沖ノ島である。

奈良・飛鳥時代から平安時代まで、ときの大和朝廷は朝鮮半島や大陸の国々との国交を進めるために、すでに宗像族が海路の安寧を祀る沖ノ島を重んじ、島を防衛拠点とするとともに、伊勢神宮にならぶ国の守護神として五百五十年間にわたって国家祭祀を行った。その間に奉献された宝物は数知れないが、三回の調査で発掘された遺物約八万点は国宝に一括指定され、宗像大社神宝館に所蔵されている。宝物品は国内で造られた鏡、実用武器、玉類、金銅製ミニチュア品などだけでなく、朝鮮半島や中国大陸との交流・交渉を窺わせる品々、ササン朝ペルシャのグラス破片なども含まれ、沖ノ島が「海の正倉院」といわれる所以である。

神宝館の展示品でひときわ目をひくのが「金製指輪」。備品目録の解説によれば、新羅王族墳墓の副葬品と同類のものであり、四枚の花弁が描かれた精巧なデザイン。安部龍太郎は小説『姫神《ひめがみ》』の中でこの指輪の由来をロマン豊かに想像し、日本と朝鮮半島をむすぶ古代の物語を宗像族の娘を主人公にして描いている。

七世紀初め、新羅から日本に向かう一艘の船が難破し、一人の若い男が瀕死の重傷を負って浜に打ち上げられる。宗像族の若い姫であり巫女でもある伽那に助けられた男は、新羅の僧・円照。新羅・真平王《しんぺいおう》の命を受けて大和朝廷に向かう友好の使者である。伽那は、新羅人の父親と宗像族の母親をもつ「韓子《からこ》」で、戦乱の任那《みまな》から逃れ、五歳のときから宗像族の姫として育てられてきた。厩戸皇子《うまやどのおうじ》（聖徳太子）が送り出す遣隋使の小野妹子《おののいもこ》の護衛を担うのは円照らと宗像水軍。一行に加わる伽那に、円照はお礼の印として「金製指輪」を贈る。一行が玄界灘を航行中、宗像水軍に反感を抱く糸島水軍や新羅の反対勢力などの急襲を受ける。その最中、俄かに真っ黒な雷雲が空を覆い、大風吹き大粒の雹《ひょう》が降る。そのスキに刺客を道連れに伽那は海中に飛び込む。嵐の止んだ波間に漂うのは彼女が肌身離さず身につけていた金製指輪とそれに通された救世観音像の描かれた衣。激闘をさえぎる一瞬の嵐は伽那が巻き起こしたものなのだろうか。伽那は姫神の化身となって争いを制するためにその身を挺し、宗像族と玄界灘を囲む国々の和平を願ったのだ。金製指輪は、伽那の遺志を継ぐ宗像族によって沖津宮の田心姫神に捧げられ、この物語は終わる。

作者の安部は、伽那の祖母・豊刀自《とよとじ》に「玄界灘のまわりに住む者《もん》は、ひとつの国じゃったときのこつば体で覚えとる」と語らせる。宗像族の「国」とは、沖ノ島を中心にした環・玄界灘ともいえる「海洋国家」だったのかもしれない。

「みあれ祭」。降臨した宗像三女神が現代に蘇る。この祭りが再開されることを願い、姫神たちとともに海と大地の豊かな実りと平安を祈りたい。

最後の食事
正岡子規『仰臥漫録』

いまから百二十年前に書かれた一冊の闘病記がある。正岡子規『仰臥漫録』である。明治三十四年九月二日に始まるこの日記は、同年十月二十八日まで続いた。子規が亡くなる一年前の記録である。

この頃の子規のからだは八年におよぶ結核療養の末期にあり、すでに脊椎カリエスが腸骨（骨盤骨の一つ）まで侵し、背中や腰にあいたいくつもの穴からは膿が流れ出るほど悪化し、患部は黒く脱疽《だっそ》を起こしているところもある。ときどき往診に訪れる医師は病態の進み具合に驚く。看護にあたる妹・律が毎日、繃帯を付け替えるたびに激痛で絶叫するという壮絶な状態にあった。まったく寝返りの打てない子規は、天井からつり下げた紐や畳の縁に打ち込んだ杭などを持って体位を少しばかり変えるのが関の山だった。現在の医学的知識から想像すると、常に圧迫されている背中や腰におきた褥瘡《じょくそう》が、病巣の悪化をいっそう加速させていたのではないかとさえ思える。当時の医療では手の施しようのない病状にあって、子規は筆を捨てなかった。しかもその筆が最後まで克明に描きつくしたことは、諦めずに求め続けた人生のささやかな楽しみと自由だった。

座ることはいうにおよばず横向きになることさえもできなかった子規が、仰向け（仰臥）のまま手にした毛筆で半紙を綴じたものに書いたのが『仰臥漫録』である。それは、病状、日々の献立・食事のありさま・食欲、料理や看護に対する不満、土産物や到来物、インフレ下での苦しい家計のことなどについて、さらに、果物や庭の草花などのスケッチ、想い出の断片、訪問客との会話など、すべて本人によって書かれた詳細な記録であり、四百字詰め原稿用紙にするとおよそ三百枚の字数になる。この日記はつねに子規の枕元に置かれ、家族だけでなく当番制を申し出て毎日の看護の手伝いに訪れる歌人・俳人仲間（高浜虚子《きょし》、河東碧梧桐《へきごどう》、岡麓《ふもと》、香取秀真《ほつま》、伊藤佐千夫、坂本四方太《しほうだ》、寒川鼠骨《そこつ》、赤木格堂ら）など、誰もがいつも見ることのできるものだった。面白いという評判だったが、子規自身はこれを公表するつもりなどさらさらなく、高浜虚子が雑誌『ホトトギス』での連載を打診した際には、「命を売り物にするのは卑しい」と、きっぱり断っている。

子規は子どもの頃から大食漢である。グルメというよりは、食いしん坊といったほうがぴったりする。子規の育った正岡家は食べ物に贅沢な家だったといわれている。『仰臥漫録』の献立には、病床にあってもなお美味いものをたくさん食いたい、むしゃくしゃした時はご馳走で気分を紛らわすという、生来の食いしん坊ぶりがよく表れている。

九月十九日　晴

便通
朝飯　粥三碗　佃煮　奈良漬
午飯《ひるめし》　冷飯三碗　堅魚《かつお》のさしみ　味噌汁さつまいも　佃煮　奈良漬　梨一つ　葡萄《ぶどう》一房
間食　牛乳五勺ココア入　菓子パン　塩煎餅　飴一つ　渋茶
便通及繃帯取替
晩飯　粥三碗　泥鰌《どじょう》鍋　キャベツ　ポテトー　奈良漬　梅干　梨一つ

この献立は、亡くなるちょうど一年前のものだが、毎日似たような献立が続いている。この頃の子規にはまだ元気があり、この日は、かつて鳥海山を旅した際の想い出、新しい俳句、歌人・俳人仲間の家賃くらべ、梅干し談義などを長々と書いている。

主食は、粥かご飯である。ご飯は、「ぬく飯」か「ひや飯」である。粥もご飯もたいてい三～四碗も食べている。午飯《ひるめし》のボリュームが最も大きい。必ずといってよいほど、「さしみ」を食べている。たいていカツオ（鰹、堅魚、松魚）かマグロである。よほど刺身が好物なのだろう。食べやすくもある。また、ハゼやアミの佃煮と牛乳を欠かさない。牛乳はたいてい五勺～一合飲んでいる。

粥はおそらくおもゆだと思われるが、普通の白飯の約半分のカロリーであり、三碗としても二百キロカロリー程度だろう。その他の料理を加えて、この日の摂取カロリーは約二千三百キロカロリーを超え、たんぱく質は約八十グラムと算出できる。さらに、たんぱく質、脂質、炭水化物のエネルギー摂取比率（％）は、一五：一三：七二ぐらいになるだろうか。昔の日本人の食事が炭水化物に偏ったエネルギー摂取になっていたことはよく知られているが、子規の場合もその傾向にありながら、カツオ、マグロ、キス、サケ、カレイ、ウナギ、ドジョウ等、魚からの動物性たんぱく質を日々欠かさず豊富に摂っていることは素晴らしい。肴屋《さかなや》への月々の支払いが六円（現在の価格で六万円以上か）を超えているのだから驚く。これが子規一流の贅沢なのかもしれない。さらに、他の日の様子をみて明らかなことは、子規が無類の果物好きだということである。到来ものの柿など、一日に十個食べている日もある。こんな日のビタミンC摂取量は一グラムをゆうに超えて、ビタミン剤服用と同様の効果を発揮したことだろう。二十歳の頃、子規は身長一六四センチ、体重五二・二キロだったという。その後の闘病によって体重は激減しただろうけれど、病に臥せる成人男性としては十分な摂取量だ。このような旺盛な、ときにヤケ食い的な食欲は、命だけでなく精力的な文筆欲と知識欲を、そして、母親と妹を養う家長としての責任感を支えていたに違いない。

しかし、あらためて毎日の献立をみてみると、現代の常識に照らして病人食としては残念なことがいくつかある。

しばしば下痢をしたり、嘔吐したりしている。排便の回数も多い。歯茎に膿がたまっていて、うまく嚙めない。粥の上におかずをのせて、流し込むような食べ方をしている。結核菌は脊椎だけでなく、歯槽骨や消化管をも広範に侵し、消化吸収能力がかなり落ちていたようだ。消毒薬以外は治療薬のまったくない時代であり、痛ましくも結核菌が侵すままに病態は進行していく。全身、そして口腔内の衛生状態がひどく悪い。食品衛生上からみても、生魚をこのような病人に食べさせるのは間違いだし、危険だ。肴屋だけでなく路地まで売りにくる行商人から刺身を買い求めることもあったらしく、新鮮で衛生的な魚を常に手にいれることは、さぞ難しかっただろう。さらに、食事記録のつけられた秋は食中毒の起きやすい時期でもある。ある日のカツオの刺身にはハエの卵がついていて食べられなかったと記されているのだ。また献立で気づくのは、卵料理が少ないことだ。鶏卵は手に入り難かったのだろうか。卵は様々な料理に利用できるし、たんぱく質源としても有効な食べもの。子規の食事の世話は母親の八重と妹の律の役目だったが、無理難題を承知で子規自身の好みや命令に沿うものだったのかもしれない。子規にいくらかの思慮があったなら、八重や律に食品衛生や料理の知識がもう少しあったなら、献立は違ったものになっていたかもしれないし、無用なストレスをからだに与えずに済んだかもしれない。しかし、現代の常識から外れた病人食であっても、当人たちにすれば精いっぱい、最善を尽くした食事と考えてのことだろう。

子規は満三十四歳の誕生日を一日繰り上げ、*十月二十七日（陰暦九月十七日）に「岡野」の料理二人前を取り寄せ、上根岸鶯横丁にある閑居の病床で母・八重、妹・律と三人で祝いの膳を囲んだ。贅沢な料理には八重と律を労う意味があった。賑やかな集まりの好きだった子規は、一年前の誕生日には歌人・俳人仲間である「碧・四・虚・鼠」の四人を招いて趣向を凝らした宴会を開いた。しかし、その後はめっきり衰弱し、気力と食欲が衰えてきたのだ。左記のような現在の会席料理なみのご馳走の数々は三人で食べきれず、残り物を炊き合せにした翌日のおかずの方がよほど美味しかったなどと、吐露している。

○さしみ　まぐろとさより　胡瓜《きゅうり》　黄菊《きぎく》　山葵《わさび》

○椀盛《わんもり》　莢豌豆《さやえんどう》　鳥肉　小鯛の焼いたの　松茸《まつたけ》
○口取《くちとり》　栗のきんとん　蒲鉾《かまぼこ》　車蝦《くるまえび》　家鴨《あひる》　煮葡萄
○煮込　あなご　牛蒡《ごぼう》　八つ頭　莢豌豆
○焼肴《やきざかな》　鯛　昆布　煮杏《にあんず》　薑《はじかみ》

誕生祝いの膳を囲んだ翌々日の十月二十九日、二カ月続いた『仰臥漫録』をいったん中断する。この年の五月五日から始まっていた新聞『日本』の連載記事『病牀六尺』の執筆（主に虚子による口述筆記）に、すべてのエネルギーを注ぐためだった。子規は、陸羯南《くがかつなん》が社長を務める『日本』新聞社の社員として四十円、高浜虚子が主宰する雑誌『ホトトギス』から十円、合わせて五十円の報酬を月々得ていたのである。現代の貨幣価値にして約五十万～七十万円に相当するが、物価高騰のご時世で苦しかったらしい。ちなみに、上根岸の家は借家で、家賃は六円五十銭である。

『仰臥漫録』は半年後の明治三十五年三月十日に再開されたものの、食事記録は三日後の十二日を最後に途絶え、その後の内容はモルヒネを用いた「麻痺剤服用日記」となった。断続的につけられたその記録も九月三日を最後とし、全身の著しい水腫を発症した同月十八日昏睡に陥り、十九日未明に絶命した。あと少しで三十五歳になるところだった。『仰臥漫録』は途中で絶えたものの、新聞連載の『病牀六尺』は亡くなる二日前の十七日、百二十七回まで続けられていた。昏睡に陥る直前に手にした筆で、糸瓜《へちま》を三句詠んでいる。それが絶筆となった。

正岡子規は、生と死の間にありながらなお、餓鬼に喩えられるほどの旺盛な食欲を発揮し続けた稀有な人間である。攻撃的とすらいえる強烈な食欲は生に対する執念に他ならず、執拗にすり寄って来る死神を追い払い続けた。しかし、子規の真骨頂は、別のところにあるのではないだろうか。彼の真骨頂は、極限の病態にある人間が最後の最後まで自分自身を客観視して正確かつ詳細な記録を残したところにある。あたかも自身の貌《かお》を鏡に映し、その細かい皺の一本までを精緻に写生しているかのようだ。自分の惨《みじめ》たらしい姿から目を反らさずに凝視し続けた視線は、食べ物の澱粉粒子の形状にまでおよんでいる。何かの書物を書き写したものかどうかはわからないが、馬鈴薯、甘藷、里芋、百合他十二種類の澱粉粒子の顕微鏡像が丁寧にスケッチされている。旺盛な好奇心は肉眼では見えずとも実在するモノを追究し、その眼差しは「科学者・正岡子規」を彷彿とさせる。そして、苦痛に苛まれながらも遂行されたその科学的ともいえる行為は、子規に我を忘れさせ、彼の精神を安寧へと誘《いざな》っていたのかもしれない。

『仰臥漫録』が途絶えた後は、『病牀六尺』の中に数回だけ、食べものが記載されている。そして、食事らしい食事に関する記述は、亡くなる一カ月半前の七月二十九日が最後となった。この頃は、それまで唯一の楽しみだった食べることが煩わしくなり、食べることによって昼夜を問わずもがき苦しむと、嘆き訴えている。

七月二十九日。火曜日。曇り。
朝九時過ぎに牛乳一合、麵麭《パン》少し。
胡桃《くるみ》と蚕豆《そらまめ》の古きものありとて出しけるを四、五個づつ並べて果物帖に写生す。
午飯　卯《う》の花鮓《はなすし》（豆腐滓《かす》に魚肉をすりまぜたるなりとぞ）。
また昼寐《ひるね》す。覚めて懐中汁粉を飲む。
晩飯　飯三碗、焼物、芋、茄子、富貴豆《ふきまめ》、三杯酢漬。飯うまく食う。

すでにモルヒネを日に四回も服用する状況にあったが、食欲がないとはいえ、「飯うまく食う」。献立に続けて、手伝いにきていた佐千夫に庭の射干《ひおうぎ》を掘り起こして土産にもたせたことや、座敷の額や床の間の掛け軸などについての見立ても書き添えられている。めずらしく気分のすぐれた一日だったのだろう。

正岡子規はひたすら、人生の楽しみと自由とを包み隠さず貪欲に追求した明るいひとだった。しかも大それたことにではなく、日常の些細なことの中にそれらを求め、それらを見つけていた。

『仰臥漫録』より少し前に書かれた随筆『墨汁一滴』には、次のようなことが書かれている。「散歩の楽」「寄席の楽」「目黒の茶屋に俳句会を催して栗飯の腹を鼓《こ》する楽」などとユーモラスな楽しみをたくさん挙げたあとに、「歩行の自由」「坐臥の自由」「厠《かわや》に行く自由」などと日常生活の自由を列挙する。そして、「総ての楽、総ての自由は尽《ことごと》く余の身より奪ひ去られて僅かに残る一つの楽と一つの自由、即ち飲食の楽と執筆の自由なり」と続く。しかしその二つも殆ど奪われ、この先何を楽しみに生きればいいのだと、悲嘆に暮れる。命の極限状態におかれていた子規は、あくまでもこの二つの「楽と自由」とを求める貪欲さを、最後まで貫いた。

自宅における子規の闘病生活を支えたのは、五十七歳の母親・八重と三十一歳の妹・律である。律は看護の主役を担い、子規と最も密接な関係にあった。このような看病の状況と実態は現代生活の中では想像できない。死の恐怖と激痛とに襲われ続けた子規はたびたび精神に錯乱をきたし、隣近所に聞こえるほどの怒声で二人を責め立てた。それを見かねた歌人・俳人仲間は早朝から夜半まで傍らにいて、苦痛に荒れ狂う子規を慰め続けた。そして、子規の目・耳・足となって新しい話題を集め、枕辺で共に議論し、歌と俳句を詠んだ。病魔と闘ったのは子規ひとりではない。家族と仲間たちも共に闘った。そしてその一部始終を、「楽と自由の証し」として、子規は書いた。

『仰臥漫録』とは、子規を支え続けた家族と仲間たちの記録であり、最後まで筆を持ち続けて執筆の自由を体現した子規の自画像である。

＊　正岡子規に関する年譜によると、生年月日は慶応三年（一八六七年）十月十四日（陰暦九月十七日）とされている（坪内稔典『正岡子規　言葉と生きる』岩波新書）。しかし『仰臥漫録』では十月廿七日の翌日が誕生日と記されている。

《参考文献》

正岡子規著『仰臥漫録』岩波文庫（一九二七年）

正岡子規著『病牀六尺』岩波文庫（一九二七年）

正岡子規著『墨汁一滴』岩波文庫（一九二七年）

関川夏央著『子規、最後の八年』講談社（二〇一一年）

坪内稔典著『正岡子規　言葉と生きる』岩波新書（二〇一〇年）

Ⅲ

bitter taste ／苦い愉しみ

苦い。あるものを入れると牛乳が苦くなった。ありふれた果物、生のキウイフルーツだ。食べかけのキウイフルーツの輪切りを牛乳に入れて果物の風味を牛乳にうつしたいと思っただけだったのに、一時間経って口に含んでみたところがとんでもなく苦い。思わず牛乳を吐き出してしまった。いまから三十年前のこの出来事をふと思いだし、あれは本当だったのだろうかと、もう一度試してみたくなった。同じようにしてみた。やっぱり苦い。しかも今度は、冷蔵庫のキウイフルーツ入り牛乳コップを運悪く娘に見つかってしまい、めったくしょう叱られた。


「お母さん！　いい加減にしてよ。何してるのよ、これは。どうして牛乳が苦いのよ」

「ちょっとね、悪戯よ」

「さっさと捨てなさいよ、気持ち悪い」

三十年も前はインターネットで瞬時に検索できる方法などあるわけがない。検索用の専門的な雑誌や辞書類などしかなかった。その方法で調べてみると、キウイフルーツには〈アクチニジン〉と呼ばれる強い活性を持つ〈たんぱく質分解酵素〉の含まれることがわかった。もしかしたらそれが牛乳の白いたんぱく質である〈カゼイン〉を分解し、苦味を呈する物質を生じさせているのではないだろうか。そこで、カゼインの分解産物について内外の文献を調べてみた。いやはや、何種類もの〈苦味ペプチド〉と称する物質が発見されていることがわかった。アミノ酸が数個〜数百個つながっている物質が〈ペプチド〉。つながっているアミノ酸の種類や数、立体構造――環状あるいは直鎖状――などによっては、苦く感じるものがあるらしい。そこで、目の前で生じた苦い牛乳の原因は、どうやらアクチニジンによる酵素反応の結果できた〈苦味ペプチド〉の可能性が高いのではないだろうかと、推理したのである。

わが家でおきたキウイフルーツによるカゼイン分解事件はわたしにとっての一大発見だったのだが、なんのことはない、当時の食品化学や農芸化学の研究者にとってはすでに解りきった現象で、驚くほどのことではないらしい。しかし、身近な食べもの同士によって生じる予期せぬ酵素反応を目の当たりにすることなど、いや、舌で感じることなど、そうそうないことだ。

さらに遡る苦い経験。それは大豆たんぱく質がコレステロール代謝に与える影響を知るための実験をしているときだった。食べた大豆たんぱく質は、まず胃の中で消化される。そこでできるたんぱく質消化産物のペプチドに焦点を絞った実験だった。胃液に含まれるペプシンと呼ばれるたんぱく質消化酵素で大豆たんぱく質をあらかじめ処理する。そのようにすると、たんぱく質は比較的短いアミノ酸の鎖であるペプチドになる。ある長さのペプチドだけを集めて実験動物のラットに与え、血液や臓器などについて詳しく分析した。ラットに与える前にそのペプチドを少量舐めてみたところ、とてつもなく苦かった。果たしてラットはこのように苦いものを混ぜた餌を食べるだろうかと心配したが、それは杞憂に終わった。一カ月にわたる実験期間中、餌を食べ残すことはなかった。しかしそのとき脳裏をかすめた疑問は、ラットは苦味を感じないのだろうか、あるいは鈍感なのだろうか、ということだった。

最近の報告によると、人間に苦味を感じさせる化学的構造をした物質は数千種類もあるというのだから驚く。身近にも苦味を感じる食べものは多い。まずチーズや納豆。ネギ、ホウレン草、小松菜、ピーマン。そしてキノコだって苦いときがある。コーヒー、ココア、緑茶、紅茶、ビールなどは苦いのが当たり前。カスタードプリンの表面にかけるキャラメルソースではしっかりした苦味が好まれるし、グレープフルーツ、ジャムのマーマレードも苦い。魚の内臓も苦い。思いのほかたくさんある。チーズや納豆の苦味は苦味ペプチド、野菜・果物・飲料などの苦味は、ポリフェノール類に代表されるアルカロイドと総称される物質。キャラメルソースやご飯のおこげは糖質の熱分解したものやメイラード反応（アミノ酸と糖との反応）で出来た褐変《かっぺん》物質だ。魚の内臓の苦味は胆汁成分によることが多い。

苦味はれっきとした食べものの味だとしても、その微かな嫌な味を求めて食べるときさえあり、しかもその味をむしろ美味しいと思うのだから、人間のもっている味の感覚というものは実に、魔訶不思議な感覚だ。

「植物がなぜ苦味物質を合成しているかはよくわかっていないのよね。毒性を持つ場合もあるから、結果的に、それによって種《しゅ》が護られているといわれているわ」

「なるほど、自然界では動物にたくさん食べられないから都合がいいのかもね」

「人間にとっては植物や微生物のつくる苦味物質が役立っている場合がある。コーヒーのカフェインやココアのテオブロミンには興奮作用があるし、キナの葉からとれるキニーネはマラリアの特効薬として使われている。抗生物質や漢方薬も苦い。いっぽうで、人工的に合成した苦味物質を誤飲防止のために添加している殺虫剤や洗剤があるわ。苦味を口にしてはいけないもののサインとして利用している良い例だわ」

苦味を感じさせる物質に対して人間はとても敏感だ。なぜなら、人間の味覚の中で苦味は最も〈閾値《いきち》〉が低いのだ。〈閾値〉とは、ある感覚を引き起こす最小限の刺激の強さのこと。人間の側からいうと、閾値が低いということは敏感ということであり、閾値が高いということは鈍感ということ。だから、苦味は最も敏感な味覚ということになる。ちなみに、最も鈍感な味覚は甘味だ。味覚の場合、その閾値は水に溶けている物質の濃度で表される。正確には、唾液に溶けたときの物質の濃度だ。たいていパーセントとかモルとかの単位で表される。苦味の閾値は、甘味の数千分の一以下だ。例えば、二リットルのペットボトルの水に小さじ一杯から二杯の砂糖を入れるだけで微かに甘く感じるはずだ、個人差はあるけれど、甘味の閾値は、〇・五パーセントぐらい。ところが苦味に関しては、その千分の一以下の濃度、つまり、耳かき一杯以下のカフェインが溶けていても強い苦味を感じるほど、苦味物質に対しては敏感だ。

どうして苦味の閾値は極端に低いのだろう。それが〈毒〉のサインとして感知される刺激だからといわれている。他の四つの味覚——甘味、塩味、旨味、酸味——とは比べものにならないほどの敏感さだ。口にしてはいけないもの、避けねばならないものとして、瞬時に判断するために備わっている感覚なのだろう。

「ということは……、苦味の感覚は人間に残された野性味、なのかな」

「いいこと言うね、ようやく乗ってきたわね。一般的に、人間の感覚は野生動物に比べて鈍感と言われる。百万年ぐらい前から火を使って調理するようになって、人類は食べものの美味しさを知ったといわれているし、好きな味には鈍感になってきたのかもしれない。そのなかで苦味だけは、野生の感覚のままなのかもしれないね。ところで、苦いと感じるのは、舌の表面にある〈苦味受容器〉の働きでね……」

「まだ続くの？　理屈はいいから、とにかく苦い牛乳を捨ててよ……」

舌の表面には苦味受容器（ある種のたんぱく質）をもつ細胞がある。その細胞には感覚神経線維の末端が張り付いていて、苦味物質が結合すると大脳皮質の味覚野の細胞までその刺激が届く。そこで「苦い！」と認識されるわけだ。ところが、である。その苦味を感じる物質を食べたとしても、あまり吸収されないことがわかってきた。例えば、カラダによいとされるポリフェノール類などは思っているほど吸収されないらしいし、たとえ吸収されたとしても肝臓などでたちどころに分解され、期待される抗酸化作用は体内でほとんど発揮されないともいわれている。なんだ、そうか……、少しがっかりした。やはりカラダは苦味物質を無用なものとして、ときに有害な異物と認識して処理してしまうのだろうか。

苦味に関する研究は意外な方向へと進んでいる。舌表面の細胞にある苦味物質の受容器（T2Rグループ）は他の味覚受容器よりも多種多様で、数千種類の苦味物質をたちどころに感知できるほどだ。人間の苦味に対する感受性は鋭敏な上に抜かりない。そしてさらに、苦味受容器は舌だけでなく胃や小腸などの粘膜の細胞表面にもあることがわかってきた。人間では二十種類以上も発見されている。口から入った苦味物質が胃粘膜の細胞表面にある苦味受容器に結合すると、胃液分泌が促進されることまでわかってきた。なるほどなぁ、苦味は食欲増進、胃腸の消化吸収機能を活発にする働きがあるのかなぁ……などと思ったが、どうやらそんな単純な仕組みではなさそうだ。消化管で感知された苦味刺激は、神経系のネットワークやホルモン分泌を介して血糖値の調節や全身の代謝に間接的ではあるけれど都合よく影響しているという。ということは……、牛乳のカゼインや納豆の大豆たんぱく質が胃腸で消化されたときにできるであろう苦味ペプチドも、胃腸粘膜の苦味受容器と結合し、それが引き金となってカラダ全体に影響を与えているのかもしれないなぁ……。人間と苦味物質との関係はまだわからないことが多いらしい。bitter taste の森は、なかなか奥が深そうだ。

食卓の向こうに座っている娘は退屈している。苦味談義をそろそろ切り上げようと目の前に置いた問題のコップをあらためてよく見ると、奇妙な変化がおきていることに気づいた。牛乳に小さなツブツブがたくさんできているのだ。それを見た瞬間、その塊はキウイフルーツのクエン酸が牛乳を凝固させたものだろうと思った。きっとそうに違いない。でも様子がなんだか変だなぁ。いったい何が起きているのだろう。気になったのであとからそのわけを調べたところ、カゼインが分解してできた苦味ペプチドには牛乳を凝固させる働きのあることがわかった。なるほど、そこにも苦味ペプチド、おぬしが絡んでいたようだな。その物理化学的な仕組みまでは知るわけもないけれど、謎がひとつ解けた。

さて、次回は娘に見つからないようにこっそりやるつもりだ。何をって？　例えば、豆乳や液体プロテインにキウイフルーツを混ぜてみるのだ。果たして苦くなるかどうかだ。ささやかな愉しみとなった苦い悪戯はやめられそうにない。でも、良い子のみなさんは決して真似しないでください。食べものに悪戯するなんて、悪いことですからね。

《参考文献》

藤井靖之「消化管で感じる味と生体調節作用」化学と生物　第六一巻　第五号（二〇二三年）

小説『献灯使』のこころみ

科学のことばはいまや世の中にあふれていて、科学者や技術者たちだけのことばとはいえなくなった。専門家とは異なる人たちによって掬いとられたことばが、誰かれに遠慮することなく何気ない日常語として自由自在に使われてよいはずなのだが、いまだにそうはなっていないようだ。

科学のことばは、物質あるいは現象などの対象を限定することばであり、正確さを重んじるところがあって気軽には使い難い。とりわけ叙情を重んじる小説世界においては、相容れない不似合いなことばなのかもしれない。しかし、そのような使い難いことばを扱うことを試みている作家がいる。多和田葉子である。彼女の試みは実験的という点で果敢であり、科学のことばを彼女の作法で使うという点で大胆不敵である。その大いなる企ては、小説『献灯使』という作品の中で展開されている。

その小説を読んだときにまず思い浮かんだことばがあった。それは〈両親媒性〉という科学のことばである。かつて鶴見俊輔の経歴や評論を読んだときにもそのことばが頭をよぎったが、多和田葉子はそういうひとだ、と思った。

〈両親媒性〉ということばは聞き慣れないけれど、水と油のそれぞれに親和性をもつ化学的性質のこと。その性質をもつ物質——自然界ではリン脂質が代表的な物質——には、親水性成分と疎水性成分とを混ぜ合わす働きがある。二人の仕事の領域は異なるけれど、多和田葉子や鶴見俊輔の発想や著作には、〈両親媒性〉という本質があるのではないだろうか。多和田葉子の場合は、一見すると相容れない異質なもの、文学と科学とを混合させる才能をもっているように思うからである。その二つを混合させるツールとして、とくに身体性を表す科学のことばを小説『献灯使』の中で駆使している。そのことに強い興味を抱き、作者による科学のことばの使われ方に焦点をあて、その小説を読んでみた。

小説『献灯使』

小説の舞台になるのは、数十年前に未曾有の災害——「思い出せそうで思い出せない昔の大きな過ち」——に襲われたこの国である。その災害による汚染によって、おかしな形態の植物が生え、身近な動物たちは姿を消した。キクのような花をしたタンポポ、小指の丈しかない新種のタケ、二メートルもあるぺんぺん草など、人々はさほど驚きもせずに「突然変異」「環境適応」が起きたとみている。「真夏に粉雪が降ったり、二月に熱風が吹いたり」、気候はデタラメだ。そして人間たちにこそ問題が起きている。いつ頃からか、この国の年寄りはいつまでも元気に歳を重ねていく。それとはまったく反対に、子どもたちは、順調に成長しないまま少しずつ老いてゆく。

生き物の表現型に現れた異変の原因について、〈放射能による汚染〉と〈遺伝子の変異〉などという語句はどこにも使われていない。しかしこの隠された二つのフレーズが、この物語の要になっている。

小説が書かれたのは東日本大震災後、三年を経過した頃だった。震災後に被災地を訪れた作者がその衝撃的な被災状況を目の当たりにし、それが契機となって書かれたものである。たとえ引き金が自然災害だったとしても、その打撃によって生じた人為的災害によって人間の生命と暮らしが数世代にわたって破壊され続けるかもしれない。作者は想像の限りをつくして奇想天外ともいえる壊れた状況を物語の中につくり、その中で生きる人間たちの現在と過去を克明に描き出す。

主人公は、無名《むめい》という名の八歳の少年。彼は百八歳になる曾祖父の義郎に育てられている。二人は、東京の「西域」に建てられた仮設住宅にずっと住んでいる。

無名は生まれながらにしてひ弱で、首が長く頭が大きい。髪の毛は絹糸のように細く、べったりと頭皮に貼りついている。そして鳥のように、膝から曲った脚を遠回しに前に出して歩くことしかできない。義郎は自転車の荷台に無名を乗せ、学校の門まで毎朝送っていく。無名はうまく機能しない自分の身体について悔やんだり悲しんだりする様子をみせない。

義郎は、ある頃から死ぬことのできない身体――老人ではなく「新人類」になった身体――になっている健康で若い老人だ。彼は『遣唐使』という長篇時代小説を書いたばかりの作家だが、鎖国政策をとる国の監視の目から隠すため、作品を土の中に埋めたりしている。

「献灯使」とは、無名のことである。子どもたちを救うための秘密組織の計画によって、無名は海外の医学研究所の被験者に選ばれ、「献灯使」として派遣されることになっている。しかし、密航を目前にして無名は意識を失い、選ばれた人間として、その任を全うできたかどうかは明かされないまま物語は終わる。

科学のことばが変容する

この小説の中で使われる科学のことばの質的な特徴は、〈身体性〉にある。つまり、人間の身体の構造や機能に関することばや身体をイメージさせることばなどが多く使われている。どこかの場面に限った使われ方でなく、むしろ作品全体に散在している、いたるところで噴出している、といったほうがよいかもしれない。

使われ方は三通りある。一つは、科学のことばが科学のことばのまま正確に使われる方法。二つ目は、○○のような△△という直喩の関係で用いられる方法。三つ目は、隠喩で用いられる方法である。

散在しているなかでも密度の濃い部分があり、ある部分では活き活きと、別の部分では生々しく、科学のことばたちは作者に息を吹き込まれ、変容する。

無名の日々が細やかに描かれるところのことばは、実に活き活きしていて愉快だ。

無名は近づいてくる義郎の足音を「鼓膜ですくいとる」。無名の胃は、「胃液で満たされた室内プール」。義郎は無名に食べさせるために牛蒡やキャベツの「食物繊維のジャングルを切り拓く」。たとえ「胃の内壁に噛みつく酸っぱさ」で無名の食道を上昇してきても、「腸で太陽を感じる」ために、オレンジを絞って飲ませる。「腸と呼ばれる脳は衆議院」で「頭脳は参議院」のようなもの。腸の方が正確に本人のいまの状態を反映している。牛乳を飲むと下痢をする無名の腸は衆議院だと、義郎はそう思っている。無名は小児科と歯科が大好きで、そこでの会話がユーモラスに描かれる。無名の乳歯は「石榴《ざくろ》のように」ボロボロと崩れ、固形物を咀嚼できないし、呑みこむたびに目を白黒させる。「雀も歯がないけど元気だよ」という無名に対し、「乳歯の弱さは永久歯にも受け継がれます」と歯科医からクギをさされる。どの子も微熱が常態となって、体温を測ることをしなくなった。小児科では検査のために髪の毛を一本抜かれる。「細胞が壊れているかどうかをしらべるのですよね」と思わず義郎は医師に確かめる。健康ということばは子どもに似合わなくなり、世の中の小児科医はとても忙しい。

無名の曾祖母、つまり義郎の妻の鞠華《まりか》が過去を回想するところは、生々しく、おどろおどろしい。

娘の天南《あまな》(無名の祖母)を抱きしめていると、「二つの身体が見えない血管で繋がっている」と感じて思わず抱くのをやめる。実家の柱時計の前に座っていると「血管が小枝のように身体の外に伸びて、蜘蛛の糸のように細い血管が壁や天井にまで広がり、柱時計に絡みついている」。この家に住んでいた何代もの人たちの「汗や精液が壁や柱にしみ込んでいる」。「孤独を化学変化させて野望に変えた母親がいた」。「旧家が由緒正しい臍《へそ》の緒を繋げてきたその紐が首に絡みついてくる」。他にも引用をためらうような、毒づいた表現が続く。鞠華は血族と縁を切り、施設で一緒に暮らす孤児(「独立児童」)たちこそが自分の子孫だと思っている。

硬い野菜を切ると言わずに、食物繊維のジャングルを切り拓くと表現する。新鮮な果物を太陽に、腸は衆議院に、喩える。細い血管が旧家の柱時計に絡みつく。わたしたちの日常会話でも、頭が働くと言わずに脳細胞が活性化されるという程度の比喩は使うかもしれない。多和田なら、脳細胞が、うごめくや発火するなどの強烈な印象を与える動詞が組み合わされるのではないだろうか。科学のことばが多和田の身体に取り込まれると、そこではなにがしかの〈化学反応〉が生じる。試みるというよりはむしろ、ごく自然にその反応が生じるといったほうがよさそうだ。その反応には触媒が使われているはずだが、それが何かはわからない。科学のことばはそれ自体が読者に強い印象を与えるのだが、それに組み合わされる日常的なことばも科学のことばに負けない強烈な語感や意味をもつことばが選ばれた結果、組み合わさったことばの群れはさらに強力なインパクトを放つ。そしてそれこそ、多和田葉子の中に潜む〈身体感覚〉がことばの塊に姿を変えて躍動し、彼女の身体からほとばしり出たものといっていいだろう。

多様な身体性

無名の母親は、無名を産んで間もなく出血が止まらずに亡くなった。遺体に面会した義郎は、その異様な姿に驚く。遺体の肩には鶴の羽が生え、顔には嘴《くちばし》がとび出て、脚が鶏のような奇怪な姿に変形する。

多和田葉子の作品には、しばしば独特の〈生命観〉がヌッと現れる。それは、人間と異種動物（異類）とを同列におき、交合可能な種《しゅ》と見るところである。最も端的なのは、『犬婿入り』（イヌのような性癖をもつ男）や『かかとを失くして』（書類結婚の配偶者がイカ）に描かれた〈異類婚姻〉の物語だ。その生命観は『献灯使』にもはっきり貌《かお》を出す。無名の母親の遺体に現れる変化や無名自身の身体の形態的特徴などがそのことを表している。無名が、牛乳よりもミミズが好きだと冗談のように歯科医に語る場面は、彼の中の異類性は鳥に違いないと読者に確信させるところである。

義郎は、自分と無名とは遺伝子の繋がりがないかもしれないと思う。無名の父親・飛藻《とも》は義郎の孫だが、重度の依存症のためにしばしば施設に入っていた。無名の母親は鳥のように奔放な女性だったので、無名が自分の遺伝子を受け継いでいるかどうかは疑わしいと、飛藻は思っている。義郎は、無名の髪の毛を一本ぬいて遺伝子を調べてもらおうかと思ったこともあった。しかし、思いとどまった。無名の発する「乳児のような甘い匂い」をかげるのは自分だけだ。「遺伝子の匂いをかぐことはできない」。愛しい無名と暮らせるなら、彼の遺伝子などはどうでもいい、と義郎は涙ぐむ。小説『献灯使』は、古くから日本の昔話で語られてきた異類婚姻譚が、現代の科学のことばの衣を纏《まと》って蘇った物語とも読めるのである。

『献灯使』の身体性として、人間の性別の不確かさも描かれる。この物語の終段。ある月夜の晩、十五歳になった無名の胸は膨らみ、股間からは「熟れたイチジクの匂いのする赤い果汁」がシーツを濡らす。あるとき突然、少年が少女の身体に変わる。

異類婚姻、性転換などにまで広がりをみせる物語の要には、繰り返しになるけれど、〈放射能による汚染〉という人間の大きな過ちの結果と、それによってもたらされた〈遺伝子の変異〉がある。そしてその過ちの記憶は、他でもない人間一人ひとりの細胞の核に刻印されてしまったのである。遺伝子にちょっとした変異がおきてしまえば、人間の身体などたちどころに異類のようにさえなってしまう。遺伝子にこだわるなんて、ナンセンスだわ。人間なんて不確かな生き物なのよと、多和田の呟きが聞こえてくるようでもある。

『The Emissary』

『献灯使』は『The Emissary（使者、密使）』というタイトルで、マーガレット・ミツタニによって英語に翻訳されてアメリカで高い評価を受け、二〇一八年全米図書賞（翻訳文学部門）を受賞した。小説の題材は深刻で、そのストーリーの結末は定かでない。しかし、ひ弱だけれど聡明な少年と彼を取り巻く善意に充ちた人たちを描いたこの物語は、一篇のファンタジーとしても読める。ペーパーバックの表紙はどこかサンテグジュペリ『星の王子さま』に似ている。そのような多面的な魅力をもった作品であることが、評価につながったのかもしれない。

原書には顕らかに二つの特徴がある。一つはすでに述べたように、災害によってもたらされた破滅的な世界と人間の姿を描いていることだ。

もう一つは、日本語の解体が試みられていることだ。この点については触れなかったけれど、鎖国政策による外国語の禁止という物語上の設定で、外来語の発音に似せた漢字表記が使われている。例えば、インターネットを廃止した記念日「オフラインの日」を「御婦裸淫の日」、ドイツパンの名前は「亜阿片」（アーヘン）や「刃の叔母」（ハノーバー）などのように、ブラックユーモアたっぷりに多和田ならではのことば遊びが随所に見られ、巧みな翻訳術によってその面白さが醸し出されている。さらに、原書で使用された科学のことばはほぼ正確に直訳され、科学の匂いのする小説、という印象を海外の読者も抱いたに違いない。

文学とは実験的行為

ところで、寺田寅彦は『科学と文学』という長い随筆の中で、「実験としての文学と科学」について詳しく述べている。結論をいえば、文学は実験あるいは実験的な行為であるとしている。そこが文学と科学との共通項であり、さらに、どちらも「言葉」で表現され公表されて初めて、文学として、科学として認知される。しかし、両者には大きな違いがある。科学は、知見が他者によって検証され再現性が認められねばならない。文学とくにフィクションの領域では、他者による検証や再現性は必要とされず、あくまでも作者自身が問いを発し、作者自らが答えを出す創作として読者に投げかけられ、そこで完結する。

寺田はつぎのようには述べていないけれど、実験とは、作業仮説に始まり作業仮説に終わる行為である。ある物質なり現象を追究するために実験デザインを構想する。最終的な結果を想定して、逆算的に実験手順と具体的な方法などが決まる。求めていたとおりの結果が得られた場合は、その結果から推測される新たな仮説が立てられる。思いがけない結果が得られた場合は、その原因、理由を明らかにするための新たな仮説が立てられる。このような作業仮説に始まり作業仮説に終わる行為は、文学における創作の過程においても行われることだろう。小説『献灯使』は、科学のことばを大胆に用いた独創性の強い実験的な創作といえるのである。

　若い時からドイツに暮らす多和田葉子は、ドイツ語と日本語という二つの言語の「溝」の中にいる自分を発見し、その両者を上手に使いこなすのでなく、むしろ崩したいという願望を持つようになったと、エッセイ「〈生い立ち〉という虚構」の中で述べている。さらにエッセイ「聴覚と視覚の間の溝を覗く」では、ダンスと朗読とのコラボレーションという舞台上での試みに触れ、身体表現は朗読という言語表現に「ヒビ」のような「亀裂」や「溝」を作ってしまうが、その亀裂や溝を覗くことがむしろ面白いのだともいう。このような感性をもつ多和田が、文学のことばと科学のことばの間にも「溝」や「亀裂」を作為し、両者を崩したいと意図していたかどうかはわからない。しかし小説『献灯使』を読む限り、文学のことばと科学のことばの間には溝も亀裂も生じず、まるでお互いの構造を認識して組み合わさったジグソーパズルのように、組み合わさったことばたちによって新しい景色が描かれている。少し大げさだけれど、科学のことばを使って言い換えるならば、多和田葉子の中の身体感覚と言語感覚との神経回路が繋がって連合し、新しいことばの群れが小説の中に発語されたのだろう。

《参考文献》

多和田葉子著『献灯使』講談社文庫（二〇一七年）
多和田葉子著、マーガレット・ミツタニ訳『The Emissary』A NEW DIRECTIONS PAPERBOOK ORIGINAL（二〇一八年）
多和田葉子著『犬婿入り』講談社文庫（一九九八年）
多和田葉子著『かかとを失くして／三人関係／文字移植』講談社文芸文庫（二〇一四年）
多和田葉子著『カタコトのうわごと』青土社（二〇二一年）
寺田寅彦著　小宮豊隆編『寺田寅彦随筆集　第四巻』岩波文庫（一九六三年）

科学のことば

科学が語ることば

科学のことばは、漢字によっては紛らわしい印象を与えているようです。

ある市民講座での講義が終わり、やれやれと一息ついているところに、高齢男性の受講者が質問に来られ、「あのう、酵母と酵素とはどこがちがうのですか」。どちらも漢字「酵」がついているので紛らわしいのかしら。また、二つのことばの間に何か関係があるのではと思われても間違いとはいえません。酵母と酵素とのことばの成り立ちを説明するのがよいと一瞬思ったけれど、私の口をついて出た返答はどの教科書にも書かれているようなありきたりのものになってしまいました。「酵母は細菌よりも大きな微生物で、一個の細胞です。酸素が不足した状態におかれると糖からアルコールをつくる反応が進みます。お酒の製造には欠かせない生き物ですよね。酵素は、たんぱく質の一種類です。生き物の細胞には数千種類の酵素が含まれていて、それらは細胞の中の化学反応で触媒として働いています。要するに、酵母は細胞で、酵素は単なる物質です。」この答えを聞いた男性は、「なんとなくわかったけど、難しいですね。実は……」と、酵母と酵素をめぐるご夫婦の会話が披瀝され、ちょっと訊いてみるか、ということになったらしいのです。

かつては聞き流し見落としていた「科学のことば」を気にするひとが増えました。なかでも、ことばの意味をできるだけ正確に知りたいと思うようです。市民講座を十五年も続けていると、ここ数年に起きている大きな変化を感じます。科学のことばが日々の暮らしの中や会話に頻繁に登場するようになり、よくわからないことばに惑わされているとも感じているようです。いずれにしても、科学のことばに対する人々の興味は増しているといえましょう。

「科学のことば」には、「科学が語ることば」と「科学を語ることば」の二種類があると、戸田山和久は述べています。冒頭の酵母や酵素は「科学が語ることば」に該当します。それに対して、「科学を語ることば」には、理論、仮説、観察など、科学的な方法や科学的な見方などを表すことばがあります。「科学が語ることば」は、「科学を語ることば」から生まれたことば。つまり、科学の研究成果が産み出したことばといえましょう。ですから、科学が語ることばを理解するということは、ことばの生まれた背景をも理解するということになると考えられます。

冒頭の高齢男性が、「難しいな……」とつぶやいたのは、科学が語ることばの持つ意味は科学のことばでしか説明できないのか？　それ以外のことば、いうならば日常的なことばの喩えで説明できないのか、そんな強い戸惑いでしょう。その気持ちはよくわかりますが、こうも言えます。自然科学のことばとそれ以外の分野のことばの成り立ちには大きな違いがあります。自然科学が語ることばは、物質、構造、働き・機能、そして現象などに対して厳密に、一対一の関係で名付けられた固有名詞です。そして、それらの定義や意味を知ることは、ことばの生まれた背景や経緯を知ることでもあり、科学の深い森に一歩踏み入ることになるのです。科学が語ることばは、日常や通俗を超えた面白さや愉しさを奥に秘めています。

科学が語ることばのなかでも、生命科学の語ることばは、健康・病気・生と死など、ひとの命に関わることばがたくさんありますから、難しい上に聞き慣れない見慣れないことばであるにもかかわらず、人々の関心の度合いはとても高いようです。しかし、それらのことばが正しく理解され使われているかというと、いささか心許ないところがあります。誤解や思い違いなどがあれば正されることが望ましいし、正しく理解されれば、偽りの情報に惑わされなくて済むし、何かのときの判断にも役立つはず。そこで、好きなことばの一つである「遺伝子」と、奇妙なことばに思える「排卵」について、まずその二つのことばを例にあげながら、科学が語ることばというものについてあらためて考えてみることにします。

「遺伝子」とは

「遺伝子」と聞けば、メンデルという名前を思い浮かべるひとが多いでしょう。十九世紀半ば、オーストリア領のチェコに住む修道僧メンデルは、修道院の庭でエンドウマメの交配実験を数千回繰り返し、親世代から子世代に伝わる形質が一定の法則性をもって出現することを観察しました。そして、その原因となっているものを想定し、「element（因子あるいは要素）」と名付けました。その後、二十世紀初頭、デンマークのヨハンセンは、その因子を「gene」と呼び、この呼称が定着しました。つまり、gene は、遺伝現象を研究する実験仮説から生まれた名称です。その後、ショウジョウバエ、アカパンカビ、ウイルス、さらにはマウスなどの実験動物を用いて gene に関する研究は飛躍的に進み、その実体が細胞核の染色体を形作っているデオキシリボ核酸（DNA）であり、さらに、その働きがたんぱく質を合成するための情報であることが明らかにされました。第二次世界大戦が終わった八年後の英国で、DNAの構造に対する二重らせんモデルの仮説がワトソンとクリックによって提唱されました。その後間もなく、DNA鎖を構成する塩基（四種類）の配列三個一組の単位が、アミノ酸二十種類に個別に対応することがわかり、それらアミノ酸の連結によってたんぱく質の一次構造の決まることがわかりました。このようにして、細胞内で起きている遺伝子からたんぱく質合成に至る連続的な仕組み――セントラルドグマ（中心原理）――が明らかにされたわけです。メンデルの仮説から百年後、gene研究は、遺伝学者から分子生物学者へとバトンが渡されました。

英語「gene（ジーン）」の訳語が、「遺伝子」だということはもうおわかりでしょう。わたしの知人は、生まれた娘に「ジーン」という名を授けたほどこのことばが気に入りました。美しい響きをもつシンプルなことば。書名に惹かれて読んだ海堂尊『ジーン・ワルツ』という医療ミステリーを思い出します。海堂は、四種類の塩基の三個一組がアミノ酸一個を指定することを、「ワルツ（三拍子）」に喩えています。

日本においてgeneに対して「遺伝子」という訳語があてられたのは昭和初期。田中義麿の『遺伝学』に、「遺伝因子」「ゲン」「遺伝子」という語句が用いられているようです（一九三七年頃）。その後、一九六〇年代には遺伝子の本体と働きが具体的に明らかにされたわけで、「遺伝子」には、世代を超えて伝えられるものという従来からあった「遺伝的」な意味に、細胞がたんぱく質を作るための情報という新しい定義が書き加えられ、それが遺伝子の一義的な意味となりました。しかし日本では、昭和初期につけられた「遺伝子」という名称のためか、遺伝子とは一般的に、「親から子へ伝わる形質を決める情報」という、生まれながらにして先祖から背負わされた何か特別なもの、というイメージが定着し、今でもそのイメージで使われることが多いと思います。イメージは思い込みとなり、そうなると簡単に変えられないのでしょう。

遺伝子とたんぱく質との関係について、もう少し説明を加えてみます。

新型コロナウイルスによるパンデミックな状況の中にあって、ウイルス感染に対抗するためにカラダがつくるたんぱく質が、「抗体」。抗体は、免疫担当細胞のBリンパ球がその遺伝子の指令によって細胞内で合成し、血液中に放出するたんぱく質。抗体はウイルス（抗原）に結合して無毒化に効果を発揮してくれる。よく知られているホルモンのインスリンも、アミノ酸二十一個の鎖と三十個の鎖とが組み合わさった小さなたんぱく質。膵臓の内分泌組織のB細胞が合成し、血糖値（血漿《けっしょう》中のグルコース濃度）の上昇に感応して血液中に分泌します。これらのたんぱく質がいわば特殊な機能をもった例であるとすれば、どの細胞にも共通した普遍的なたんぱく質があります。それが冒頭の話に出てきた「酵素」なのです。実は、遺伝子の情報によって酵素が作られるという発見は、遺伝子研究を著しく深化、発展させました。細胞内では数千種類の酵素が働いていて、遺伝子のかなりの種類が酵素を作るための情報を担っています。遺伝子の働き・機能を理解するということは、「酵素」について理解することだといって過言ではありません。そして、セントラルドグマが遂行されるプロセスの化学反応自体にも触媒としての酵素が必要とされています。わたしたちのカラダは基本的なところで遺伝子によって生かされています。しかも驚くべきことに、わたしたちの細胞すべてが生きるために必須の遺伝子は、地球上の生き物すべての細胞に共通する遺伝子でもあるのです。

ところで、世の中にはDNAイコール遺伝子と思っているひとがいるかもしれませんが、それはいただけません。DNAの塩基配列全部を「ゲノム」といいますが、そのほとんどは意味のない配列。たんぱく質をつくる情報の塩基配列、すなわち遺伝子の部分は、全ゲノムのたった二パーセントほどです。「子が親に似た才能をもつ」ことを「子が親のDNAを受け継ぐ」と言うひとがいます。百年前ならそれで正しいけれど、現代版の比喩ならば、「子は親の遺伝子を受け継ぐ」と言う方がまだよさそうです。

国語辞典の「遺伝子」

日進月歩で新たな発見が行われる生命科学研究。再現性を確認された知見が定着し、いわゆる教科書的な知識となって多くの人々に周知され、関心を持たれるには時間が必要です。生命科学研究における新しい発見は作業仮説にすぎず、のちに確認されるか、否定されるか、あるいは誰にも見向きもされずに放置されたままか、いずれかの運命をたどるものです。再現性が確認されればスピーディーに研究が進展し、物質の構造や働き、現象の本質が次第に明らかとなり、一般に周知された当初の名称・呼称の定義が更新され、一義的意味が後退することがあります。gene（遺伝子）はそのひとつでしょう。

定義の変遷が、一般的に誰もが開く辞書類でどのように記載されているかを知ることに興味があります。すこし意地悪な見方をすれば、言語学・国語学の分野が科学のことばの新しい定義を敏感にとらえているかどうかということが、辞書を読めば解るのではないでしょうか。巷ではインターネット情報が席巻していますが、ネット情報に対する信頼性は必ずしも高くないし、むしろ解りにくい、偏っている、という批判もあります。世の中では依然として、辞書に書かれていることが確かな情報と見なされています。

代表的な国語辞典二種類を見てみます。

岩波国語辞典第八版（二〇一九年）の「遺伝子」。「遺伝――」で始まることばの一つとして「遺伝子」の定義が記載されています。「生物の遺伝形質を規定する因子。遺伝因子。DNAの塩基の配列がその情報を担う。」というわけで、「遺伝」現象における意味を第一義としています。傍線の部分は第七版（二〇〇九年）と同じ文言。定義のアップデートは行われていないようです。（傍線は筆者）

広辞苑第七版（二〇一八年）の「遺伝子」はかなり詳しいものの、ここでも「遺伝――」で始まることばの一つとしての記載です。「生物の個々の遺伝形質を発現させるもとになるもの。」に始まる長文の定義が続きますが、基本的には第四版（一九九三年）からの更新はほとんど行われていません。（傍線は筆者）

岩波国語辞典と広辞苑との「遺伝子」の扱いは、親から子へ伝わる形質、すなわち「遺伝現象」としての定義を一義的に置き、細胞内のすべてのたんぱく質を合成するために常に働き続けている機能としての定義は、その後に置かれています。遺伝子に関するこれまでの研究成果と概念の変遷を踏まえれば、定義の順番は逆転されるのが望ましいのではないでしょうか。例えば、遺伝子とは、「物質としての実体はＤＮＡ（一部のウイルスなどではＲＮＡ）の特定の部分で、たんぱく質をつくるための情報として機能する。生殖細胞（配偶子）内のそれは、受精によって親から子へと受け継がれる」のように、サラッと言えそうです。

　百年前に科学が語り始めた日本語「遺伝子」は、今やわたしたちにとって身近で大切なことばになりました。「遺伝子組み換え」「遺伝子操作」「遺伝子治療」など、医療、創薬、食品製造などで行われている「遺伝子」を扱う技術は、命と暮らしを支えるためのものです。それだけに、遺伝子というものの働きを正しく知った上で、科学と技術の情報を理解・判断して行動に役立てたいと思うのは、私だけでしょうか。

奇妙な「排卵」

「排卵」（ovulation）とは、「卵巣の成熟卵胞が卵管の中へ卵子を放出すること」です。このように書くと、わけがわからないと言われそうです。簡単に言えば、「卵巣から卵子が出て卵管に入ること」です。ところが、このことばは誤解が誤解を産んで、まるで誤解の継承？　が起きているようです。もとはといえば、「排」という漢字に対するイメージから生じていると言えそうです。

カラダに関した「排」は、排尿、排便など、要らないものがカラダの外に出される場合に名付けられていると承知しています。卵子は要らないものではありません。尿や便と一緒にされてはたまりません。医療系の学生に訊ねてみると、「排卵とは受精しなかった卵子が体外に出されることで、月経とともに起こること」と、答える人がいるそうです。排卵された卵子が卵管で受精しない場合は、そのまま子宮を経て膣から体外に排泄されます。未授精の卵子がそのまま、月経が生じるまでの子宮に二週間も留まるという定説はありません。そして、排卵時期のできごとは、弱い下腹部痛や微量の出血などによって、当事者に自覚される場合もあります。「排」の字について、産婦人科は独特の使い方をしているようです。分娩時に胎児の頭が見えかくれすることを「排臨」と呼んでいることを知って大変驚きました。「排臨」は、「crowning」の訳語で、英語では「戴冠、最高の、この上ない」などという輝かしいことばなのです。それがどうして「排臨」になったのか……、その理由を誰かに訊ねたいものです。「排卵」も同様に、なぜ「排」を用いたのか。「排」の問題は今も尾を引いています。「排卵」に対して誤解しているのは、不謹慎な男子学生だけではないようです。最近ある小説を読んでいてそのことを知りました。ちなみにその小説はＳＦやホラー小説ではありませんし、ひとりの女性の人生を淡々と描いたものです。

小説の主人公は、夫と子どもが一人いる中年にさしかかった女性。もうひとり男の子が欲しいのですが、妊娠の兆候がなかなか訪れない。そこで、受精がかなわなかった卵子を弔うために、集めた経血を庭に掘った穴に入れて小さな墓標を立てます。この部分は、小説の核心でしょう。そのような行為のリアルな描写や主人公の切実な思いなどが語られるのですが、主人公のことばはおそらく作者自身の認識に発しているのでしょう。すなわち、受精しなかった卵子は経血とともに排泄される、という認識です。この部分を読んだとき、私はその先を読み続ける気持ちが萎えました。作者の科学リテラシーに幻滅したのです。排卵とその後の経過について誤った知識をもってしまったゆえの文章表現でしょう。どこから、誰からこの知識を得たのか、あるいは作者の思い込みかはわかりません。いずれにしても、このような誤解の持ち主がひとむかし前の医学生だけでなく現代の成人女性にもいるということに、愕然としました。そして、その知識をもとに小説が書かれていることに、さらにショックを受けました。ＳＦやホラー小説ならそう思わないかもしれませんが……。

「排卵」についても、岩波国語辞典第八版と広辞苑第七版で確かめてみます。

岩波の「排卵」は、「哺乳類が卵巣から卵子を排出すること」が第一義で、排出後の卵子については書かれていません。このような説明を読んだところで、「排卵」ということばを調べたり書いたりする助けにはなりそうにありません。

広辞苑の「排卵」は詳しいです。「卵胞が成熟し、卵巣の表面で破れて卵が排出される現象。卵は卵管を経て子宮に入る。人では月経後約二週間で排卵が起き、受精・妊娠しないと排卵後二週間で月経が起き、次の卵胞の成熟が始まる。」と、岩波よりは丁寧な説明がなされていま す。しかし……、子宮に入ってからの卵子の動態が不明だし、丁寧なわりには受精には触れていません。この説明文を読んだひとは、排卵後の卵子の運命をどのようにとらえてイメージするでしょうか。先の小説家のように、受精しなかった卵子は子宮に留まり、月経血とともに体外に排泄されると思い込まないでしょうか。読者に誤解を抱かせる記述になっているかもしれないのです。

医学用語には難しい漢字表記や読み方などが多いのです。また、明治初期にドイツ語から翻訳された際に、一人あるいは数名の研究者によって訳出された名称も多く、今でこそ学会が設ける専門用語に関わる委員会などがありますが、当時はそのような活動が乏しかったでしょう。「排卵」や「排臨」のように、また冒頭の「酵母」や「酵素」などのように、漢字から誤解が生じることばもあるようです。医療者は、英語やドイツ語の専門用語を略語で用いることが多いので、ことばが誤解を受けることに対する関心が低いのかもしれません。医学用語の誤解や曲解を避けるために、一般的な国語辞典などの改訂時には工夫を求めたいですし、辞典の編纂には多くの生命科学者に関わって欲しいものです。

科学リテラシー向上は誰のため？

長らく科学が語ることばを使っていて気づいたことがあります。それは形容詞を嫌うということです。とくに「善悪」「美醜」「優劣」など、価値観を表す形容詞を嫌います。それこそ遺伝子に対する「優性」「劣性」という形容詞が学会で問題にされたことがあります。それにもかかわらず、あらたに作られたことばがあります。

「善玉コレステロール」と「悪玉コレステロール」。このことばは三十年以上前からあります。「悪玉コレステロール」は、血液中でコレステロールを多く含むリポたんぱく質LDLを指すことばとして使われてきました。しかし、その物質を表すことばの正しい意味が人々に正確に理解されているでしょうか。もし専門家が創作した造語だとしたら、拙速だったのではないでしょうか。人々はコレステロールに対してヒール（悪者）のイメージを抱くかもしれません。「善と悪」という形容を安易につけられてしまったコレステロールこそ、いい迷惑でしょう。「善いコレステロール」「悪いコレステロール」などと、区別できないからです。

「卵にはコレステロールが多く含まれているのであまり食べないほうがよい」ということがまことしやかに吹聴されはじめたのもずいぶん前のこと。今でもこの伝説は多くの人々の頭の中で生きているらしく、卵はカラダに悪いと思っているひとがいるようです。特別な疾患や体質のひとを別にして、卵を食べたからといって血液中の「悪玉コレステロール」が増えるわけではないのです。科学が語ることばに「善悪」の形容が付与されたことを今更ながら残念に思います。なぜならば、そのことが「科学リテラシー」の妨げになるからです。

「読んだり書いたりする能力」を「リテラシー」といいます。最近では「理解すること」や「話すこと」も含める場合があります。科学のことばを正しく理解し使う能力の向上は、専門家以外の人々、科学の素養のない人々だけの課題でしょうか。はたして、専門家のリテラシーは優れているのでしょうか。

一般的に、自然科学の諸分野では、その研究成果の多くは英語論文（欧文）で公表されます。国際的に普遍性をもった価値のある研究成果であることを広く示すためと、国内での研究業績の評価が欧文論文に対して高いからです。博士の学位を授与する条件として、欧文論文の本数を指定している大学もたくさんあります。従って、先端の研究者は、日本語で論文を書くことに消極的です。日本語で書かれる論文（邦文）は、日本国内の研究者のみが読むことを前提とした報文（レポート）か、啓蒙を目的とした総説（レビュー）などの類です。つまり、こういうことです。批判を恐れずに言えば、自然科学の研究者自身が「科学が語ることば」のリテラシーに必ずしも習熟しているとは限らないのです。習熟していたとしても、研究者自身の狭い専門分野の先端の知識に限られている場合が多いのです。そのために、専門分野の知識に乏しい人々に対して語ることばの語彙が少なく、とくに専門的な基礎のことばを上手に説明する表現力に乏しいところがあります。従って、「科学リテラシーの向上」は、専門家の人々にとっても目の前に置かれた課題だと言わなければなりません。

　科学の素養に乏しい場合、自然科学リテラシーを向上させるにはまず、ことばの持っている厳密な意味を理解するための工夫がいります。「遺伝子」のところで述べたとおりです。一つあるいは二つ、気になる科学のことばを核にしてそのことばと結びつくことばを少しずつ増やしながらことばのネットワークを自分で繋いでいく。そんな方法での「わたしの中の体系化」の試みはリテラシーを向上させるために役立ちます。さらに、ことばの繋がりを図示したり、物質や現象などを簡単なイラストにして視覚的イメージを持つことも有効です。これは複雑な生命現象を学ぶ学生たちがよく試みる方法です。ことば同士を関連付けるという意識が大切です。そのようにしながら、誰もかれもが科学のことばを果敢に使い、誤解や誤謬《ごびゅう》を修正しつつ、「わたしのための科学辞典」のページを少しずつ増やしていくことです。そんなふうになれば、そのひとの科学リテラシーはかなり向上したといえるでしょう。

　昨日のN新聞夕刊には、「ヘルスリテラシー向上が重要」というタイトルで、子宮頸がん予防のためのワクチン接種を若い女性に促す記事が掲載されていました。子宮頸がんの発症原因が性交渉によるヒトパピローマウイルス（ＨＰＶ）によることを指摘し、その予防と治療については ヘルスリテラシーの向上が不可欠で、リテラシーを身につけることは、がんという病気をコントロールすることに役立つと、執筆者の大学医学部教授は述べています。

ＨＰＶは、性交渉によって「うつす」「うつされる」確率が非常に高いわけですから、若い女性に対してワクチン接種を啓発すると同時に、男性に対しても同じように啓発すべきでしょう。男性にとってのＨＰＶの影響についても考えなければなりません。ＨＰＶ感染は、子宮のない男性にとっても他人事ではないはずです。諸外国に遅れをとったものの、わが国でも二〇二〇年から男性に対するワクチン接種が認められているのですから。さらに、ワクチン接種の予防効果や安全性についても触れるべきでしょう。新聞記事の執筆者やデスクがそのことを見過ごしているのは何故でしょう。

科学リテラシーの向上は、新聞、雑誌、テレビ、インターネット、教育など、広く情報発信に関わる人々にこそ強く求められています。これらの人々は、いわば「科学が語ることば」の中間供給者であり、専門家が生産した一次情報を加工する役割をもちます。あるいは、科学のことばの通訳、翻訳者と言い換えてもよいでしょう。この役割を担う人々の科学リテラシーの向上が、科学のことばを正しく広める上で欠かせません。それどころか、彼らが社会全体の科学リテラシーの底上げの鍵を握っているとさえいえます。そういう私自身もおそらくこの中間供給者のひとりであり、科学リテラシーの向上という課題に向き合っているのです。

《参考文献》

戸田山和久著『「科学的思考」のレッスン―学校で教えてくれないサイエンス』NHK出版新書（二〇一一年）
西尾実ら編『岩波国語辞典　第八版』岩波書店（二〇一九年）
新村出編『広辞苑　第七版』岩波書店（二〇一八年）
小川徳雄、永坂鉄夫著『なりたちからわかる！「反＝紋切型」医学用語「解體新書」』診断と治療社（二〇〇一年）
田中牧郎編『現代の語彙―男女平等の時代―』（シリーズ〈日本語の語彙〉7）朝倉書店（二〇一九年）
鈴木哲也著『学術書を読む』京都大学学術出版会（二〇二〇年）

明治の科学リテラシー

福澤諭吉と村井弦斎

ことばは生き物

地球上に生息している生物種は数千万種あるいはそれ以上といわれる。この数に匹敵すると思われるのが地球上で飛び交っている人間のことばの語彙数だ。様々な国や地域のことばは数千万語、さらに小さな部族のことばも含めれば桁違いの天文学的数値になるのではと思える。一般的な日本語辞書には、たいてい数万語の語彙が記載されているが、わたしが日常的に必要とする日本語は、きちんと数えたことはないものの、方言を含めても千語に届かないように思う。それでも他者との意思疎通ができているのだから、使っていることば一つ一つはずいぶん確かなものにちがいないと思うとともに、一つのことばをそのときどきの気分でいくつかの意味で勝手に使いわけている気もするから、日本語の寛容さ、日本語の曖昧さに甘えているところがあるかもしれない。ことばの語彙と生物種とを比較してみたけれど、数だけでなく、ことばはまるで生き物のようだと思うときがある。つまり、一つ一つのことばには、誕生・成長・成熟・老化、そして死があるのではないだろうか。

誰かがどこかであることばを使い始める。話しことばや書きことばだったりする。ことばの「誕生」だ。そのことばは人から人へと伝わり、多くの人が知ることばとなる。それはことばの「成長」といえそうだ。そして、そのつぎのステージがことばの「成熟」、そして「老化」。広まったことばは、新聞・雑誌・書籍・学校教科書などの活字媒体、電波・電子などの媒体による情報となり、「国語」として定着する。そして、「誕生」したときの意味とは異なった意味合いで使われる。例えば、〈空気〉が〈雰囲気〉の意味で使われたり、〈水〉が〈水くさい〉などと他人行儀な人間関係を表すときに使われたりする。また隠語や業界用語として含意を変幻自在に変えて使われることばもあるだろう。そのように、ことばが定着し、ときに変貌するさまは、「成熟」した姿とも考えられる。そしてしだいに力を失い、使われなくなることばの「老化」。いつのまにか普段の生活からフェードアウトしていくことばがある。そんなことばに対して「死語」というラベルが貼られる。しかし考えてみると、使われなくなったことばは、ことばの貯蔵庫ともいえる文芸作品や公的な文書類、映像などの中のどこかに存在し続け、忘れられた頃にその存在を力強く主張することだってありそうだ。いちど誕生したことばは死なない。長い「休眠状態」に入っているだけだ。

現在、わたしたちが読み・書き・話す日本のことばは、幕末から明治初期にかけて誕生したものが多い。正確には、その頃に西洋から数万語のことばがどっと移入された。

哲学、政治、経済、そして自然科学など、すべての分野のことばが文書や話しことばのかたちで、その多くは学術用語として入ってきた。そして時を措かずに、それらはすでに漢籍（中国の書籍）や白話小説（中国の口語体小説）などに使われている同じような意味の漢語（漢字）によって分野別に翻訳（直訳や意訳）され、あるいは、外国語の発音を真似たカタカナ語で使われ始めた。いま当たり前に使っている〈空気〉〈酸素〉〈水素〉〈自動車〉〈企業〉〈義務〉〈経済〉〈哲学〉〈心理学〉等々、みなそうである。すでに『医語類聚《いごるいじゅう》』『工学字彙《こうがくじい》』などのように分野ごとの詳しい辞書類が明治の早い時期に数種類も発行・増刷されているのだから、新しいことばに対する当時の学者の知識欲と切迫感は相当なものだったと思える。

新しい日本語が誕生し成長した時期に、そのことばを存分に使って画期的な書物を記した人間が二人いる。ひとりは福澤諭吉、もうひとりは村井弦斎である。ふたりはタイプの大きく異なる経歴の持ち主なのだが、それぞれ代表的な著書の中において自然科学のことばを積極的に使い、近代日本における科学リテラシーの先駆者として目覚ましい役割を果たしたという共通点をもっている。

福澤諭吉『文明論之概略』

一八七五年（明治八年）、福澤諭吉は『文明論之概略』を上梓した。この本は、彼の著作『学問のすゝめ』（一八七二〜一八七六年、明治五〜九年）『福翁自伝』（一八九八〜一八九九年、明治三十一〜三十二年）と並ぶ代表作の一つとしてよく知られている。そこでは当時使われ始めたばかりの、いわば「成長期」におかれた幼い日本語がふんだんに使われている。さらに驚いたことに、彼は自然科学の知識と科学的視点に立った比喩を多く用いながら、西洋文明にならった国造りのアイディアとプランを滔々と述べているのだ。

人の智力議論はなお化学の定則にしたがう物品の如し。曹達《そーだ》と塩酸とを各《おのおの》別に離せば、何《いず》れも劇烈なる物にて、あるいは金類をも鎔解するの力あれども、これを合すれば尋常の食塩と為《なり》て厨下《ちゅうか》の日用に供すべし。石灰《いしばい》と硇砂《どうしゃ》とは何れも劇烈品にあらざれども、これを合して硇砂精と為《な》せば、その気以て人を卒倒《そっとう》せしむべし。（中略）概していえば、日本の人は仲《なか》間《ま》を結《むすび》て事を行うに当《あた》り、その人々持前《にんにんもちまえ》の智力に比して不似合なる拙《せつ》を尽《つく》す者なり。西洋諸国の人民、必ずしも智者のみにあらず。然るにその仲間を結《むすび》て事を行い、世間の実跡に顕《あら》わるる所を見れば、智者の所為《しょい》に似たるもの多し。（「第五章　前論の続」。ふりがなは原書のまま。）

曹達は水酸化ナトリウム、石灰は水酸化カルシウム（消石灰）、硇砂は塩化アンモニウム、硇砂精はアンモニアガスのこと。）

これを人身に譬《たと》えば、国体はなお身体の如く、皇統はなお眼《め》の如し。眼の光を見れば、その身体の死せざるを徴すべしといえども、一身の健康を保たんとするには、眼のみに注意して全体の生力《せいりょく》を顧みざるの理なし。全体の生力に衰弱する所あれば、その眼もまた自《おのず》から光を失わざるを得ず。（「第二章　西洋の文明を目的とする事」。ふりがなは原書のまま。傍点は筆者。）

福澤は自然科学全般に関心が高く、緒方洪庵の適塾では化学実験までこなしたという。そのときの経験を基礎としているが、現代の科学的・医学的知見と比べたとき、知識の古さは否めない。しかしそのことよりむしろ、ここで注目したいのは「健康」ということばだ。「健康」はhealthの訳語として、幕末に新しく加わったことばといわれている。古くから「養生」「衛生」などが現在の健康の概念と近い意味で使われていた。「健康」は、『文明論之概略』では他の章にもしばしば登場し、福澤は好んでこのことばを使っている。現在使われている「健康」の定義を最大公約数的にいえば、「心身の好ましい状態」であり、当時この意味を理解して国民と国家のあるべき姿をイメージするところに、彼の健康的で明朗な人間性を垣間見る気がする。

福澤は、訳語の創出にあたり漢籍に記載されている語彙を参照するとともに、彼自身の判断で独自に翻訳した造語が少なくなかった。right（権利）を「権理」、society（社会）を「交際」などと訳出したことはよく知られている。いっぽう、すでに使われていることばに対して移入されたことばの概念を付与して用いている。引用文の「国体」がそうである。nationality（現在の「国民」「国家」にあたる）の概念を「国体」に付与し、皇統（「国君」の血統、line）とは明確に区別している。さらに福澤は、「文学」ということばに対しても独自の概念を付与している。福澤は、science and useful arts を「文学技芸」と訳出。その頃の辞書によると、science は「學」「諸學」「學術」などと訳され、現在の訳語である「科学」が辞書に見られるのは数年後のことだ。いっぽう「文学」は、rhetoric・literature などの訳語としてあった。福澤は、「文学」ということばを独自の概念、おそらく「学問」にちかい広いイメージで使用していたのかもしれない。

幕末に緒方洪庵の適塾においてオランダ語や化学などの研鑽を積むなかで近代自然科学に対する造詣を深め、二回にわたる渡米とヨーロッパ歴訪によって培った西洋文明とその社会に関する深い見識が、『文明論之概略』として結実した。この名著は、福澤が試行錯誤しつつも新しいことばの概念を自由に解釈し、自身の思想を強く主張した姿に他ならない。

福澤諭吉をはじめ数名の国学者・儒学者たちによって訳出されたことばは改変・整理を繰り返され、その過程で成長と成熟を待たずにフェードアウトした語句も多い。一八九〇年代（明治二十年代）までは、誕生したことばが急速に変化した「思春期」ともいえそうだ。新しい日本語がたどった変遷については、当時の井上哲次郎『哲学字彙《てつがくじい》』（一八八一年）や西周《にしあまね》の著作類（一八六八～一八七九年頃）、最新の文献では眞田治子『近代日本語における学術用語の成立と定着』（二〇〇二年）などに詳しい。

村井弦斎『食道楽』

明治のマスメディアは唯一、一八七〇年（明治三年）から始まった新聞だけだった。ラジオの開始はずっと後の一九二五年（大正十四年）だ。当時の新聞は新しい日本語を国語として定着させる役割を担っていた。当初の新聞記事は文語体と口語体が入り交じる不統一な紙面だったが、口語体を多く用いて掲載するようになったのは一八九〇年（明治二十三年）頃から、読者を増やすために小説を掲載するようになったのは、一八八二年（明治十五年）頃からだ。小説や詩歌は主に作者自身によって創刊された様々な同人誌に掲載され読者は限られていた。不特定多数の読者を対象とする場合は新聞に掲載されなければならない。商品としての小説の誕生である。当然、老若男女の誰もが読めるような無難な内容のものが求められた。明治二十年代の新聞各紙は一日に一〜三万部発行され、明治三十年代には十万部にもなった。おそらく実際は、発行部数の数倍の読者が背後にいたことになるのだろう。新聞の連載小説は、新しい日本語を一気に広める上で最も効果的な方法だったようだ。

当時の新聞小説のなかに、熱狂的かつ爆発的な人気を博し、後に奇書ともいわれる作品があった。小説家・村井弦斎《むらいげんさい》による『食道楽《しょくどうらく》』である。

『食道楽』は、一九〇三年（明治三十六年）一月三日〜十二月二十七日にわたり三百六十回、一日も休むことなく『報知新聞』（元『郵便報知新聞』）一面の五分の二を占めて連載された。そのときの報知新聞社主は大隈重信伯爵であり、彼の篤い支援を受けて連載は続いた。『文明論之概略』から二十八年後のことである。村井弦斎が四十歳のときだ。移入後に変化を繰り返した新しい日本語が、ようやく「定着」しつつある時期だったともいえそうだ。新しい語彙が豊富に登場する小説の文体は、地の文が文語体、会話が口語体である。ことばだけでなく、文体も言文一致体へ向けた大きな流れの中にあった。

『食道楽』には、西洋料理・中国料理・日本料理など、六百数十種類の料理が紹介されている。レシピ、調理方法、コツなどはいうに及ばず、栄養学、食品化学、食品衛生学など食物や調理に関する基本的な理論や技術、現代の公害に該当する公衆衛生上の問題についてなど、登場人物同士の会話のかたちでたびたび挿入されている。料理と科学的うんちくを縦糸に、主人公の恋愛と縁談話を横糸にして物語の模様が織りあげられていく。購読者は、紆余曲折するユーモラスな話の展開と斬新かつ実用的な料理の紹介を楽しみに、そして少しばかりのお勉強のために翌日の朝を迎えるのである。

最新の設備と調理器具を整えた村井の自宅厨房を使い、料理上手な妻・多嘉子を中心に、有名料理店や大使館コックなどの協力を得て試作を重ね、家族で試食して美味しかった料理だけが新聞紙上で紹介された。連載小説を仕立てるバックヤードはとんでもなく大がかり、大騒ぎだったわけで、それを一年間続けられたのは何事も徹底しなければ済まない村井の気質をよく表しているといわれた。

この小説は「衛生学」の教科書として、さらに、当時の生活や世相を記録したノンフィクション作品としても読むことができる。先に述べたように、福澤諭吉は「健康」という語句を好んで使用していたが、村井弦斎は「健康」という文言をさけ、もっぱら「衛生」ということばを「栄養」「健康」などを含む広い概念で使っているところが特徴だ。小説の第一『腹中の新年』は、胃吉と腸蔵が雑煮の消化吸収にアタフタするさまが描かれ、最終回の第三六〇『新納』は、「これより世間に流行するは衛生上より研究したる和洋料理の食道楽。」で締めくくられている。

新聞連載は大人気を博し、さっそく同時進行で初版本が発刊され、度々、再版された。『食道楽』は専門書ではないが、当時として最新の「日用食品分析表」「料理法の書籍」「台所道具の図」「西洋食器類価格表」「西洋食品価格表」など、充実した図表が巻末の附録に掲載されているのも大きな特徴だ。その圧倒的な情報量の多さには目をみはる。明治三十五年の東京ではガスが一般家庭に行きわたっていなかったため、調理の熱源は主に「炭火」。しかし食材に関しては、想像以上のものが手に入ったらしいことが表中の種類や価格からわかる。当時この本を読んだ佐伯矩《さいきただす》は、医学の分野から栄養学を独立させることを志向し、栄養学研究所の設立に奔走したと、弦斎の長女・村井米子（登山家）に後日語っている。また、日露戦争時（一九〇四年二月開戦）には兵隊の食事管理、栄養管理、戦地での食物衛生などにこの本が大いに活用されたことも知られている。

大豆は植物中の王で極く上等のは蛋白質が四割、脂肪一割五分、含水炭素《がんすいたんそ》二割五分位あって滋養分は牛肉や魚肉より優っている位です。（第一二〇『二つの口』。会話の一部抜粋。ふりがなは原書のまま。含水炭素は炭水化物のこと。「栄養」は「営養」と表記、「栄養素」という語はどこにも使われていない。もっぱら「成分」「滋養分」などと表記。）

顔にある口は食物を胃と腸とへ送るだけの働きをするにすぎません。その食物が胃と腸とで消化されてお腹の口から体中へ吸収されなければ決して滋養物が身体へ入ったとは申されません。お腹の口というのは血管と琳巴管《りんぱかん》の二つで……。（第一二二『腹の口』。会話の一部抜粋。ふりがなは原書のまま。）

私が汽車に乗って毎度不愉快を感じるのはボーイが客室の中を掃きに来る時です。（中略）乾燥すると細菌が空気中へ舞い上がって外の人の鼻や口へ入ります。（中略）今の人の肺病は一番多く汽車中で伝染するだろうといった医者もあります。（中略）まず塩を沢山床の上へ振り撒《ま》いて塵や細菌の舞い上がらないようにして……。一年間に汽車に轢かれて死ぬひとよりも汽車中で伝染病を受けて病死する方がどれほど多いか……。（第二二四『汽車の衛生』。会話の一部抜粋。ふりがなは原文のまま。この記述を受けて、東京府技師が新橋停車場構内に吐散した痰を調べたら多数の肺結核菌が検出された。）

衛生学、生理学、栄養学などの豊富な情報は何から手に入れたのだろうか。二十一歳（一八八四年、明治十七年）のとき、サンフランシスコやオークランド遊学で一般家庭に寄宿し、その際に科学的理論に基づく食生活の実際を学んだこと、当時手に入れた欧米や軍関係の科学的な専門書——料理・栄養学・衛生学等——などが確かな情報源となったようだ。村井弦斎は、持てる最新の情報を惜しみなく新聞小説の中で平易に、しかも詳しく披露し、それまでほとんど関心の向けられていなかった日常生活の科学的知識の普及に、言い換えれば、人々の科学リテラシーの向上に大いに貢献したわけである。当時としては画期的なことであり、なによりも愉快な小説のかたちをとっていたことが絶大な効果を発揮したのだろう。

連載中から同時進行で発刊された『食道楽』は、贅沢な和装本だった。春・夏・秋・冬の四巻あわせて十万部を超える出版部数は、同時期の小説家——尾崎紅葉・幸田露伴・坪内逍遙・森鷗外——の人気作品をあわせた部数よりも著しく多かった。口絵・挿画は当代一流の画家である山本松谷《やまもとしょうこく》と水野年方《みずのとしかた》が描いている。一巻が八十銭（いまなら五千円前後か）。毎月の印税が三千円も支払われたそうだから唖然とする。この小説で莫大な財をなした村井弦斎は、連載を終えた数年後、小説家としての筆を折る。富士山の見える神奈川県平塚に広大な土地を購入し、自然農法による野菜の栽培や家禽などを飼育しながら家族とともに自給自足に近い生活を送ったが、著名人が多く訪れて賑やかだったらしい。一九二七年（昭和二年）、六十三歳で他界している。

村井弦斎が報知新聞を退社したのと入れ替わるようにして、一九〇七年（明治四十年）、朝日新聞社員となった夏目漱石は連載小説『虞美人草』を開始した。漱石が一九〇五年（明治三十八年）に書いた小説『琴のそら音』の会話の中には、面白い小説として『食道楽』を登場させている。漱石は『食道楽』の愛読者だったのだろう。また、『食道楽』の新聞連載が始まった約三カ月前、正岡子規は十年におよぶ脊椎カリエスとの闘病に力尽きた。もし子規の命があと少し輝いていたら、食いしん坊の子規はこの記事を俳人仲間たちに読んでもらいながら、アハハ！　と、大笑いしたことだろう。子規が亡くなった同じ年、福澤諭吉も鬼籍にはいった。もし彼が『食道楽』を読んだなら、なんと評するだろうか。褒めるだろうか、貶すだろうか、あれこれ想像すると愉快だ。

新しいことば

数万語という新しく誕生したことばのシャワーを浴びた明治初期の人々に思いを馳せる。激動の時代はことばの嵐の時代でもあった。その頃に新しいことばを駆使し、持ちうる情報を惜しみなく多くの人々に与えた二人の人間に思いを馳せる。それから百五十年後の令和、科学を超える新しい科学のことばの誕生を知る。

そんな気になる新しい科学のことばは、「シンクロニシティ」という物理学用語である。この訳語は「意味のある偶然（の一致）」。原子核の周囲からはじき飛ばされた二つの粒子（量子）のペアは、離れていてもお互いに存在を認識し、「同時」に反応し合う。一九七二年（昭和四十七年）から行われた実証実験の結果が一九八〇年代後半に確定された。その業績によって二〇二二年度、三名の研究者がノーベル物理学賞を受賞。光よりも速いモノはないというアインシュタインの相対性理論を覆す科学の根本にかかわる発見である。実は、「シンクロニシティ」ということばは、精神医学者のユングが一九三〇年（昭和五年）、「非因果的連関の原理」を指すことばとして生みだしたものだ。当時から量子力学の分野でも同様の概念「量子のもつれ」仮説が提唱されており、ユングと物理学者パウリらとの共同研究の歴史がある。二つのモノがシンクロする。これまでの科学の常識、つまり物事には必ず因果関係（原因から結果が生じるまでの時間的ズレ）があるという科学の常識を覆す科学のことばだ。百年後の今、まるで休眠状態から目覚めたように、そのことばは再び存在を主張している。

実際に、脳内ネットワークや人工知能などの研究分野でこの現象に対する関心が非常に高いといわれている。はたして、このことばは成長・成熟するだろうか。あるいは早々にわたしたちの前からフェードアウトして再び休眠状態に入るのだろうか。科学を超える科学のことば、「シンクロニシティ」の今後が気にかかる。

《参考文献》

福澤諭吉著、松沢弘陽校注『文明論之概略』岩波文庫（一九九五年）
福澤諭吉著『西洋事情』慶應義塾大学出版会（二〇一八年）
村井弦斎著『食道楽（上）（下）』岩波文庫（二〇〇五年）
村井弦斎著、村井米子編訳『食道楽』中公文庫（二〇一八年）
眞田治子著『近代日本語における学術用語の成立と定着』絢文社（二〇〇二年）
飛田良文・佐藤武義編集代表『近代の語彙―四民平等の時代―』（シリーズ〈日本語の語彙〉1）朝倉書店（二〇二〇年）
山田俊治著『〈書くこと〉の一九世紀明治　言文一致・メディア・小説再考』岩波書店（二〇二三年）
ポール・ハルパーン著、権田敦司訳『シンクロニシティ―科学と非科学の間に―』あさ出版（二〇二三年）

お化けのエネルギー

見えない世界

まもなく六歳の誕生日を迎える孫娘は宵っ張りで、彼女を寝かしつけるにはいつもひと工夫いるらしい。その一つが、「お化けの見廻り話」。

「……おばけはね、こどもたちがねたかどうかをたしかめるために、まいばん、いえいえをじゅんかいするらしいよ。とちゅう、あそこのこうえんによってばんごはんのおべんとうをたべて、それからうちにくるらしい……。おばけはね、しんだひとがそのとしのままなるから、ちいさなおばけもいるよ……」。布団の中でママからこんなお話をポツリポツリ聞かされるとまもなく、幼子は深いため息とともにコトンと眠りに落ちるという。

子どもが一瞬だけお化けの世界に越境するように、わたしは科学の世界の中で領域という境界を自由に越えてその景色を楽しむ。そこには数千年の歴史を誇る様々なものが存在し、どこまでも彷徨いながら、ときに立ち止まって、それらを見飽きることはない。そして、眺めながらいつも思うことは、科学とは見えないものを見ようとする人間の想像や空想に始まり、それを追究し、証明してきた営為ということだ。

見えないのにそれを気にしながら、その存在をなかば信じているといっていい神や仏、お化けや幽霊、そして魂とか愛。そのいっぽうで、見えないから気にしないあれ、空気がある。おそらく、すべてのモノに「エネルギー」が存在することなども多くの人は気にしないだろう。エネルギーは、肉眼はもちろんのこと顕微鏡や望遠鏡でも見えない。自然エネルギー、再生可能エネルギー、そして人間に対しては「エネルギッシュなひと」など、日常生活の中にエネルギーという言葉のついた話はたくさん出てくる。しかも、「エネルギーとは何だろう」などとあらためて考えることもなく、何気なく使っている。わたしもその一人だけれど、エネルギーについての大切なことを知らなかった。エネルギーという言葉が、自然科学全体を成り立たせている最も重要な基本概念だということを。あまりにも当たり前の知識だとすれば、わたしは長い間、科学の常識を欠いていたことになる。

エネルギーとはいったい何か。あらためて学び直すには、中谷宇吉郎『科学の方法』がうってつけの書物だろう。そこで彼が科学といっているのは、自然科学のことである。この本はエネルギーの基礎について噛んで含めるように易しく語っているので、一部だけ紹介したい。

中谷は低温物理学の高名な学者。雪の結晶の研究で知られ、「雪は空からの手紙」というロマンあふれる名言を残している。一九六二年（昭和三十七年）、北海道大学教授としてひと仕事終えた六十二歳のとき、彼は他界した。

この本の土台となっているのはNHK大学教養講座のシリーズ。いささか硬い内容にもかかわらずやさしく語りかけられているような文体に心が和み、頭がときほぐされていく。まるで、おじいちゃんからお化けの話を聞く孫娘になったような不思議な気分だ。そう思うのはわたし一人ではないらしい。発刊後六十年間に増刷を重ね、すでに第七十四刷。わたしのような愛読者が年々増え続けているのだから嬉しい。科学の基礎をもう一度教えて欲しい、むかし話をもう一度聞かせて欲しいと願う人々が多いのかもしれない。

各章は、「科学の限界」「科学の本質」「質量とエネルギー」「解ける問題と解けない問題」「物質の科学と生命の科学」などを含む十二章からなる。このたび我田引水するのは、「質量とエネルギー」。いまでは中学校や高等学校の教科書にも載る基礎的知識。尾頭付きの焼き魚を食べるときのように小骨は気にせずに、中骨についているあぶらの乗った肉をむしりとって味わおう。美味しそうなところを思い切りよく頂戴し、咀嚼してみよう。

質量とエネルギー

質量とエネルギーとは、今日の科学の中で一番重要な概念で、この二つの間には関係がないと長い間考えられてきた。しかし、二十世紀に入り、原子物理学の発展によって、「原子力は、物質がエネルギーに変化したものである」といわれるようになった。物質はモノだが、エネルギーはモノではない。モノとモノでないものがお互いに移り変わるといわれてもすぐには理解できない。人間の頭の中では理解できないが、自然界の実態はこの両者を融合したところにあって、本来移り変われるものなのだ。モノとは、「物質＋エネルギー」である。現在の科学は、自然界の実態を、「物質＋エネルギーの和」という混然一体のものと捉えている。あるときは物質として現れ、あるときはエネルギーとして現れる。実は、この発見こそ人類の知識の一大進歩なのだ、これが近代自然科学の認識なのだと、中谷ははっきり言う。エネルギーという見えないものを科学は認めているのである。そういうことなのだと、わたしは思う。

まず、「物質」とは何か。「目方」(原文のまま)のあるもの。目方がモノの実質だ。科学用語ではその実質のことを、「質量」という。要は、「重さ」のこと。

つぎに、「エネルギー」とは何か。エネルギーとは、自然界に起こっているいろいろな現象の原動力になる能力のこと。「仕事をする力」と言い換えてもよい。エネルギーには、位置・内部エネルギー、熱エネルギー、機械・運動エネルギー、電気エネルギー、化学エネルギーなどいろいろな形があり、相互に変化・変換させることができることがわかっている（エネルギー保存の法則）。人類が初めてエネルギーを認識したのは、おそらく「火」すなわち「火力」を発見したときではないだろうか。いまから百万年以上前に、人類は熱エネルギーと光エネルギーを発見したわけである。

中谷は、質量とエネルギーの関係について、具体的な例をあげている。

水素と酸素はどちらも気体で見えないが、質量をもった物質である。両者をある割合で混ぜて火をつけると、熱エネルギーと光エネルギーという爆発が起きて、水ができる。なぜ爆発が起きるのか。それは、水素と酸素がそれぞれにエネルギーを「隠し持っていた」からである。つまり、質量のある物質は、潜在的な「内部エネルギー」を持っているということだ。しかも、水素と酸素を合わせた内部エネルギーよりも水の内部エネルギーの方が少ない。爆発（熱と光）はその差の分だけ放出されたエネルギーということになる。内部エネルギーの存在は、いろいろな物質を反応させてみて実証されているから、ごまかしではない。物質が分解（変化）すると、必ず内部からエネルギーが出る。物質は別の物質に変化することがあるが、そのときにはエネルギーが出現する！　これは近代物理学における一大発見だ。

そこに静かに存在するだけでも、身の回りのすべてのモノにはエネルギーがある。モノがモノであるためには、エネルギーを持たねばならない。これが近代自然科学の原点といえる。ときには科学の原点に還りなさいと、中谷宇吉郎がわたしの耳元で囁く。

化学反応とエネルギー

ところで最近、普段の会話の中で「化学反応」という言葉をときどき聞く。大抵は、異質の個性がぶつかり合って新しいものが生まれる、というような意味で使われている。コラボレーションの妙味といったものだろうか。そのイメージするところは、最も簡単な化学反応として知られている水素と酸素の反応によって水ができるという魔法のような現象である。確かにそれは化学反応のひとつだけれど、実際にはもっと複雑な場合が多い。特に、わたしたちのカラダの中で起きている化学反応はとても複雑だ。実は、そこでも必ずといってよいほどエネルギーが関わっている。エネルギーの関与なしには、化学反応は生じない。

「化学反応」という現象を正確にいえば、「物質に変化がおきる」という意味だ。もう少しきっちりいえば、物質をつくっている原子や、原子の集まりである分子の変化、という意味になる。さらに、もっと突き詰めていえば、原子をつくっている電子の変化である。聞き慣れない言葉で嫌われそうだけれど、もう少しだけ耳を貸して欲しい。原子は中心に原子核（陽子と中性子）がある。その周囲を電子が雲のように取り囲んでいる。原子核はとても小さなものので、原子全体の大きさは原子核の十万倍もある。あまりにも大きな差があるからピンとこないけれど、電子の雲がいかに大きいかということだ。電子の雲の広がりや状態に変化の起きるのが「化学反応」で、その際にエネルギーが関わるということ。ついでにいえば、原子核に変化の起きるのが、「核反応」で、核分裂や核融合などという言葉がよく知られている。核反応は、化学反応とは桁違いの莫大なエネルギーを放出する。

カラダの中の化学反応

さて、わたしたち人間のカラダは様々な物質の集まりだ。多くの物質は、いくつかの原子の結合した分子という塊の状態で存在している。単純で小さな分子を「低分子」、複雑で大きな分子を「高分子」といっている。例えば、アミノ酸は低分子。アミノ酸がたくさん連結して立体的な構造をしているたんぱく質は巨大な高分子。分子をつくる原子や原子同士の結合のもっているエネルギーが、分子の内部エネルギーといえる。そして、これからが大切なところだ。カラダのなかでは、正しい意味での化学反応が休みなく生じている。つまり、分子そのものにつぎつぎに変化が生じている。連続的な変化によるエネルギーの流れが生じているのだ。

カラダの中の化学反応は大きくわけると二種類だ。単純な分子になる「分解」か、複雑な分子になる「合成」かだ。この化学反応は、「酵素」という大きなたんぱく質の触媒作用の助けを借りて連続的に進められていく。このことを「代謝」といっている。代謝では、すべてといってよいほどエネルギーの移動や変換が生じている。分解では内部エネルギーが放出される。合成では分解で生じたエネルギーが内部エネルギーとして取り込まれる。つまり、分解と合成とは、たいていリンクしているのである。実に効率的なエネルギー利用の形がとられている。例えば、もしグルコース（ブドウ糖）の分解によって放出された余分なエネルギーがあれば、そのエネルギーは脂肪酸同士の結合に使われて体脂肪としてカラダに蓄積され、体内のエネルギー源となる。カラダの化学反応は、無駄のないエネルギーの流れを伴って連続的かつ効率的に起きているといえる。化学反応をエネルギーのやり取りや流れでとらえた表現が、「エネルギー代謝」という言葉だ。

ＡＴＰと自由エネルギー

生き物の化学反応はそのほとんどが細胞の中で起きている。そのとき、分子のもっているエネルギーは価値の高い「ある物質」にいったん移されることがある。また、化学反応が多くのエネルギーを必要とするときに、「ある物質」はそのエネルギーを分子に与える。このエネルギーのやり取りに必須の「ある物質」を、ＡＴＰ（アデノシン三リン酸）といっている。このことから、ＡＴＰには「高エネルギーリン酸化合物」という物々しい名称が与えられているのだ。ここでの主役は、ＡＴＰのリン酸という物質である。

ＡＴＰのリン酸という物質が離れたり（ＡＴＰの分解）、くっついたり（ＡＴＰの生成・再合成）する際に、大きなエネルギーがそれに伴って動く。ＡＴＰのリン酸の結合そのものが、大きなエネルギーを保有しているという言い方がされている。ＡＴＰのリン酸結合の内部エネルギーといってもいい。ちなみに、この分解と生成にも特別の酵素が関わっている。そして、ＡＴＰのリン酸が保有するエネルギーのことを特別に、「自由エネルギー」と呼んでいる。生化学、生命科学の専門用語（術語）だけれど、難しく考える必要はない。「自由」とは、必要に応じて細胞内の様々な仕事に利用される、という意味である。ＡＴＰは自由エネルギーの一時的な貯蔵所であり、簡単に言えば、ＡＴＰは、生成されるとすぐに分解される運命にある。

　ＡＴＰに関する研究は二百年前に始まり、その働きに関する研究は二十一世紀のいまも継続していて、古くて新しい研究テーマの一つだ。しかし、わたしたちのカラダの細胞が作って細胞の中で働くこのありふれた物質の働く現場は電子顕微鏡でも見えない。ならば何故、その物質の自由エネルギーが「仕事」に利用されているとわかるのだろうか。

　端的にいえば、何かが起きたとき、言い換えれば何か仕事が行われたとき、そのかたわらでＡＴＰが分解しているのである。例えば、筋細胞が「収縮」するときがそうだ。筋細胞の中には二種類の細長い筋たんぱく質があって、整然と配列している。「興奮・収縮連関」という神経系の刺激によって一連の反応がスタート。片方のたんぱく質が滑るように動いて二種類が重なりあう。重なりあった状態を「筋収縮」といっている。筋収縮が生じるとき、多くのＡＴＰが分解する。つまり、これこそ自由エネルギーが運動エネルギーに変換される現場だ。さらに、「収縮」が生じるとき、同時に力（「張力」）が発生する。わたしたちがそれを実感できるのは、ダンベル運動のように、モノをしっかり握って持ち上げるときだ。筋肉に強く力を込めたとき筋細胞は強く収縮し、同時に強い力が発生している。筋肉は筋細胞の集まりだから、目に見える動きになって現れる。無意識のうちにも、体中の筋肉でこのようなことが間断なく起きている。心筋の収縮は拍動となり、胃の平滑筋収縮が蠕動《ぜんどう》運動となり消化機能の要を担っているように。

遺伝子の働きにとっても自由エネルギーの利用は必須事項だ。遺伝子の働きは、遺伝情報に基づいてたんぱく質を合成させること。たんぱく質合成はまず、アミノ酸が真珠のネックレスのように鎖状に連結することから始まる。そのためにはアミノ酸の「活性化」が必須になる。活性化とは、アミノ酸がＡＴＰの分解によって放出した自由エネルギーをもらうことだ。それによって、アミノ酸同士の連結が可能になる。いままで挙げたのは自由エネルギーの使い道のほんのわずかな例に過ぎないけれど、様々な細胞は、その細胞それぞれの必要に応じた仕事を遂行するためにＡＴＰの自由エネルギーを使う。体中の細胞の「仕事」が円滑に行われるためには、ＡＴＰのもつリン酸結合のエネルギーが常に仕事に利用されるような状態になっていなければならない。

酸素とエネルギー

ＡＴＰの生成は、人間の生死と強く結びついている。ＡＴＰと酸素との関係を忘れるわけにはいかない。わたしたちのカラダは酸素がなければ数分間ですら命を保つことができない。その酸素はいったいどこで、どのように、使われているのだろうか。

肺で吸い込まれた空気中の酸素は赤血球のヘモグロビンに結合して細胞まで運ばれる。細胞に入った酸素は、細胞内のミトコンドリアで展開されるある場面だけで利用されるのだ。それは、ＡＴＰが大量にできる「酸化的リン酸化」という場面である。酸化的リン酸化という複雑な化学反応の過程では水素イオンができる。その水素イオンが酸素に受け取られ、水ができるのである。その場面だけに酸素は使われている。わたしたちのカラダが酸素を利用している場面は、真にそこだけである。水素イオンは、弱アルカリ性で維持されている体液を酸性に傾かせるので、放っとけない有害な物質だ。酸素も様々な物質の酸化をもたらす有害な物質なのだ。二つの有害な物質同士が反応し、無害・無毒かつ体液の一部になる水ができる。同時進行で、高エネルギーリン酸化合物が大量に生成される。マイナスの因子が掛け合わされてプラスに転じる。まるでどんでん返しのような一連の出来事を、なんと表現すればよいのだろうか。エネルギー代謝の極みだ。酸素は、大量のATP生成の過程でできる水素イオンを処理するためにだけ使われている。酸素が十分に供給されるときだけ、細胞はATPを潤沢に生成できる。活発かつ規則的な呼吸機能が、持久的な筋肉運動を可能にしている理由もここにある。酸素消費量からエネルギー消費量を算出する方法は、いまでもエネルギー代謝実験に使われている。地球上の生き物たち——動物だけでなく植物も——が生きるために、なぜ酸素が必要なのか。酸素は、大量のエネルギーを産み出す（＝変換する）ための必要・十分条件なのだ。

エネルギーと酸素との関係について、もうひとつ大切なことをつけ加えておきたい。運動中の骨格筋は別にして、貴重な酸素を常に大量に使っているのは脳である。神経伝導・伝達を休みなく行い、わずか数分間の酸素欠乏によってこの機能は停止する。脳にとって酸素の供給は死活問題だ。脳は睡眠・覚醒に関係なく常に大量のエネルギーを必要とする臓器であり、カラダが一日に消費するエネルギー量全体の約五分の一以上のエネルギー（三〇〇〜五〇〇キロカロリー）を脳だけで消費している。神経細胞は、血中からとり入れたグルコース（血糖）をもっぱらエネルギー源として代謝し、ATPを生成する。神経細胞は常に酸化的リン酸化によって大量にATPを作り続け、その自由エネルギーを神経伝導・伝達のために電気的エネルギーに変換させなければならない。短時間でも酸素供給が止まれば、脳の仕事はダメージを受ける。そして真っ先に影響を被るのは神経系の調節で動く心肺機能だ。脳のダメージはしだいに全身に波及し、個体の生命にとって危機的状況が訪れることはいうまでもない。

確かに、エネルギーは存在する

ところで、物理学のエネルギーに関する常識では、エネルギーのすべてが仕事に費やされることはなく、熱エネルギーとしてミクロあるいはマクロな環境に拡散してしまう「エントロピー増大の法則」が知られている。つまり、エネルギーの利用効率は一〇〇％でない、といえる。しかし、生き物の中の自由エネルギーの効率はとても優れていて、熱として拡散される量が少ないことも明らかにされている。つまり、わたしたちのカラダのエネルギー変換は、自動車や発電所のようなエネルギー変換のシステムより効率が良さそうだ。それは先ほど述べたように、生きている状態を維持するためには、できるだけ無駄を省いてエネルギー収支を効率よく維持し、カラダの構造や仕組みを秩序よく維持していくという、生き物独特のエネルギー代謝の法則が成り立っていると考えられているからである。

カラダの中にあるすべての物質はエネルギーを保有している。そして、その多くは様々な化学反応に使われている。しかし、一部は熱エネルギーとなって拡散し、カラダから失われる。人間のような恒温動物は体温を一定に保つのにかなりの熱エネルギーを必要としていることも事実だ。このように必ず失われるエネルギーを補うためには、カラダの外からエネルギーを補給しなければならない。それがたべもののエネルギーだ。たべものはすべて、エネルギーを保有している。質量ある物質だから当然である。水さえもエネルギーを保有している。しかし、水は飲んでもエネルギー源にはならない。あまりにも内部エネルギーが小さく、ATPの自由エネルギーに変換されないからだ。

たべものの中でエネルギー源として期待できるのは、たんぱく質、脂質、炭水化物だけだ。それらはどれも複雑な分子からなる「エネルギー産生栄養素」と呼ばれる物質で、大きなエネルギーを内部に保有している。そしてそれらが「生理的利用エネルギー」としてわたしたちのカラダの細胞でATPの自由エネルギーに変換される。たべものを食べる意味は、そこにある。エネルギー源を体内に取り入れ、それらを体たんぱく質、体脂肪、グリコーゲンなどに作り変えてカラダのエネルギー源としていったん蓄えるということだ。いっぽうで、三種類の強力なエネルギー産生栄養素は、エネルギー源としてだけでなく他にも様々な働きがあるので、カラダの秩序だった構造と働きを維持していく物質として有効なのはいうまでもない。このようにしてカラダは、エネルギー産生栄養素と酸素との供給を受けて自由エネルギーを保有するATPを生成し、その力によって生かされているのだ。

至極当たり前に思われているけれど、わたしたちのカラダの中には確かにエネルギーが存在する。多くの研究者たちの実験の積み重ねによる揺るぎない証拠が、そのことを物語っている。

お化けのエネルギー

近くの公園でお弁当を食べ終わったお化けの一団は、ぐっすり眠っている孫娘の顔を確かめてから他所の家に向かったことだろう。はたしてお化けにエネルギーは存在するのだろうか。これまでの物理学の法則と常識に従えば、お化けは質量のある物質ではないから、内部エネルギーなど無いはずだし、自由エネルギーに変換する代謝のシステムも持っていないはず。いったい家々を巡回する運動エネルギーは何から得ているのだろう。もしかしたら、未だ発見されていない別のエネルギーの形があるのかもしれない。これこそ格好のサイエンス・フィクション。しかしその見えないシステムは、幼子が大人になる頃には解き明かされているのかもしれない。

なにしろ科学は、見えないものが大好きなのだ。

《参考文献》

中谷宇吉郎著『科学の方法』岩波新書（一九五八年）
清水　博著『生命を捉えなおす―生きている状態とは何か―増補版』中公新書（一九七八年）
D・サダヴァ他著、石崎泰樹他監訳・翻訳『新　大学生物学の教科書　第三巻』講談社（二〇一一

年）

小池康郎著『文系人のためのエネルギー入門』勁草書房（二〇一一年）

IV

人体イメージと死生観

『図説 人体イメージの変遷』

「人体」という言葉を見聞きすると、なぜか、「切腹」そして「斬首」などという現実に目にしたことのない残酷なシーンの文字がまず頭をよぎる。「切腹」は、半世紀以上前の高校生のときに講堂で観た映画『切腹』（監督・小林正樹、主演・仲代達矢）で強烈な印象をうえつけられたせいかもしれない。主人公が見せかけで差していた竹光を腹に突き刺す場面では、暗い講堂がヒリヒリと凍りつくようになったことを今でも憶えている。また、からだの真ん中に刃《やいば》を入れる行為は、外科の開腹手術の場面の想像とも重なり、なんとも後味の悪さだけが残った。

「人体」という言葉がなぜ私にこのような連想を強いるのか、そのわけを突きつめて考えてみたい。私の脳裏に描かれるからだのイメージが、マリリン・モンローのような乳白色の肌をした瑞々しく美しいものではないからだ。そんなことを思いながら、『図説 人体イメージの変遷』を開いた。

著者の坂井建雄氏は解剖学・解剖学史を専門とする医師である。彼の著作には、『人体観の歴史』という解剖学史の集大成ともいえる大著がある。『図説 人体イメージの変遷』は一般向けに書かれた人体解剖学史で、その大半は親本ともいえる『人体観の歴史』を縮約した章からなっている。つまり、著者の判断で取捨選択された原文の一部をそのまま引用して各章の内容が構成されている。それらの記述もさることながら、最も興味をそそられた部分は、「日本人の人体イメージ」という新たに書き下ろされた章である。本書を読もうと思ったのはそこに強い関心があったからなのだが、いざ読んでみると、全編にわたって思索の種がたくさん蒔かれていることに気づかされた。

人体のイメージとは

「人体」という言葉は馴染みがうすい。これは、客観的、科学的な視点でからだを表現する解剖学上の言葉で、日常的にはほとんど使われない。日常語として最も近いニュアンスを持つのは、「身体」だろう。一方、「イメージ」という言葉は、こころの中で想像する姿や形のことであって、無意識といってよいほど頻繁に使う日常語だ。

そこで、「人体イメージ」を私なりに定義すれば、「人体という客観的存在に対して抱く主観的想念や表現された形」ということになる。しかし著者の坂井はあくまでも、「客観的、科学的な視点に立って表現されてきた人間のからだ」という意味で「人体イメージ」という言葉を用いている。具体的には、解剖体の観察によって描かれたからだの画像、解剖体模型、近年開発された医療画像などを「人体イメージ」と定義し、「イメージ」とは単に、「表現された像」という意味で用いているようだ。しかし、「人体の画像はその時代の人体イメージを表し、逆に、人々の抱く人体イメージは様々な画像によって影響を受けることになる」とも著者は述べており、「人体イメージ」を抱き・表現する人間の主観や見方を否定しているわけではなさそうだ。

この先からは著者の記述を引用しながら、まずは世界の人体解剖の歴史を概略的に見ていきたい。そして、「日本人の人体イメージ」という、私がいちばん気になるところへ迫っていこうと思う。

西欧の人体解剖——古代・中世

古代の人々は、病気の原因がからだの中にあると推測し、からだの内部に対する強い関心を抱いた。紀元前三世紀、エジプト北部沿岸の都市・アレキサンドリアで始まった人体解剖は、その地で最先端の技術と知見が蓄積され、かつ伝承されていった。人間が人体という自然の営みに科学的な目を向け始めたときといえる。

人体解剖の開始よりも前に、メソポタミア、古代インド、エジプト、そして中国などの四大文明の地では、紀元前から医療行為が行われていた。紀元前五世紀ごろ、古代ギリシャの「医学の父」ヒポクラテスによって編纂された人体に関する著作や、それに影響されて制作されたと推測される躍動感あふれる「アルテミシオンの銅像」など、数少ない貴重な作品がギリシャには遺っている。すなわち、西欧では遥か二千五百年も前から、人体に対する関心が極めて高かった。

アレキサンドリアに始まった人体解剖の記録は、パピルスを用いた巻子本《かんす》から羊皮紙へと情報媒体を進化させながら現在の中東地域やギリシャに伝わった。二世紀の古代ローマで編纂されたガレノスによる解剖学書は、優れた記録として十七世紀まで利用されたという。そして、解剖の記録が全く残されていない空白の期間を含めた約千年以上のときを経て、いよいよ古代の人体解剖の技術と知識とが中世のイタリアで興ったルネサンスで甦る。

十五世紀のイタリアで花開いたルネサンスでは人体に対する関心が急激に高まり、絵画や彫刻などの芸術作品の中に裸体の人物像が表現されるようになった。さらに、芸術家たちは解剖学者の協力を得て人体解剖の仕事でも素晴らしい業績を上げた。それは、ミケランジェロとレオナルド・ダ・ヴィンチによるものだ。「衣服の下にある骨と筋肉との知識を深めなさい」（解剖学者のヴェロッキオ）という教えに促され、彼ら自身の手によって数百体（おもに病死体）にのぼるといわれる人体解剖が行われた。

ミケランジェロの最高傑作の一つ「ダヴィデ像」（大理石、一五〇四年頃の作）は、体幹、上肢、下肢のバランスの良さと、それらを構成する筋肉の膨隆が的確に形作られ、人体解剖の経験とそれに対する深い理解に基づいてこそ可能となる迫真の表現とみられている。裸体を描くために、からだ内部の構造までを検証するという徹底した考え方に驚く。

絵画や彫刻を多く残したミケランジェロとは異なり、芸術作品よりもむしろ解剖図譜を多く遺したのがレオナルド・ダ・ヴィンチだった。レオナルドは、現存する約五千葉におよぶ「解剖手稿」を遺している。一説では、この三倍の手稿があったと推測されている。第一期のものは、クマの詳細な解剖図。第二期は、盛んな人体解剖経験による迫力ある解剖図。その後、北イタリアのパヴィア大学での解剖学教授との共同による第三期の解剖手稿を描いている。「手稿」とは詳細な解剖図とその解説が書かれたノートで、多くは二十センチ四方ほどの紙に書かれていて、現在は英国ウィンザー王立図書館の所蔵になっている。

ヴェサリウス『ファブリカ』

十六世紀から十七世紀にかけては、西欧各地の大学において人体解剖が盛んに行われ、活版印刷技術の発明、木版画による挿絵など、大量印刷による出版が可能になったことと相まって、解剖図に著しい進化が見られた。そのような中で、満を持したように画期的と評される解剖学書が書かれた。

ヴェサリウスによる『ファブリカ』（一五四三年）がそれである。彼は自ら執刀する熟達した解剖学者だった。彼は著書（『シナ根の書簡』）の中で『ファブリカ』準備中のことを回顧している。それによれば、自分の寝室の中に、墓から持ち出したり公開解剖の後で貰ったりした解剖体を天井から吊り下げて、数週間にわたって観察し続けたという。それに協力させられる画家の不快さは想像を絶するものだったに違いない。

『ファブリカ』はフォリオ判（A３判）七百頁におよぶ大著で、人体の部位別に七巻からなっている。図版はすべてにわたって「芸術的で迫力ある解剖図」だが、全身像は一風変わっている。机にもたれかかる骨格人やイタリアの田園風景を背景にした筋肉人などに、まるで生活している人間であるかのような姿勢や動態の構えをとらせ、それを精緻な描線で極めて写実的に画いている。少なくとも、天井から吊り下げて観察した解剖体そのままを微に入り細をうがって描いたわけではない。

『ファブリカ』の描画からはつぎのことが言えるのではないだろうか。

一つはすでに述べたように、解剖図の芸術的描写である。すべては木版画技術の成果なのだが、どれも精緻で美しく、かつ迫力に満ちている。生きたからだの内部を透視で眺めているような錯覚におちいる。さらに、大きな特徴だと思うのだが、解剖図には必ず背景が描かれている。つまり、描く本体を美しく見せたいという作為が感じられ、この描き方をとても面白いと思った。解剖図に背景をいれるなど、遊び心が過ぎると思うのだが。不特定多数の人々の鑑賞に応えようとしたのか、あるいは、解剖図としてだけでなく絵画としての評価を得ようとして描かれたのかもしれない。

『ファブリカ』の解剖図は、当時の西欧文化の表現者である解剖学者、画家、彫刻家などの中にある確固たる主観的な「人体イメージ」をみる思いがする。すなわち、「人体は美しく描かれねばならない」という彼らの強いメッセージが発信されているということだ。

もう一つの特徴は驚くべきことなのだが、多くの人体解剖が公開で行われたことである。歴史的大著の『ファブリカ』の扉絵にはその場面が事細かに描かれた画が用いられている。衆人環視の中でメスを持つヴェサリウス。彼に指示する者と解説する者などが横たわる解剖体のそばに配置されている。見せてはいけないこと、見ないほうがいいこと、とは考えない。大衆の感情として、「人体解剖をタブー視しない」ということだろう。たとえ醜く不快なものだとしても、視線を背けずに四方八方から凝視・観察する。そして、そこから「真実」を見出そうとする、人体に対する強い執着心とでもいったらよいのだろうか。西欧文化に内在する「情報公開」の萌芽をそこに見る思いがする。

死の擬人化

解剖体の全身がまるで生活している人間のように描かれた『ファブリカ』の奇妙な描画方法は、この時代の他の解剖書の図譜にも多く見られる。その方法には、十六世紀までによく描かれた教会や墓地などの壁画（フレスコ画）と共通するところがあり、「死を一つの存在として捉えて擬人化して描く……」「死は擬人化され、特定の姿形をもつ存在として造形された」と、死者の描き方に見られる共通点を坂井は指摘している。

「死が擬人化され、造形される」とは――。

その例として挙げられているのが「死の舞踏」と呼ばれる絵画である。西欧各地のキリスト教教会や墓地の壁画として今も遺されている。

「死の舞踏」には、全身骨格で描かれた死者（骨格人）と聖職者の行列や一般市民が死者に導かれる行列などが描かれている。すなわち、死者と生者が行列をつくる図像である。これらに込められたメッセージは、「自分が必ず死ぬことを忘れるな（メメント・モリ、古代ローマの言葉)」である。当時、西欧各国では、「黒死病（ペスト）」で人口の三分の一が死亡したといわれている。「死の舞踏」には、身分や職業に関わりなく、突然の死に襲われた人々が多かったという時代背景がある。しかし、どう見てもこの絵からはユーモラスな印象を受ける。

坂井は、このように死を擬人化することを「西欧独特の嗜好」と表現し、ギリシャ神話まで遡ると述べている。紀元前からの「嗜好」というならば、キリスト教がうまれる以前からの西欧における「嗜好」ということになるだろう。さらにその「嗜好」は、「死」「死体」「死者」などを深刻に描かずに、なかば面白く描いてそれらを愉しむ「嗜好」、とでも言い換えることができそうだ。西欧文化においては死を特別視しない。そういった死生観が、朗らかともいえる「人体イメージ」を育む土壌としてあるのではないだろうか。そんな思いに至るのである。

仏教画『九相図《くそうず》』

『ファブリカ』に代表される十七世紀の解剖図やそれ以前の西欧の教会や墓地の壁画と対極にあるのが仏教画の『九相図』だと、坂井は述べる。

『九相図』とは、鎌倉時代から江戸時代にかけて描かれたもので、死体が腐敗し、白骨となるまでの過程を九つの場面に分けて描いた絵画である。生きているからだは不浄なものという仏教における教えである。死後の死体の変化の過程を表して修行（「九相観」）の教材とした。死後の姿を醜く描くことによって、生が虚しいものであると悟らせる。坂井によれば、「仏僧は男性のことが多く、描かれた死体は必ず女性である。小野小町が描かれたものもある」らしい。このことから、「九相図」は仏僧の女体に対する煩悩を払う意味合いが強いように、私には感じられる。医学的目的によって描かれる解剖図とはまったく異質な絵画だろう。死体が徹底的に無惨で醜く描かれている。そこでは、生者と死者とは完全に分断されている。

坂井は、『九相図』が「日本人の人体イメージ」に与えた影響についてはとくに述べていない。しかし、描かれたときの宗教上の目的を超えて、何らかの影響を与えてきたのではないだろうかと、私には思える。なぜなら、『九相図』が描かれ始めたのは日本で初めて人体解剖が行われた江戸後期よりも数百年も前の鎌倉時代であり、その後も各地の寺で描かれ続けた。すなわち、「人間のからだは美しいものではない」「命の絶えたからだは醜い」などという仏教の教えが、長年にわたって大衆の中にイメージとして植え付けられたのではないだろうか。もしこのような芽があるとするなら、西欧とはまったく異なる人体イメージが私たちの意識の中に知らず知らずの内に大きく育つ可能性がありそうだ。

日本の人体解剖

「死」「死体」「死者」のとらえ方において、いつからとは言えないまでも、西欧と日本とではかなり前から違いがある。そう理解した上で、日本における人体解剖の歴史と解剖体の描き方の特徴について読み進んでみる。

日本における医学書は九八四年に朝廷に献上された丹波康頼『医心方《いしんぽう》』が最古のもので、これは中国・唐代の医書を引用して書かれている。鎌倉時代になると、さらに中国の医学書を整理した梶原性全《かじわらしょうぜん》『頓医抄《とんいしょう》』『万安方《まんあんぽう》』などの医学書が書かれた。人体内部の臓器などを記した解剖図が掲載され、宋代の中国では人体解剖が行われたことをうかがわせる。

中国の原典に描かれた不正確な「五臓六腑」の解剖図に対する不満が高まり、江戸時代後期になってようやく、日本での人体解剖が始まった。「官許」を受けて初めてなされた人体解剖の記録として残っているものは、山脇東洋による『蔵志《ぞうし》』（一七五九年）である。海外と日本とでは、人体解剖の開始に約二千年のタイム・ラグがある。

『蔵志』には、斬首された男性の刑死体を解剖した四葉の解剖図が描かれている。描画そのものは稚拙なものに見えるが、実際に人体内部を観察するという実験精神こそが意義深いと、坂井はいう。さらにその書には、解剖体となった屈嘉《くつか》という人物の霊が厚く葬られ、戒名が与えられたことも記載されている。

山脇東洋に触発された諸藩の藩医の中には刑死体の解剖を自ら行い、解剖図譜を作成するものが出始めた。さらに彼らの中には長崎遊学によってオランダ医学を学んだ者もあり、その影響を受けた解剖と正確な解剖図譜の作成が次第に行われるようになっていった。

『蔵志』から間もなくして、日本における医学と科学全般の発展に強い影響を与えた画期的な書物が発表された。杉田玄白による『解体新書』（一七七四年）である。それは、オランダ語解剖学書であるクルムス『解剖学表』（ドイツ、一七二二年）の摘要と付図を原典とする翻訳書である。当時の解剖書としては最も正確な内容のものとして高い評価と信頼を受け、これを契機に一気に蘭学熱が高まり、日本における人体解剖は急速な進展をみせた。

当時描かれた日本における人体解剖図は木口木版画によるもので、優れた絵師、彫師、摺師によって作成されたものが少なくない。いずれも、正確かつ精緻であり、高度な版画技術が遺憾なく発揮されている。しかし、『ファブリカ』に代表される西欧の解剖図にみられるような芸術的な華麗さや人体の背景を必ず描き加えるなどという装飾性はいっさいない。「死体が解体されていく過程がありのままに描かれている」ことや、取り出された臓器などが極めて写実的に描かれていて、この点がそれまでの西欧の解剖図との大きな違いだと、坂井は指摘する。

なかでも南小柿寧一《みながきやすかず》『解剖存真図』（一八一九年）は江戸時代の解剖書の最高傑作と評され、八十三の詳細な解剖図が描かれている。完成にいたるまでに、四十回以上の解剖（腑分け）に立ちあって写生を繰り返し、自ら絵筆をとって解剖図をつくり上げた。シーボルトによる蘭文の讃詞と署名、著名な蘭学者らの跋などが添えられた「絢爛たる解剖図録」と、坂井は称賛している。

『解剖存真図』の描画は、死亡して三日以内に解剖されたとする臓器の柔らかい質感や臓器固有の色調がよく表現された生々しい印象を与えるものである。写実的で精緻な描き方は西欧の解剖図と共通するところがあるようだが、一歩間違えると観るものにグロテスクな印象を与えかねない。画から受ける印象は、西欧の解剖図とはまったく異なる。この違いは何だろうか。

おそらく、解剖学者や絵師ら自身が抱く「人体イメージ」の違いと考えられるのである。

日本の解剖図では死体を単に死体として描き、擬人化などしない。「死体」から得られた印象や細々した情報を基にして、まるで生身の人体を再構築・再現して描くということに、西欧との違いがある。「人体」というよりも「肉体」を描いているようにさえ、私には見える。描く過程にこそ、表現者の人体イメージが込められたはずだ。解剖に臨む者の冷徹な視線を感じるとともに、対象を突き放したような生々しい描き方とその完成度の高さは、意外にも、西欧の解剖図よりもむしろ日本の方が顕らかなのである。

人体イメージの原点——日本と西欧

明治になって解剖学を基礎にした西洋医学が日本全国に普及するまでは、日本と西欧とでは解剖体の描き方に大きな違いがある。その違いは、解剖学者や作図者たち自身が抱く人体イメージの違いに他ならない。私にはそのように思える。

端的にいえば、西欧の人体イメージは総じて、「人体は美しい」というイメージであり、背景を加えるなどして作為的に人体を美しく見せることにも注意が払われてきた。さらにそのとらえかたは、キリスト教のそれとも通じているところがある。

それに対して日本の人体イメージは、生々しくリアルである。そのことについては、腐敗した死体を描いた『九相図』――生きているからだは穢《けが》れていて、虚しい――に見られるような仏教の影響が否定できないかもしれない。少なくとも、生者も死者もともに、彼らのからだ本体が美的な存在とは認められていない。私はそんな印象を受けるのである。

では、なぜ、日本と西欧との間に「人体イメージ」の違いがうまれたのだろうか。坂井は、「何らかの違いがある」とだけ述べている。それ以上の答えを探すが、どこにも書かれていない。答えはあなたが見つけなさいとばかりに、読者は謎かけされているような気分になる。彼はそのヒントをどこかに隠しているのかもしれない。

坂井はつぎのように述べている。

日本には、「死体」「死者」に対する日本人独特の認識を示す行為が古くから見られる。日本においては、霊魂に対する怖れがあり、死体の「霊魂を弔う」という習俗がある。医学教育における人体解剖実習においても、解剖前に必ず黙禱を捧げる。氏名を伏せられた解剖体は、解剖が終了してから初めて氏名が明かされる。また、火葬された解剖体の遺骨は遺族に返還され、慰霊祭が行われる。このような風習は、海外の実習にはないという。坂井は、これに関連することを『人体観の歴史』の末尾で述べている。「自分の肉親に対する遺体についての執着は強く、他人の遺体に対しての許容度は大きい」と。ここでいう「許容度」の例として、人体標本の展示に際して、日本人の解剖体の展示に対しては批判があって阻まれるが、外国人の解剖体であれば展示が問題にされないという社会現象をあげている。その落差は度を越えてはっきりしているという。

すでに述べたように、西欧では人体解剖が公開で行われた長い歴史がある。「日本人の人体イメージ」の章には、現在のアメリカにおける人体解剖実習の教科書の、あるページが掲載されている。そこには、解剖体を囲んだ学生が胸部と腹部の内臓に手で触れている写真他、解剖実習の様子が示されている。「日本人には、死後のからだを解剖することは習俗に反する残酷なことだという感覚がある」「解剖体に人間の手が加わり、死体を解剖しているという行為を見せることを、われわれ日本人は好まない」などと、坂井は断言する。つまり日本では、西欧と異なって「死を特別視する」のである。また、日本人にとって、「死はタブー」なのである。

身体と心（魂、精神）との関係は、哲学者のあつかう重いテーマだが、ここではそんな学問分野の認識論を離れて、平易な言葉で身体と心の関係について語りたいと思う。ここから先は、私の独断である。

「からだは消滅しても、魂は生き続ける」という認識が、漠然とでも日本人の意識の中にあるなら、死体を擬人化する必要などないのである。死体を特に美しく装飾的に描く必要もないのである。「魂は生き続けている」という認識なのだから。しかも、その認識は、宗教のうまれる前の古代から連綿と続いてきたものであり、習俗として受け継がれて現代のわたしたちの暮らしの中にある。もしかすると、からだは単に魂の入れ物という認識が強いのかもしれない。からだ本体にたいする執着は弱いが、魂に対する執着は強いのかもしれない。一般的に、死体をできるだけ早く火葬することに対する抵抗感は弱い。

英語には「魂」に相当する「soul」や「spirit」という言葉があり、ソウル、スピリチュアルなどというカタカナ日本語としてよく使われる。しかし、それが日本語の「魂」とまったく同義の概念なのだろうか。キリスト教文化のなかにも、からだに魂が宿るという概念がある。ならば、それは日本語における意味とどこか異なるのか。soul や spirit はからだが消滅した後も存在して生き続けるものなのか。このように、「からだと魂」との関係について考えることは、日本文化と西欧文化との「人体イメージ」を比較する上では避けて通れない。

人体イメージと死生観

私たちの周囲には、人体に関する客観的、科学的な情報が溢れている。それなのに、いまもって私の人体イメージが「切腹」や「斬首」に捕われている理由が自分でもわからない。

しかし、長い間のそんな人体イメージに少しだけ変化があった。数年前に家族の出産に立ち会った際に目にした生まれたばかりの赤子の姿が、わが人体イメージの一つに加わったのだ。あたりを払うかのように存在する堂々とした裸の小さな生き物には、まだ臍の緒がついていた。そのからだは神々しいとしか言いようがなく、触れてはならない、抱いてはいけないものに見えた。しかしそれは、間違いなく人間の姿をしているのである。そしてその姿は、晴々しい人体として私の脳裏に鮮やかに刻印された。

生まれたばかりの赤子の姿、切腹、斬首などが私の抱く鮮明な人体イメージである。そしてそれらはどれも、生死の境目に置かれた、いわばぎりぎりの状態のからだの像である。

『図説 人体イメージの変遷』は、十六章からなる詳細な記述と、百二十二枚に及ぶ精選された引用図などによる他に類をみない人体解剖史の様相をとっているが、決してそれだけではない。解剖学、美術史、思想史、そして哲学などの幾筋もの光を人間のからだにあて、読者に思策の種の在りかを教えてくれる。私は否応なしに自分自身の人体イメージというものに思いを馳せ、それと向き合うことになった。
その結果、科学的、客観的といわれる人体イメージというものが、「死」「死体」「死者」そして「魂」などといった自分自身の内奥に潜む、いわく言い難いイメージと表裏一体のものであると理解した。さらに、そのような理解の底には、「生と分かちがたい死」「生の中の死」ともいえる想念がぼんやりと見えてくる。すなわち、人体イメージは、死生観と強く結びついている。あるいは、死生観の影響を強く受けるものらしいということに、私はようやく気づいたのである。

《参考文献》

坂井建雄著『図説 人体イメージの変遷——西洋と日本　古代ギリシャから現代まで』岩波現代全書（二〇一四年）
坂井建雄著『人体観の歴史』岩波書店（二〇〇八年）
酒井シヅ著『新装版　解体新書』全現代語訳、講談社学術文庫（一九九八年）
養老孟司著『日本人の身体観の歴史』法蔵館（一九九六年）

そしてまた、ひとつになる

ＡＬＳ（筋委縮性側索硬化症）患者の若い女性から依頼され、薬物投与によって彼女を死に至らしめた医師二人が、「嘱託殺人罪」で起訴された。起訴された医師が二人とも患者の主治医ではなかったことや患者の状態を含めたいくつかの要件が該当しないことから、患者本人は安楽死を望んで亡くなったにもかかわらず、彼女は殺人事件の被害者として法的に処理された。この事件が報道されたとき、私は二年前に亡くなった近しい女性のことを思い出した。

還暦すぎてからＡＬＳを発症したそのひとは、病状が急激に進行し、約四年間の闘病の末に他界した。本人の意思によって最後まで人工呼吸器を装着せず、訪問看護と家族による二十四時間介護を受けて、酸素吸入による自力呼吸で命をつないでいた。そんないつもの日の朝、いつのまにか呼吸が停止し、そばにいた家族もその瞬間に気づかないほどの穏やかな最期だった。明晰な頭脳の持ち主だったから、いつも何かを考えていたに違いない。息が止まる前のココロは何を思っていたのかな……と、私は胸の中のそのひとに問いかける。

ＡＬＳという難病のために、指一本すら全く動かすことのできない不自由の極みにカラダが陥ったとき、自由なココロは何を思い、何を望むのだろうか。自由なココロと全く動かない不自由なカラダとの間に生じたであろう厳しい葛藤の内実は、私のココロの想像をはるかに超えている。

「ココロ」とは何だろう。私のココロは考えを巡らせる。

何気なくココロ（こころ、心）という言葉を使うときは、悲・喜、苦・楽、善・悪、愛・憎、快・不快などの「気持ち」を表している。そのココロの湧き出し口は、「脳」である。ココロは間断なく湧いては消えるから目には見えないし、実体はない。だから、脳のどこから湧いてくるかと調べてみても突き止められない。しかし、当たり前のことをおおげさにいえば、脳というものがなければココロは無い。そして、脳はカラダの一部なのだから、ココロとカラダは一体のはずだ。

脳には、記憶・理解・判断など、いわば理性といってもよい高次の働きを司る部位と、怒り・喜び・悲しみなど、いわば感性に関わる部位が知られている。カラダの隅々からの刺激（インプット）がそれらの部位に伝わり、脳の部位全体の統合された働き（アウトプット）がココロといえる。ココロを言い換えると、「意識」ともいえる。「感性と理性」とが合わさった

「複雑な意識」。私の言葉でココロを定義するとそうなる。

さらに、ココロはカラダを動かすことができるのである。正確にいえば、ココロの指令が筋肉に伝わる。しかし一方で忘れてならないのは、脳（と脊髄からなる中枢神経系）の働きの九割は、ココロの関わらない「反射」という機能だということである。カラダは基本的に、脳によってコントロールされる「反射」を主にした自律的な物体であり、複雑な意識であるココロの関与なしでも生きることができる。

ココロとは何かということについて、もう少し続けよう。

身近な国語辞典では、「こころとはからだに宿るもので、知識・感情・意志などの精神的な働きのもとになると見られているもの。また、その働き」（岩波国語辞典・第八版）と定義される。しかし、この定義の中の「宿る」とか、「働きのもとになるとみられているもの」などの言い回しは、実は私にはよく理解できない。それにしても、身近な国語辞典の「こころ」の定義の中に「脳」という語句がどこにもでてこないのが不可解で、「こころ」の意味があえて科学から遠ざけられている気がする。

つぎに、「カラダ」である。

カラダの持ち主本人には、外見上のカラダはその一部しか見えていない。毎日見る鏡に映るカラダは、顔、胸、腹、手足などの正面から見たカラダであり、特別な鏡を使わない限り背中、腰、臀部、大腿の後ろなどは見えない。そして言うまでもなく、本人に見えるカラダの内部は口の中ぐらいで、他は見えない。最近の内視鏡画面や画像診断に使われる断層写真は、半ば人工的に加工されたカラダを見ていることになる。生きているカラダの内部をそのままの状態で観ることは、本人ではなく手術を執刀する外科医だけに許されているのである。部分的にせよ人工的に加工された画像によってカラダの内部を目にする機会は飛躍的に増えたが、カラダは凡そ中身の見えないブラックボックスといってもいいだろう。だから、人間が自分自身のカラダに抱くイメージなど、外部も内部も、およそこのような乏しい情報に基づいて描かれた想像によるところが大きい。本当のところ、ココロは自分のカラダのことをそれほどよく知らない。そして先に述べたように、ココロが関わらなくても、カラダは自律的に生きることができる。


本題の「ココロとカラダの葛藤」に話を進めよう。

はじまりは一つだった。受精卵から発生するヒトはヒトらしい形のカラダを整えながら、いつのまにかココロが湧き出てくる。それが胎生期なのか、オギャーと生まれてからなのかはわからない。きっと、人生の早い段階で、湧き出たココロがカラダの存在を識るときがくるのだろう。そのことを考えるうえで役立ちそうなささやかな体験が私にはある。

生まれて二カ月たった孫娘が、仰向けの状態で自分の握り拳をじっと見つめる場面を度々目にした。「これは何だろう?」、彼女のココロは思ったかもしれない。初めは見つめるだけだったのに、ふとしたときに、それを口元に近づけて舐めた。そのとき、彼女のココロは自分の手の存在を確かめたに違いない。もちろん、「手」という言葉は、彼女のなかのどこにもない。ただ、自在に動かすことのできるモノとして手を認識した。そして幸いなことに、そんなことがあってから、彼女のココロは思うままにそのモノを動かすようになっていった。

それから一年経つか経たない頃には、今度は思うままにどこまでも歩きだした。そうだ、あの頃は、彼女のココロとカラダは完全に一体だったのだ。しかし、カラダがひとまわりずつ大きくなるにつれ、生活の様々な場面で、ココロが命ずるようにカラダが動かないことに、幼子は気づく。苛立つ小さき者のココロ。もっとも端的に表れたのが、一生懸命に口から発する言葉が相手にうまく伝わらないことへの苛立ちである。特に、五十音の「サ行」の発音がうまくいかないようだ。喉、舌、唇など、繊細な仕組みで協調的に動く多くの小さな骨格筋が、ココロの指図のままに動いてくれないのだ。ココロとカラダは次第に離れ始める。ココロは自由に飛翔できる鳥のようであり、カラダはまるで根を張った木のように不自由な存在だろうか。はじめは一緒だったのに……。思うようにならないアタシのカラダ。彼女の自由なココロと不自由なカラダとの間に、葛藤が始まる。

ココロとカラダの葛藤については、忘れられない出来事がある。

時代は、昭和から平成に遷って間もないころだった。当時、私はある女子大学の教壇に立っていたが、同時に学科の運営にも関わっていて、学生の学業状況や学園生活の様子に注意深く目を配っていた。

いま振り返ると、その頃の学内には何か不穏な、おかしな空気が外からヒタヒタと流れ込んでいたように思う。スピリチュアルなサークル活動のポスターがキャンパス内の所々に無造作に貼られ、高額な矯正下着を扱う業者によるネズミ講まがいの販売に学生が手を染めるという嫌な問題も拡がりをみせていた。なぜか、学内での些細な窃盗事件も頻発していた。なにか変だった。その頃だったと記憶している。オウム真理教の教団幹部だった医科大学の医師に誘われた一人の学生が、一夜のうちに家財道具もろとも姿を消したという事件が身近で起きた。

ちょうど時期を同じくして、「拒食症」に陥る学生が増えはじめた。そのために、学生相談室の臨床心理士や保健室の看護師の仕事が急に忙しくなった。

私の身近にも拒食症と見られる学生が毎年ちらほら目立つようになり、学生たちからの噂話も耳にはいってきた。急激に痩せていく学生を呼んで、直接ゆっくり話を聴く機会があった。中学・高校当時の発症をきっかけにして、大学入学後もそのことを引きずっているケースが多かった。しかし、私が遭遇した最も深刻なものは、大学入学後に発症した学生のケースだった。

本人の話によると、きっかけは一年生の冬に引いた風邪だった。そのとき食欲が落ちて、ろくに食事をとらない日が何日か続いた。郷里から遠く離れて、アパートでの一人住まいだったのだ。五十キロあった体重がいっきに落ちた。かねてから痩せたいと思っていたらしいが、風邪を引いて痩せた自分のからだを見て嬉しかったという。高校時代の同級生がモデルになったことを羨ましく思っていたこともあったようだ。風邪が治って食欲が回復したにもかかわらず、もっと痩せたくて一日一食といった厳しい制限を自分に課した。よほど空腹が我慢できないときは、ゼリーなどでしのいだ。身長は百六十センチぐらいあったが、体重は一年間で三十数キロまで落ちた。彼女は鏡に映る自分の裸を見て、本当にうつくしいと思ったのだろうか。あるいは、見なかったのだろうか。ただ体重計の数値だけに満足していたのではないのか。体重が落ちただけではない。土気色になった顔の頬はこけて吹き出物が多い。腕の肌はガサガサに荒れ、それを気にしてか、暑くなっても長袖で腕を隠した。学生はほとんどがズボン姿だから、脚の状態は見えない。周囲の学生たちは心配して注意したようだが、本人にはそれが通じなかった。あるいは、自分のカラダをどのように扱ったらいいのか、もはや本人は判断できなくなっていたのかもしれない。登校したものの、講義や実習を途中から退室して保健室で休むことが増えた。

周囲の学生や教員は彼女のことをそのまま放置するわけにはいかなくなった。危機感を抱いた保健室の看護師が同行して病院に連れて行った際、「ブドウ糖の入っている栄養剤はカロリーがあるので止めてください」と言うほどの精神状態だった。彼女のココロとカラダは、ともに抜き差しならない状況に置かれていると思えた。体調の悪さは本人も自覚していて、それを回復させたいという意思はあったことから、ともかくいったん郷里の自宅で療養するよう説得した。迎えにきた保護者とともに郷里の飛行場に降り立ったときは歩くことができず、疲れて意識もモウロウとしていたことから、救急車で病院に直行したらしい。そしてさらに、病院では深刻な事態に陥った。本人が欲して水を飲んだだけでも喉や食道に激痛が走り、消化器系全体がもはや飲食物をいっさい受けつけなくなっていた。あと数日遅かったら……と言ったのは、治療にあたった医師の言葉である。はじまりは、「痩せたい」という願望だった。ココロの意のままに、カラダは言うことを聞くと思ったのだ。結局、入院は長引き、そのために退学手続がとられ、本人と大学との縁はそれっきり切れてしまった。

どうしてそこまでして、ココロはカラダを追いつめたのだろうか。身近にいてそう思った。じわじわとカラダを追いつめていくのだ。そして仕舞いには、その状態から逃れられなくなる。ココロがカラダを「飢餓」にした。自殺行為というより、まるでココロがカラダを敵視し、徹底的に攻撃しているとさえ思える。そして、水を飲みたいというささやかなココロの望みさえカラダが拒否するという事態にまで至った。

ココロとカラダとの間に起きるこれほど烈しい葛藤を見たのは初めてだった。痛ましく感じるとともに、見てはいけない人間の根源的な「業」を見た気がして、私は強い衝撃を受けた。冒頭にあげた安楽死を望んだＡＬＳ患者では、カラダがココロを置いてきぼりにした。ココロはカラダの状態についていけない。そして、患者のココロは「死」を望んだ。拒食症の学生は、カラダがココロについていけない。耐えかねたカラダがココロを拒否した。しかしその学生のココロが、「死」を望んでいたとは思えない。

どちらの場合も、ココロとカラダとの間で烈しい葛藤が生じ、一人の人間のなかで、ココロが勝つか、カラダが勝つかといった、究極の闘いがあったのではないか。ＡＬＳ患者の死の問題と拒食症に陥った学生のことを思い出さなければ、ココロとカラダの葛藤について、私はこのような考えに至ることはなかった。

ところで、ココロとカラダの関係について気になっていることに少しだけ触れておきたい。「カラダをいじめる」というセリフが、スポーツ選手の話によく出てくる。カラダを徹底的に鍛えるということだ。しかし、「いじめる」という言葉には、相手をこらしめたり、あなどったりする悪意が込められている。いじめる側は相手に無理を強いたり理不尽な行為におよんだりする。「カラダをいじめる」という状況には、強いココロが弱いカラダを支配する「優劣関係」や「主従関係」が窺える。他でもない、拒食症の学生と共通するものを感じるのだ。

ココロとカラダの間に、なぜこのような関係がうまれるのだろうか。幼いときからの教育によって植えつけられたものなのだろうか。あるいは、伝統的に培われた日本文化独特の「身体観」なのだろうか。カラダよりもココロが大切とか、カラダは単にココロの入れ物に過ぎないなどという先入観がもしあるとするならば、その観念は、カラダをよりよく理解して大切にする上での妨げになるのではないだろうか。「いのちを大切にしよう」という標語は、真の意味で、「カラダを大切にしよう」ということだろうから。わたしたちが気づかずに抱いている「カラダを観るココロの本音」がどこかにあるのではないか。私はそれを探り当ててみたいと思うのである。本題にもどろう。

ココロとカラダとの間に葛藤が生じるのは、ココロが自由でカラダが不自由だからだ。相容れない矛盾するもの同士がひとりの人間の中にある。両者はどう折り合いをつけるのだろうか。

難治がんの一つであるすい臓がんと診断されたある男性は、数回の手術によっても患部を切除しきれず、一年後の生存率は一〇%という宣告を受けてから治療が始まった。その後、動脈瘤破裂などの合併症によって生死の境をさまよいながらも、カラダがその状況をたくみに乗り越えていくさまを体験する。血管や消化器系に一時的なバイパスができるのだ。「人の体は、脳みその中で生じる意識を超えて生きようとしているのではないか」と、必死で生きようとするカラダを客観的な視線で見抜くのは他でもないココロだ。彼は新聞社の政治記者として三年間にわたる闘病記を執筆し続け、絶筆となった記事は亡くなった直後に掲載された。(野上祐『書かずに死ねるか』、二〇一九年)。重い病と闘うカラダを受容しながら、いっぽうで、ココロは絶対的に自由だった。

時代は遡るが、正岡子規『病牀六尺』(一九〇二年)には、葛藤を乗り越える姿がある。子規は、脊椎カリエスに侵された背骨の傷の痛みに泣き叫びながら、亡くなる数日前までその随筆の新聞連載を続けた。烈しい葛藤の中にあって、あくまでココロの自由を貫く彼の姿は清々しく、透徹した優しい眼差しで身辺を凝視する境地に、私は胸が震える。

九十八歳になる友人の父親である。昔からお酒の好きなひとで、九十歳過ぎてからも友人の目を盗んでは、おぼつかない足取りで近くの店まで酒の肴を買いに行っていた。たいていは辛い漬物だ。気の済むまで食べると必ずお腹をこわす。半日はトイレから出られない。自分のカラダがココロについていけないことは重々わかった上での無謀な行動だった。しかしここ二年間は、軽い脳梗塞と誤嚥性肺炎をたびたびおこし、入退院を繰り返すなかで認知症もみられるようになった。そして、いよいよ病状が進んでからとられた栄養補給方法は、鼻からの経管栄養である。半ば意識のない状態でも不快なのだろう、自分で管を抜こうとする。それを防ぐためにミトン手袋をはめた手を拘束するかどうか、家族は選択を迫られている。カラダの不快感を知ったココロは、手に命じて管を抜こうとする。いま彼ができる唯一の行為だろう。それも自由なココロの為せることかもしれない。好きにさせてくれ。もう、いいだろう。そういってココロはカラダに許しを請うのではないか。いよいよ老いの最後の段階にあって、かつてココロとカラダの間にあった激しい葛藤はどこへともなく消え去り、平安な境地に辿り着くようにも思える。

ココロとカラダの葛藤について思索を巡らす中で、「生老病死」という仏教用語の「四苦」が脳裏をかすめた。古くからあるその言葉の中にココロとカラダの葛藤を見出し、自分自身の人生に重ねた。

生まれることによって葛藤は始まり、死ぬことによって葛藤は終わる。湧いては消え、湧いては消えるココロ。湧いたココロの中の僅かな部分が記憶に留まる。人生の大半で、そんな頼りないものに私のカラダは翻弄され続け、葛藤に明け暮れしてきた。「病」での葛藤は、極限でのせめぎ合いに陥るときがあるし、「老」においては、日常的に些細なもつれあいが延々と続くのだ。

「老い」とは、不自由なカラダが衰えていくこと。それに対し、ココロは衰えない。ココロは浮き沈み、また豹変もする。しかしそれは、衰えるということではない。ココロはいつまでも、いくつになっても、時空を超えて自由にさまよい、飛翔することができる。

ところがあるとき、自由なココロはカラダの衰えに気づく。ココロとカラダの関係は逆転し、不自由だが確かな存在のカラダがココロを支配する。ココロはカラダのいうことを聞き入れねばならない。私は老いてようやく、そのことに気づいた。六十六歳の私が網膜剝離で失明の淵に立たされたとき、カラダとは不自由なものなのだ、ココロの勝手が利かないものなのだと覚悟した。ココロの知らないスケジュールをこなしながら、カラダは自身の日記を黙々と書き進めていたのだ。そうとも知らずに置いてきぼりを食らったのは、ココロのほうだった。そのことに気づかないなんて、なんと無知で傲慢なココロだったのだろうか。

老いてようやく寄り添うかに思える私のココロとカラダだが、おそらく最期の間際まで弱いながらも葛藤を続けるかもしれない。それがヒトとして生きる宿命だし、それでこそ人間らしくもある。だが、さまよい続けた私のココロがカラダに還るときがいずれおとずれるだろう。それがいつなのかは知らないけれど、命のはじまりに戻れるときが、またひとつになるときが、必ず来るのだ。

ありのままに

老いた女性のありのままのからだを絵画や写真のなかに見出すことはまれで、小説やエッセイにおいてはさらに、老女のからだが描かれることは少ない。かなり前にそのことに気づいて、そのときから老女のからだが言葉によって描かれにくいのはなぜだろうと、考えはじめた。

かなり前というのは、自分自身のからだが若い頃とは似ても似つかないものへと変化していくことに気づいた頃だったかもしれない。いままで当たり前と思ってきた女性のからだを描くための視点に立っていると、老いた女性のからだは視野からはずれてしまうのではないか。何か別の視点に立たなければ描けないのかもしれないと、漠然とそう思ってきた。

古今東西、文芸のジャンルや作家の性別を問わず、女性のからだを描くときは、顔の美醜、姿形の良し悪しが必須アイテムとされる。さらに話の流れによっては、乳房を含めた女性の生殖器や性行為のありさまなどで女性のからだが表現されることが多い。作者が男性であれ女性であれ、そのような描かれ方は「性的な視点」に立って女性のからだを見ていることに他ならないが、それが世間一般の常識的な描き方なのだろう。最近になって、その常識に新しいアイテム「女性の生殖機能」が加わった。

このところ、川上未映子『夏物語』、村田沙耶香『生命式』、小野美由紀『ピュア』など、「女性の生殖機能」をテーマにした話題作が続く。これらの小説は、女性のからだの中におきる生理的な現象に視線を注ぎ、これまでよりも一歩踏み込んだ部分に題材をとっている。若い女性作家ならではの現実的なテーマであり、社会的な背景もある。アマチュアの小説にもそんなテーマで書かれたものを読んだことがあるが、一種の流行なのかもしれない。女性作家にとっては自分自身のからだの問題とも重なることから、題材となりやすいのだろう。彼らは女性のからだを表現する革新的な方法を模索しているのかもしれない。だがそれは、からだを性的に見るという従来からの手法とあまり変わりない。また、女性の生殖機能とその変化は、更年期障害を例にするまでもなく、女性のからだを描く上での従来からのひとつの見方なのである。

そこで、もし若い女性に対するのと同じように性的視点に立ってありのままの老女をとらえようとするならば、お手上げである。なぜなら、そのからだは性的機能に象徴される若さを失った否定的な存在であり、そこから脱け出ることを試みる老いた女性の涙ぐましくも痛々しい姿か、若さにこだわりながら諦めを吐露する姿を描くことになるだろう。そうではなく、一歩踏み込んで老女のからだを肯定的に描きたいし、描かれた作品を読んでみたい。涙ぐましくなく、痛々しくもなく、諦めでもない姿を描くためには、その視点をどこにおけばいいのだろうか。

気になりだすと、寝ても覚めても「老女のからだ」が頭の中をかけめぐる。そんなとき、「お母さん元気にしてるの……」と、コロナ禍で帰省がままならない長女から画像つきの電話がかかってきた。こちらからの画面を見て開口一番、「白髪、増えたね、『羅生門』だよ」。さらに、「追い剝ぎの鬼ババアだよ」と、ニヤニヤしながら辛辣な追い打ちが続く。

古希を過ぎて急に白髪が増えたのはそのとおりだが、『羅生門』の老婆のように若い女の死体から黒髪を抜いて鬘《かつら》にしようなどとは思いもつかない。あの老婆、一本ずつ抜いたのではヒマがかかるから、おそらく束にして抜いたのだろう、などと情景を想像したら気分が悪くなった。私は、「肩にかかるほど伸びた白髪の老婆は痩せて皺くちゃに描かれているし、私のからだは誰が見たって豊満だから似ても似つかないわよ」と喋ったあげく、画面に向かってアッカンベーをしてやった。最近の流行り言葉では、「グレーヘアー」と言うらしい。が、わが白髪をよく見ると、見事な銀色に輝いているので、グレーと言うよりシルバーである。もう三十年以上もパーマネントをかけていないし、染めたことは一度もないので、枝毛一本すらないピンシャンしたシルバーヘアーである。男性向けにはロマンスグレーという褒め言葉があるが、女性向けには特にない。今さらグレーヘアーなどといわれても白けるだけと、いささかふて腐れるが、まあ、そんなことはどうでもいい。

そんな気分の五月半ば、夏姿の半袖から出ている肘の内側に細かい縮緬のような皺が無数にできているところにふと目がいった。昨年まではなかった。いや、この冬もなかった。いよいよ急な下り坂まっしぐらかと背筋に寒気が走り、些細と思えることなのに、自分でも驚くほど強い不安を感じた。

しかし、しかし……である。夜になってからしげしげとそこを見ると、室内の照明に照らされたその皺の表面が、漣の波頭のようにキラキラ輝いている。幅が一ミリの数分の一ほどの皺同士が縦に繋がって腕の皮膚一面に細いプリーツ（襞）をつくり、手首の方まで無数に伸びている。艶々したその様子に、私は思わずじっと見入った。

それは絹布《けんぷ》のように美しい。若いときの一分のタルミもない張りつめた肌には見られない微妙な陰影を放つ細かい襞。私は自分の肌から目を逸らすことができなかった。

本の作者は老女をどのように描くのだろうか。最近になって、文芸作品の中に注意深く老女を探すようになった。文章の中にそのからだを、ときに行間にまで入り込んで、からだを探す。老女のからだのありさまは、私にとって他人事とは思えないという切実感がある。

杉田玄白『蘭学事始』に登場する腑分けの解剖体は、刑死によって首をはねられた女性のからだである。

大罪を犯し、「青茶婆《あおちゃばば》」というあだ名で知られた京都生まれの五十歳の老婦と記されている。昔なら老婦ということになるだろうが、現代では熟女の年頃といってもよい。どこかに色香の残るからだだったかもしれない。病や傷の痕はないだろうか。子供を産んだしるしはないのだろうか。彼女のからだについての詳しい記録は、『蘭学事始』はもとより、どこにも、一言も残されていない。二百五十年前の五十歳の女性のからだをあれこれ詮索しても仕方ないけれど、私にとっては著者・杉田玄白の功績よりも彼女のからだのほうがずっと重要なのである。

深沢七郎『楢山節考』の主人公・おりんは、七十歳である。私はすでにその齢を超えた。

おりんは、息子に背負われて山に入る前、自ら食事を絶つために丈夫な歯にわざと石をぶつけて折る。過酷な労働で使い果たしたからだには、まだ生きる力が残っているようだ。だが食い扶持がない。生きられない掟がある。もうすぐ曾孫（ねずみっこ）が生まれるというのに、会うことはかなわない。おりん、その元気なからだで、なぜ死に急ぐ。

芥川龍之介『羅生門』の老婆、杉田玄白『蘭学事始』の青茶婆、そして深沢七郎『楢山節考』のおりん。みな可愛らしい娘時代があっただろう。生気溢れる瑞々しい肌でひとを愛したときがあったに違いない。病に痛み苦しんだときもあったろう。時間が刻みこまれた生命力あふれる彼女たちのからだの表情を想像し、私は胸を熱くする。

作家の村田喜代子は、老女を主人公にした小説をいくつも書いている。代表作のひとつ『龍《りゅう》秘御天歌《ひぎょてんか》』の主人公は、七十歳の百婆《ひゃくば》である。朝鮮半島から渡ってきて黒田藩皿山の地に窯場を拓いた夫が亡くなる。和朝混合の葬式いっさいを取り仕切る顚末が描かれる中、彼女の八面六臂の行動力と知略は痛快だ。

葬式に臨む場面がある。皿山きっての別嬪《べっぴん》だった若い頃は「蚕のように白く薄かった」顔の肌が、今は「チリチリしたこまかい皺で覆われて灰色の蜘蛛の巣をかけているように」変わり果てている。そして、手にした小さなハサミで白髪頭の元結を切り、「霙《みぞれ》のような」ザンバラ髪になった姿で葬式の席につく。場面は限られているが、百婆のからだを描いた情景は鮮やかである。

同じ作家による最近の作品に『飛族』がある。主人公は、九十二歳と八十八歳の元気な老女二人である。長崎県五島列島の小さな島で漁師の女房として生きぬいた二人の海女が、人生をそろそろ終えようとしている。海に潜って鍛えられた海女たちのからだは、「子どもを産んでも、中年になっても、小娘のような乳房と小腰で引き締まった腹部」で「流線形のような肢体」をしている。しかし、主人公たちの老いたからだそのものに触れた記述は乏しく、少し残念な気がする。小説の巧者にして、やはり老女のからだは描きにくいのだろうか。あるいは、描くに値しないと考えてのことだろうか。

なぜ老女のからだは描かれないのだろうか。そう思っていたとき、偶然、ある新聞のコラムを読んで深く考えさせられた。

国際日本文化研究センター所長・井上章一氏の話である。彼はブラジル・リオデジャネイロで顎を怪我したときに、現地で縫合手術を受けたことがある。靴を脱いで手術用ベッドに横になった彼に対し、担当の外科医は脱いだ靴を履いてから横になるようにわざわざ指示したのだ。井上氏は手術の最中に「いたたまれない気分」になり、早く靴を脱がして欲しいと思ったらしい。日本人は外で履いていた靴を家の中では脱ぐし、いわんや、靴をはいたままベッドに横たわることなど到底考えられない。それが日本文化というものであると、井上氏は述べる。それほどわれわれは、無意識のうちに「日本文化に縛られている」、と説く。

井上氏の言うところの「日本文化の束縛」は、老女のからだを描くことや描かれたものを見ることなどに対する「いたたまれなさ」、あるいは「不快感」にも通じるような気がした。描かれないことが当たり前。「若いからこそ美しい」という美意識。それが日本文化だけにみられる独特のものかどうかはわからない。しかし、そういった日本文化における伝統的な「身体観」というものが、無意識の内にわたしたちの頭の中に染みついているのではないか。そのことが、老女のからだを描くこと（書く・画く・写す）と描かれたものを見ること・読むことに対する強い妨げになっているのではないか。

　現代女性のからだは、生殖年齢を過ぎてから平均して三十年以上の余命がある。性的視点ではとらえきれないからだの持ち時間の方がむしろ長い。労働、出産、病などに耐えたからだは、齢を折りたたむ時のなかで徐々に変化しながらも、そのときどきで輝きを放つ多様な表情をもつ。逞しく生き抜いた女性のからだは自ずとその存在を強く主張している。だから、その姿をそのまま掬いとって、ありのままを描けばいいに違いない。

　からだとは、常にその人間の魅力を放散する実体であり、描く対象にして何ひとつ不足するところはないはずだ。

性をめぐって

新しい性

小説やエッセイを読むたびに、文学における人間の性の描かれ方について考えさせられる。ひとむかし前までの文芸作品における性は、ほとんどが「性愛」「性行為」一辺倒で、男女の営みの中に囲い込まれた官能の性、そして、そこで蹲《うずくま》ったままの性、といった印象を強く受けた。社会が性をとらえる視座と視線は、男性のそれらに他ならないと指摘したのが作家・倉橋由美子であり、彼女がつよく影響を受けたシモーヌ・ド・ボーヴォワールの考え方に通じている。

一九六〇年頃の論壇だ。女性は自らの性を男性との人間関係の中で認識し、男性の性に寄り添ったり抗ったり、あるいは気に入られる性として振る舞ってきた。女性とは「第二の性」であるというとらえ方である。その後も、作家の性別を問わず、なかば無意識だとしても、性のとらえ方と描き方は男性視点に偏っていたのかもしれないし、性やカラダのしくみに関する一般的な知識やイメージが乏しかったせいかもしれない。性愛や性行為という側面だけで描かれる性を「旧い性」とするならば、いまや多くの人々が否応なしに多様な性の側面、いうならば「新しい性」に直面する状況に置かれている。これからの文学における「性」は、これまでとは違う視点、視線によって現代に生きる人間に即した描かれ方があるのではないだろうか。

「性」という文字からまず思い浮かぶのは、「性行為」と「生殖」である。いうまでもなく、この二つの行為が一体であることは否定できない。女性（＝産む性）と男性（＝産ませる性）による性行為は本来、生殖のための行為だからである。端的に表現すれば、性の入口は「性交」であり、性の出口は「出産」であり、その二つがつながってこそ「性」は完結し、「性」の達成感が得られるのである。しかし、そのメインルートが隘路《あいろ》だったり遮断されている場合があり、その代わりに「新しい性」という複数の太いバイパスが出来上がってきた。入口と出口とがつながらない性の意味はどこにあるのだろうか。「新しい性」が現代の人間に突きつけている問いだ。まさか、「性は快楽」、などという答えが正解とは思えないのだが。

「性交」と「出産」という二つの行為を完全に切り離した結果、性行為を経ない生殖というものが、いくつかの方法によって可能になってきた。そのことを描いている典型的な物語がある。作者の意図するテーマとは異なるかもしれないが、それらは人間の性を描いている物語といえよう。少し長くなるが、二つの小説を「性」という視点に立って凝視してみたい。一つは、現実社会における体外受精による出産とそれをめぐる人間の葛藤を描いた川上未映子『夏物語』（二〇一九年）。もう一つは、空想社会におけるクローン人間として、臓器移植ドナーの重荷を背負わされた人間たちの運命を描いた、カズオ・イシグロ『わたしを離さないで』（二〇〇八年）である。

生殖補助医療の性

『夏物語』の主人公夏目夏子は、異性に対して性欲をまったく感じず、また、性行為の経験はあるものの、それにも強い違和感をおぼえた女性。かなり長い間、こういった女性に対しては「不感症」とか「冷感症」という心ないレッテルがおおっぴらに貼られたものだった。いまではこのような語句は表立って使われない。セクシャルハラスメントになるからだろう。

夏子が駆け出しの文筆家として三十八歳を迎えたとき、人生のやり残し感を覚えながらも、「そんなことは起こらないのだ」と、諦めとも焦りともつかない思いにかられる。そんなこととは、子どもを産むことだ。酔った勢いで書いた日記のあるページを、「情けないことに」、夏子はたびたび眺める。

「わたしは会わんでえぇんか後悔せんのか
誰ともちがうわたしの子どもに
おまえは会わんで　いっていいんか
会わんで　このまま」

精子バンクから第三者の精子提供を受ける不妊治療の方法（ＡＩＤ）は、法的な夫婦に対してのみ可能な方法で、未婚の女性や同性愛者のカップルは利用できない、ということを夏子は知る。そしてその方法は、実の父が誰なのかわからないよう秘密裏に行われるため、生まれた子どもは自分の出自を知らぬまま生きていくことになる、ということも知る。でも、このままでいいのか。夏子は新聞のウェブ広告――ＡＩＤについて考えるイベント――を目にする。イベントの主催者である逢沢は、自らがＡＩＤによって生まれた若い医師で、新聞広告で実の父を熱心に捜している男性である。数回の会合でお互いの過去の事情を親しく話すようになり、二人は急速に惹かれ合っていく。お互いに強い結びつきを望みながらも、人工授精によって子どもをつくることに対する葛藤と躊躇を拭えない。しかし数カ月後、「もし子どものことを考えているなら、僕の子どもを産んで欲しい」という逢沢のひたむきな申し出を、夏子は素直な気持ちで受け入れることになる。深くお互いを理解し愛し合う男女が、性行為を避ける方法で子どもをつくろうとする。二人は事実婚のカップルとして不妊治療の専門医を訪ね、人工授精に臨み、五度目の人工授精で夏子は妊娠し、無事に女の子を出産する。生まれたばかりの裸の赤子を胸の上におき、その元気な泣き声をきく最後のシーンは感動的だ。女性によるリプロダクティブ・ライツ――産む権利／産まない権利――の行使が人生を切り拓いてくれる。作者の川上未映子は、女性の視点からみた「新しい性」を主張しているのである。

いっぽう、この物語では男性三人の「性」が太い柱として描かれている。この小説のテーマのひとつは、「男性という性の意味」を投げかけているとも考えられる。AIDで生を受け、そのことに悩み、実の父を探し続ける逢沢という男性。彼にY染色体を授けた見ず知らずの実の父。そして、生殖能力に欠けるがゆえにAIDによる人工授精を妻に認めた育ての父。三人の男性は、それぞれが自分自身の「男性という性」と真摯に向き合うが、三者の意志の着地点は、新たな生命を生み出す地平にあった。逢沢が苦悩の末に出した自らも父になるという結論には、精子を提供した見ず知らずの実の父を許すこと、そして、AIDを隠しながら自分を可愛がってくれた育ての父に対する感謝の意味が込められているのだ。

体外受精は不妊治療で行われる人工授精のひとつの方法で、その場合、子宮内に戻す受精卵は原則一個とされており、複数の受精卵の中から一つが選ばれる。選ばれなかった受精卵は、廃棄される。このように、人工授精には受精卵という命を「間引く」行為を伴うことがある。

そして、選ばれて子宮に戻された受精卵が期待通りにうまく子宮内で着床するかどうかはわからない。着床した受精卵が胎児となって育つプロセスが不確実性を伴うことも事実で、人知がおよばない領域ともいえるだろう。子どもは授かりものであるという偶然性は、人工授精においても否定できない。逢沢は自分自身の出生に重ね合わせて、ようやくそのことを実感したのではないだろうか。夏子と逢沢の性が実を結んだのは、幸運といえるのだろうから。

クローン人間の性

性はときに煩わしく厄介なものであり、性を無視したり、都合のいいように操ったりしたくなるものかもしれない。空想の社会においても性がもたらす複雑な問題から人間は逃れられないことを暗示している物語が、カズオ・イシグロ『わたしを離さないで』である。そこには、生殖行為によらずに誕生した人間たち――クローン人間――が登場する。

この話の主人公は、「ポシブル」と呼ばれる「親」のカラダの一部の細胞を元にしてクローン技術によってつくられた女性、キャシー。彼女の回想のかたちをとって話は進む。キャシーをとりまく人間たちは、それぞれがおそらく別の「ポシブル」を元にしてつくられた「クローン人間」である。なぜクローン人間が主人公にされるかというと、臓器の提供者（ドナー）となるべく作製された人造人間という設定だからである。キャシーは介護人という役割を持たされ、施設のなかでドナーたちを世話したり相談相手になったりしている。クローン人間には、数回の臓器提供を行った後の衰弱と死という運命が待っている。この空想小説は、「クローン人間」と「臓器移植のドナー」という、理不尽な運命の重なりを人間に押しつける異様な社会——それは現実社会のメタファーでもあるが——の倫理観を問うとともに、そこにおける人間たちの人生に訪れるつかの間の幸福感や愛情を描こうとしている。

　ところで、「クローン」という生命現象がわたしたち一人ひとりにとって最も身近な自然現象であることはあまり知られていない。わたしたちのカラダをつくっている数十兆個の細胞はすべて「クローン」。つまり、すべての細胞の遺伝子が同じだということである。一個の受精卵は子宮に着床して間もなく卵膜に包まれた「胚《はい》」という一つの塊を作る。受精卵一個は、「卵割」という分裂・増殖を行うことによって胚は大きくなっていき、同時に様々な組織や器官に分化し、胎児になっていく。つまり、一個の受精卵から始まった胎児という個体の細胞すべては、受精卵とまったく同じ遺伝子をもっているのだ。一つの胚が何らかの原因で二つに分かれてしまい、二つの胚として発生・分化したのが、一卵性双生児。だから、一卵性双生児の細胞すべては一個の受精卵の遺伝子をもつクローンということになる。しかし、ここで気づく。遺伝子がまったく同じであるにもかかわらず、わたしたちの細胞・組織・器官は形と働きが多様だ。一卵性双生児は育つ環境の中で、性質や能力に違いが認められるようになる。少なくとも、クローンは原本から写しとられた単なる複製にすぎない、と言い切ることは正しくない。

ついこの間のことのように憶えているが、一九九六年、エジンバラ（英国）の研究所で、「体細胞核移植」という人工的な方法によって、「クローン羊ドリー（雌）」が誕生した。

この作製方法では三頭（①②③）の雌羊が用いられた。作製したい品種の遺伝子を持つ①の細胞の核。その核を受け入れる②の（あらかじめ核を除いた）卵子。そして、顕微鏡下のシャーレ内で①の核を②の卵子に入れる。卵子はシャーレ内で卵割を始め、初期胚の状態にまで大きくなる。それを代理母となる③の子宮にいれて胎仔《たいし》まで育て、出産させる。生まれたドリーは雌で、①の羊だけの遺伝子をもったクローン動物ということになる。雌羊のドリーには出産能力の備わっていることも証明された。この成功によって、世界中でクローン動物が育種され始め、日本でも牛のクローンが成功している。クローン技術は家畜や愛玩動物の新しい育種・繁殖方法のひとつとして、現在も試みられている。

『わたしを離さないで』に戻ろう。

話の中のクローン人間たちがどのような方法で作製されたのかは書かれていないが、なぜか生まれたときから彼らには生殖機能がないらしい。外見上は男性と女性だけれど、産む性（妊娠する性）でも産ませる性（妊娠させる性）のどちらでもない人間たちとして描かれている。このような前提は、クローン動物にはそもそも生殖機能がないという誤解を招く恐れがあると思われ、作者の語句の用法には危うさを感じる。さらに、もしキャシーを含むクローン人間たちが生殖機能を備えた人間として描かれていたら、この物語の人物造形や話の展開は少なからず違ったものになっただろう。作者のカズオ・イシグロはあえて、「性」という厄介なものを物語から棄却したのだろうか。彼がこの作品の中で、「新しい性」を描き切れなかったのは残念だ。

機能的には男性でも女性でもないクローン人間たちだが、彼らは恋し合い、性行為によって安らぎと喜びを感じる。しかし、その性愛は風前の灯のようであり、生殖と結びつかない性行為の虚しさが切なく描かれる。彼らが自分の原本である「ポシブル」を街ゆく人々の中に探そうとする行動には既視感がある。物語の背景や状況は異なるものの、『夏物語』の逢沢と似たような行動を、彼らもとるのだ。生物学的にいえば、「人生のはじまりは受精卵」であり、誰もが己の「生の起点」を確認し納得したいと思うのは、人間の本能に基づく情動かもしれない。クローン人間たちは、血の通った悩み多き普通の人間として描かれている。それだけに、彼らの過酷な運命の末路は悲痛である。

性の行方

『夏物語』と『わたしを離さないで』。これら二つの小説が作者によって構想され書かれた三十年間に、人間の性に関するわたしたちの知識やイメージはずいぶん変化したように思う。性の変貌した表情に気づいたのは、一九九〇年代からだろうか。バイオテクノロジーの大きな波は、それまで一部しか見えなかった性の多面的な姿をあからさまにし、その波はわたしたちの足元に打寄せている。

性の多面的な姿が見えたのは、生命科学技術が、生まれながらに人間が備えている生物学的性に対して人為的に手を加え始めたときだ。具体的には、人間の生殖、誕生などに対する「生殖補助医療」とよばれる技術が加速度的に開発され、一般的な医療技術として人々に広く利用され始めたときである。そしてその開発とほぼ同時期、日本では、脳死判定を受けたカラダからの臓器移植を可能とする「臓器移植法」が制定された。一九九七年のことだった。そして、忘れもしない一九九四年、勤めていた大学近くの産婦人科病院で、日本初の顕微授精による赤ちゃんが誕生した。そして、その技術の恩恵を期待して、日本全国から希望者が大勢訪ねてきた光景を目の当たりにした。その技術は飛躍的に進み、最近では顕微授精を含めた様々な生殖補助医療によって誕生した赤ちゃんは年間五万人にのぼり、誕生する子どもの五％以上を占めている。いまや人間の生殖は、男女間の性行為を伴わずに可能になった。二十一世紀末、生殖補助医療の恩恵によって生を受けた人々は、おそらく人口の一割近くとなり、その両親を含め、彼らはマイノリティとはいえなくなるだろう。

人間の生殖は完全に、個人的な「情の営み」からつまみ出されて社会的な「理の作為」に放りこまれてしまったのだろうか。

「子どもをつくる」という物言いがある。「子どもは授かるもの」という表現は、建前あるいは古めかしい慰めの言い回しであり、生殖は人為的に操作できるという認識が、現代社会では常識になった。言い過ぎとの批判を怖れずに言えば、このような認識の根底には人間と他の動物とを同類のものと見なす考えがあり、人間の生殖が家畜や愛玩動物に対して行われている繁殖・育種に近い状況になっているといえる。このような状況を受け入れていることと、日常生活の中で愛玩動物を家族の一員として受け入れている現代人の心情とは無関係でないのかもしれない。

ｉＰＳ細胞からの精子と卵子の作製。人間の子宮内の胎児に対する遺伝子診断と治療など、生命科学技術の進展はとどまるところをしらない。もう後戻りできないところまできてしまった。そのスピードを抑制しているのは、人間の「倫理観」だけだろう。生殖をめぐるこのような世の流れが、単に人口増を目論む国家の科学・医療政策による同調圧力になるならば、そのことで子どもをつくることを躊躇したり、つくらないことを正当化したりすることになりはしないかと、生殖年齢の人々を見ながら、わたしは深く考えこんでしまう。

ここ数十年にわたる人工授精児の増加をみても、その両親を含めると、すでに百万人以上の人々が「新しい性の最前線」に立たされたことだろう。いっぽう、カラダとココロの性が異なる人、性愛の対象として同性を指向する人、トランスジェンダー（性転換）手術に踏み切る人、二者択一の性そのものを拒否する人（ノンバイナリー）など、生まれながらの生物学的性とは異なる自らの性を選択する個人が相当数にのぼることも周知の事実である。一言でいえば、「性の多様化」とでもいうべき現状が目の前にある。このように多様かつ複雑な性を有する人間の苦悩や喜びを見つめながら、これからの文芸作品は「新しい性」とその行方を描き切ることができるだろうか。

わたしたちは当然のこととして、身近な動物たちの多くは雌雄という二つの性を持ち、個体はそのどちらかだと思っている。二つの性の存在意義は、異性間の交わりによって親とは異なる遺伝子の組み合わせが可能となり、環境適応力に富む個体を生み出すところにある。さらに、そのことは生物種の維持にとって都合のよいことだと考えられている。しかし一方で、生き物全体の性をよく調べてみると、曖昧かつ転換可能な柔軟性に富むものであることも観察・実証され、「性のスペクトラム（連続性）」という生物学の概念もある。現代社会に顕在化してきた性の多様性を俯瞰すると、他の多くの生き物と同様に人間もまた、曖昧で柔軟さを内包する性の宿命を背負って生まれてくるのかもしれないと、つくづくそう想う。

《参考文献》

山元大輔著『遺伝子と性行動　性差の生物学』裳華房（二〇一二年）
D・サダヴァ他著、石崎泰樹ら監訳・翻訳『新　大学生物学の教科書　第三巻　生化学・分子生物学』講談社（二〇二一年）

アタシはボク

雌雄同体と両性具有

ボクが三浦半島・油壺の磯でウミウシを見かけたのは大学二年生の夏だった。「臨海実習」という科目の合宿で、海辺の生き物を観察したり、海水中のプランクトンを顕微鏡で観たりした。そこで記憶に残っていることといえば、迷彩色の斑紋のついた二十センチぐらいあるボテッとしたウミウシと、顕微鏡の視野の中で泳ぐキラキラしたゴカイの幼虫だけだ。巨大なナメクジのような印象しかなかったウミウシだけれど、中嶋康裕『うれし、たのし、ウミウシ。』によれば、ウミウシは美しい斑紋をもつことから「海の宝石」といわれているらしい。そして、ウミウシのほとんどが「雌雄同体」という変な性の持ち主だということも、その本で知った。ちなみにゴカイも雌雄同体らしい。偶然にせよ、ボクは雌雄同体の生き物に若い時から妙に縁があるらしい。家の庭に棲む小指の太さほどあるミミズも雌雄同体らしいから、古くからの縁はこの先も続きそうだ。雌雄どちらか一方の性にこだわらないという性の曖昧さ・柔軟さ・いい加減さなどに興味をもつボクにとって、ウミウシのことを考えるのは愉快だ。

雌雄同体といえば、花を咲かせる植物を思い浮かべる。植物学者によれば、花を咲かせる植物の九割は雌雄同体（雌雄同株）らしい。たいていは花の中央に太くて長い一本の雌しべ、その周囲に花粉をのせた細い数本の雄しべがある。「花は率直にいえば生殖器である。」と、身も蓋もないことを言っているのは、明治の植物学者・牧野富太郎だ（『植物知識』）。彼は、「花という生殖器の美しさは動物の醜い生殖器とは雲泥の差だ」ともいっている。しかしボクの経験によれば、発情していないときのラットやマウスのペニスは爪楊枝の太さぐらいだし、繁殖実験のときに交尾を確認するために雌のヴァギナに綿棒を入れて精子を採取し、顕微鏡観察する「スメアテスト」をしたこともあるけれど、ペニスやヴァギナが醜いという実感はない。ちなみに、雌ラットの左右の卵巣はラズベリー状の小さな紅い器官だし、Y字形した子宮も乳白色のスマートな器官だ。雄の二個の精巣は、これも乳白色のプリンとした格好のよい二センチほどの楕円球で、初めてそれをみた女子学生たちは感激のあまり、「キレイ！」と歓声をあげたのである。動物の生殖器を「醜い」といっては言い過ぎのように思うわけだけれど、花が雌雄同体という性に備わった装置としてこの世で最も美しい造形物であることは認めざるを得ないし、海の宝石と称されるウミウシなど足元にもおよばないと思う。

よく知られているように、雌雄同体の植物は自家受粉によってタネをつくることも可能だけれど、たいていは昆虫によって他の株の雌しべまで花粉が運ばれて受粉されることが多い。花の美しさや香りは、昆虫を誘うために進化したのである。送粉（花粉を運ぶこと）のご褒美が、雌しべの付け根に分泌される甘い蜜だ。ボクは、庭の酔蝶花の雌しべの蜜を小指の先につけてなめてみたけれど、強烈に甘かった。動物は動けるから、植物のように花粉（精子）を媒介する第三者の世話にはならないし、蜜というご褒美を準備する必要もない。

動物の「雌雄同体」というのは、一つの個体が雄と雌の生殖器をすべて完備していて、繁殖のうえで意味のある「種《しゅ》の適応現象」だと生物学者たちは言っている。このような雌雄同体を正確には「同時雌雄同体」というらしい。ということは、「ときどき」雌雄同体というのもあるのかもしれないが、詳しいことは知らない。雌雄同体の動物では、自家受精（放出した卵子に精子をかける方法）という生殖行為は非常時の手段とのことで、通常は交接相手を探す方法をとる。そうなると相手はだれでもいいわけで、異性を探すために費やすエネルギーを必要としないし、見つからないかもしれないというリスクもない。種の繁殖・維持にとっては確率が高くて都合がよいというわけだ。だから雌雄同体の生き物は意外と多く、ウミウシ、ゴカイなどの他に、ミミズ、カタツムリ、ナメクジ、深海魚などもその類だ。

ウミウシの交接の顚末は驚きの極みだ。二匹が横に並んで側面の交接器をくっつけ、雄役のペニスが雌役の受精嚢に精液を入れる方法だ。二つの個体が神妙に並んでいる姿を想像すると、なんだか微笑ましいよな。ウミウシのペニスは「ディスポーザル（使い捨て）」。しかも一日で再生するという代物で、何回でも他の個体との交接が可能だ。新しく再生される代物は、コイル状の補充ペニスが体内に格納されていて、発動準備（？）に一日かかる。そこまでしてこその、雌雄同体というものだ。ボクが油壺で観察したウミウシもそんな芸当ができたのだろうけれど、その巧妙なからくりが発見されたのは比較的最近のことだ。植物の雌雄同体は十九世紀から知られているけれど、動物の雌雄同体と交接・交尾については、二十一世紀に入った今も未知の部分がかなり残されているらしい。現在知られているところでは、人類を含めた哺乳動物には雌雄同体という性の現象がない。実験動物のラットやマウスも人間と同じ哺乳動物で、個体はすべて雌雄異体だ。雄個体の配偶子（精子）と雌個体の配偶子（卵子）の融合によってのみ、受精から発生へと事が運び、雌雄の遺伝子がシャッフルされることにより、果敢に環境に適応しながら種は存続してきたわけだ。

いっぽう、繁殖上のメリットが認められている雌雄同体とはまったく違う「両性具有」という性的な現象が、人類を含めた哺乳動物で少しだけ知られている。両性の生殖器の特徴を併せもっている個体だ。有名なのは、アフリカのサヴァンナに棲むブチハイエナで、「雄化した雌」が見られる。でも、内部生殖器と交尾に必要な外部生殖器などが不完全な構造と機能になっているので、出産・繁殖が必ずしもうまくいかないらしい。人間にみられる両性具有も、性染色体や受精卵の発生上のエラーがその原因になっていることが多いし、生殖機能は発揮できない。

脳に支配される性

一般的に、生き物の「性」は、カラダの内部や外部の生殖器（性器）の特徴に対して雄とか雌とかの区別がなされている。これを「生物学的性」といっている。それに対して、哺乳動物の脳には、「性自認」「性指向」など性に関わる神経細胞の存在が知られていて、その働きが「性行動」に関係していることもわかってきた。つまり、ヒトの「性行動」は、「生物学的性」「性自認」「性指向」の三つの組み合わせの結果だ。生物学的性が必ずしも性自認や性指向と結びつかないことが人間ではよく知られていて、複雑な様相を示す。人間の性自認や性指向は、「脳の性（ココロの性）」と言い換えてもいいだろう。つまるところ、人間の性は他の動物と異なって、「脳の性」に支配されているように思えるし、本来、生殖のための「性」だったはずのものが、その目的を見失い、「脳の性」が彷徨っているようでもあるし、なんだか人間の脳は、「性」を持て余し気味にもみえる。

人間に見られる複雑な性の現象が、人々の関心の的になっていることは否定できない。その世界を描いているのが小説『親指Pの修業時代』（松浦理英子）だ。それは本物の両性具有とはいえないけれど、生殖機能をもたない後付け外部生殖器に翻弄される人間たちのお話だ。

主人公の一実は平凡で真面目な女子大学生だけれど、自死した友人の夢を見たあと目覚めてみると、右足の親指が立派なペニス（P）になっていた。それを知った恋人や友人たちは当惑するが、Pをいたぶったり傷つけたりしてもてあそぶものもいる。友だちの映子は、一実に対してPを仲立ちにした奇妙な同性愛関係を迫る。一実は同性と肌を触れ合うことによる性の快楽を初めて知る。しかし、一実のココロの動きに敏感に反応するPは映子に強い喜びを与えることができるものの、Pの行為によって一実が喜びを感じることはない。一実の感覚は、あくまでもされる側としての女性の性感なのだ。Pの存在は口から口へと伝わり、一実は「フラワーショー」という「性にまつわる器官に普通の人と大きく違った特徴のある特別なメンバーの集まり」による闇の見世物一座に誘われ、お金稼ぎのために少人数の顧客の前でPによる性戯を演じることになる。そんな「親指Pの修業」がしばらく続くが、そのうち見世物一座は解散し、一実は真実の異性愛に目覚め、信頼する男性の春志と将来を誓うことになる。

完全な女性のカラダに突如として男性のシンボルが出現する。たまさか足の指に現れた。これは女性の中に元々ある「男になりたい願望」なのだろうか。女だけれど、もし男になったらどんな気分だろうか。しかし結論からいえば、男性のシンボルは一実のコントロールの外にあり、なかば自律的存在。一実にとって、親指Pの存在は不可解なままだ。すなわち、一実の性自認は女性であり、異性に対する強い性指向があり、一実の脳は、親指Pを自分自身の一部として認めることができない。たとえ身体的性（性器）を変えてみたところで、「脳の性」による支配から自由になることはできない。『親指Pの修業時代』は、そのことを暗示している。

アタシはボク

幼い頃、ボクは自分のことをアタシといわないで、「ボク」と言っていた時期があった。それが四歳の頃だったと思うのは、ひとつ年上の従兄が学校に上がる前だったからだ。いつも年下の従弟と三人で遊んでいた頃のこと。通っていた幼稚園の先生から「ボク」のことを聞いた母は、「ボクじゃなくてワタシよ」と言い、そんなこともわからないの、と戸惑った顔をした。その時のことをよく憶えているのは、めずらしく母親に叱られたと思ったからだろう。

アタシは自分自身のことをボクと言っていたけれど、そのことに特別なこだわりがあったとは思えない。三歳九カ月のときの七五三写真をみると、着物に被布を重ね、コテでカールさせた髪の上には大きなリボン。白黒写真の口元はくっきりと黒っぽく写っているから、紅い口紅をベッタリ塗られていたに違いない。自分がオトコかオンナかを自覚する前に、つまり、脳の性が未熟なときに、親や周囲の大人たちから女の子として扱われていたのである。そのあたりのことに詳しい友人によれば、子どもというものは、三歳半頃になると男の子同士、女の子同士で遊ぶようになるという。その時分に性別に対する漠然とした意識が芽生えてくるらしい。同居していた従兄弟たちとアタシとは、オシッコのでるところが違うということを知り、そのことに興味を感じた頃でもある。たぶん四歳のアタシは、自分がオンナだと漠然と感じながらも「ボク」といっていたのだろう。男女のカラダの違いには気づいたとしても、社会的・文化的な男女の違いには考えが及ばなかった。たぶんそれだけのことに過ぎない。英語なら何も迷うことはない問題だ。アタシもボクも、「I」でいいのだから。

ボクは大人になって一人の男性と恋に落ちて結婚した。二人の子を産んで、母乳もたくさん与えたので、ボクはたぶん正真正銘の女性だと思う。だから日本文化の慣習に従って、普段は自分のことをボクとはいわないようにしているけれど、いま使ってみたら、やったぜ、実に爽快だ。「ときどき」雌雄同体になるのも悪くはない。

そんなふうに、雌雄同体や両性具有というややこしい性の現象には強い興味を抱いているけれど、ボクがひとまず女性という性を全うできたことは、ウミウシには悪いけれど、生き物として幸運なことなのかもしれない。そして、自分の性についてあれこれ考えを巡らすことができるのは、ボクが人間だからこそだ。

日本語文化における性区別

生物の世界に「性」が出現したのは、数億年前のこと。しかも、その性は、二つであり、三つや四つではない。なぜ二つなのか、答えはどこにもない。どういうわけか、異なった配偶子をつくる個体が二種類いる。運動性に富む小さな配偶子（精子）をつくる雄と、運動性をもたない巨大な配偶子（卵子）をつくる雌だ。人間の卵子は一ミリの五分の一もあり、砂粒よりも大きく、肉眼で見える。それに対して、精子一個は肉眼では全く判別できない。この二種類の配偶子は受精という細胞融合によって一つになり、個体形成への長い旅を始める。個体になった雌雄異体の生き物には、主に性ホルモンの働きによって、配偶子形成だけでなく見てわかるようなカラダの雌雄差が現れる。人間の場合もたいてい、はっきりわかる。そんな生き物世界の雌雄差は、配偶子を求める繁殖行動のために都合がよいと考えられている。雌雄異体、雌雄同体、両性具有など、生き物の種が存続するための「性の戦略」は巧みであり、どこか大らかでもある。それなのに、生き物の一員としての人間の性を考えると、息苦しくうっとうしい。日本の社会的・文化的側面の「性」を考えると、いっそうその思いが強くなる。現代にも存在する根強い性別・性差意識に対して、違和感を抱くからだ。

日本文化に内在し強固な文化的基盤ともいえる性別意識を解消することは、一筋縄ではいきそうにない。たとえ法律や制度がジェンダーフリー、ジェンダーギャップの解消に舵を切っても、日本人の性別・性差意識というものは簡単に変わらないのではないかと思う。なぜなら、日常会話の人称代名詞には、「男として」「女として」という性別・性差を前提とした意味がそもそも込められているからだ。絶対かつ当たり前のこととして、このことが幼いときから叩き込まれている。テレビに出演する女性装の男性が「ボク」「オレ」などと言っているのを聞いたことはなく、みんな「アタシ」である。異性になりすますには、まずは一人称単数からなのだ。

全国的に使用されている標準語で、男女共通の一人称単数の代名詞は、「ワタシ」「ワタクシ」だけで、男性では他に、ボク・オレ・ショウセイ（小生）・ソレガシ（某）等々あるが、女性では「アタシ」しかない。公的な場面での人称代名詞は「ワタシ（たち）」や「アナタ（たち）」などが使われるが、男性では、くだけた状況で、相手との関係を人称代名詞で表現することが多い。語源からみると、いずれも自分自身を「謙遜した」言葉のようだ（白川静『字統』）。女性には、このような選択肢はない。一人称単数が男女別でなければ――、二人称も「アナタ」だけなら――、日本の社会はずいぶん雰囲気が変わるだろうと思っている。つまり、強い性別・性差意識の根底には日本語の特徴がある。「意味」が同じであるにもかかわらず、「語感」の異なる語句が多い。それが、日本語の特徴だろう。とくに、豊富な人称代名詞の語感の違いの中には反感を覚えるものもある。すでにそのところで、話し言葉の語句そのものに「感情」「気分」が強く込められてしまうのである。「オマエ」「テメエ」「ヤツ」「アイツ」などが無くなれば、職場、家庭、友人、恋人などの人間関係に変化が生じるだろう。人権問題にも影響しそうだ。七十年も日本語を使ってきたので、そのくらいのことは感じるし、考える。何かと問題にされる敬称や敬語の使い方などよりも、むしろ人称代名詞の方に気遣いや工夫が求められてよいのではないだろうか。

日本語文化に見られる性別・性差は人称代名詞に限らない。女性に対する「有標」言葉、つまり、それに対応した男性言葉がないもの、たとえば、「乙女」「女流」などがある。「なでしこジャパン」は、昭和への郷愁である「大和撫子」から名付けられた。いうならば、男性目線で女性につけられた別称だ。性別・性差は生き物である人間に備わった基本的な「特質」だけれど、日本の社会や文化の中では、ことさらそれらが強調・修飾されてきたことは否めない。幾重にも絡みついている性の縛りをゆっくり穏やかにときほぐし、性の息苦しさから解放されるべきときがきているのではないだろうかと、私は思う。

ホモ・ディスケンス

お正月休みに千葉から帰省していた娘夫婦と五歳の孫娘が遠くへ帰ってしまうと、いつもどおりの静かな暮らしに戻った。わたしの胸に強烈な印象を植えつけたあの頃の「小さな生き物」は、幼虫が蛹《さなぎ》に変態するように、すっかり姿を変えてしまっていたのだ。その変化を目の当たりにしたとき、なにか置いてきぼりを食らった気分に陥った。

五歳になったばかりの幼子のカラダはまだまだ小さいけれど、頭脳は、中身はともかくその表現形は、ヒトではなく人間になっていた。この前会ったときは、「オッパイ、ヤメタノ」「パンツデ、キタノ」と、自分が赤ちゃんから脱したことをこっそり、誇らしげに、耳元で囁いてくれた。それからの一年数カ月、この間の「人間化」は信じられないほどの速さだ。彼女の興味の的は、自分と接する「人間のココロ」にある。周囲の環境の中で感じる人間のココロを瞬時にキャッチして反応し、頭脳に刷り込んでいくようだ。その作業によって、彼女は、どんどん人間化していく。「社会化」といってもいいかもしれない。

テレビ画面の少女アニメに御執心だ。ネットフリックスのお気に入り番組をリモコンで選択する手順は、すぐに覚えた。悪者が少女たちに華々しくやっつけられるストーリーに熱中し、食い入るように画面を見つめる。悪者にもやさしいところがあるよ、などと画面を見ながら独り言をいっている。頭に浮かんだことをすぐに言葉に換えているようにも見える。いつも唇が動いている。考えずにしゃべっているというよりは、視覚から入った情報が瞬時に言語中枢を経て、口を動かしているのだろう。その経路の途中には、前頭葉の連合野があるはずだ。記憶が呼び戻されて、新しい情報と交差・交流し、理解とか判断とかの結論が言葉に変換されて発信される。本人も自覚できない速さではないだろうか、あたかも思考抜きであるかのように。おそらく、超高速の神経伝導・伝達のなせる「技」。言葉を覚える二歳の頃の幼子に感じた「超高速感」を、私は五歳の幼子に対して再び感じた。

パパさんの描いた日本列島の模式図と県名・駅名などを見ながら自分で説明してくれるところをみると、住んでいるところ、電車に乗ったところ、途中の駅、降りた駅などはもう頭に入っているらしい。スマホで撮った関ケ原の雪景色をみて、そこが名古屋駅の近くだったことも記憶に留めているらしい。

オマセな頭の持ち主は、親や保育園の保母さんに口ごたえする。命令・指示・判断などに対して納得できないと異議を唱える。かなり論理的に思考する回路や平等とか対等とかいう意識が芽生えてきている。「もう寝なさい」というような些細な命令や指示にすら、幼い頭脳を納得させる理由を大人は用意しなければならないようだ。

久し振りに会った幼子の早熟ともいえる変化のスピードを、私はその変化をなんと言ったらよいかわからず、ひとまず「人間化」と言っているのだけれど、それには驚きを通りこしたものが少なからずあった。ひらがなの読み書き、百まで数えること、簡単な英単語を話すこと、所要時間の感覚等々はすでに脳に刷り込まれている。残るは、数字の概念だけではないだろうか。数の多寡、数の単位などはこれからだろう。「数」という概念は自然界にはない概念で、人間の作りだした、いわば抽象的な概念なのだ。数の概念を理解し使うことが、言語と同様に、人間らしい能力には欠かせない要素だ。その数の概念を知ることも含めて、かつては六歳頃からといわれていた「ホモ・ディスケンス（学ぶ存在）」の芽生え、言い換えれば、学ぶ楽しみ、考える楽しみを覚え始める時期は、現代の社会環境では早まっているのかもしれない。海外の初等教育は五歳就学の国もあるらしいから、日本でも遠からずそうなるかもしれない。「十八歳成人」の次は、「五歳児就学」の課題ではないかと思っていたところ、面白いできごとがあった。

テレビアニメの主人公たちが描かれたぬり絵に熱中しているときだった。ぬり絵と十二色のカラーペンは、旅行前にパパさんが百均で買った代物だ。配色を考えながらお気に入りの色でぬっていく。絵の人物同士の会話をひとり芝居する「ごっこ遊び」も盛んだ。バアバもぬっていいよ、とお許しがでる。色とりどりの配色でぬりながら、次は何色でぬろうかなと私が呟くと、まだ使っていない色のペンをズラリと並べて、この色のどれかを使うといいよ、と言う。えっ、それって引き算じゃない？ 次々と加えていく足し算の概念と同時に、全体の中からすでに使われている色を引いて、残りの色をいつも意識しながらこの子は描いているのだ。数の概念や多寡を知る前に、モノや物事を足したり引いたりする概念が先に芽生えるのかな。これが進めば、「暗算」ができるようになるのだろうか。私は思わず小さな頭に手をのせ、よしよしとやさしく撫でた。選ばれないモノ、残りモノ、マイナーなモノ、小さなモノ、目に見えないモノ、そんなモノたちを想像できる意識は、すでに五歳で芽生えるのかもしれない。

ママとパパはどうして結婚したのか。東京と福岡で離れているのに、なぜ結婚できたのか。ママにはどうして赤ちゃんが生まれないのか。人間のココロに向けてだけでなく、「カラダ」「性」に対する好奇心も芽生えている。父親を「異性」として意識し始めてきたのかもしれない。トイレからなかなか出てこないママさんを心配して覗く幼子に、驚いたことにはママさんはナプキンについた自分の経血を見せたという。それ何？ という問いに対して、ママのお腹から出た血だよ、と答える。それを見た幼子は、とくに驚くでもなく怖がるわけでもないらしい。どこで知ったのか、お腹の中にはフクロがあるの？　と訊ねたという。この娘《こ》は、カラダの中に何かがあることをすでに想像している。

自分がオンナなのかオトコなのか、「カラダの性」をココロが意識するのはいつだろうか。いまはときどき「オレ」「ボク」という一人称を使うあなたが、女の子は「ワタシ」「アタシ」だけしか使わないという「社会的性」の約束事を納得するのはいつだろう。女の子は、早ければ八歳頃からカラダの中で成熟への変化が始まる。そして、いずれカラダの性差や性愛を知るときがやってくる。この幼子が生きていくこれからの時代は、「ココロの性」、「カラダの性」、そして「社会的性」という、次元の異なる三つの「性」に向き合いながら人間の性を理解し納得しなければならない。社会はジェンダーフリーを進める一方で、個人に対してはカラダとココロそれぞれに生じるかもしれない別の性を認めるという、今までにない複雑な性認識の基準を設けた時代に入っているからである。

別れの朝、一度でいいからギュッとさせてと、お願いする。イヤァー、と逃げる素振りを見せる小さなからだを引き寄せて、思いっきり抱きしめる。ダウンジャケットに包まれたカラダのとても柔らかい感触。次に抱きしめる頃にはカラダの変化とココロの悩みが芽生えているのかもしれない。蛹が幼虫に戻ることはできない。いよいよ成虫になるための準備が着々と進む。

それが自然の理であり、成長というヒトの加齢をとめることなど、誰にもできないのだから。

芽生えのとき

カンガルー・ケアー

長女のお産は、深夜の破水に始まった。すでに予定日を過ぎていたので、出産のために予約していたマタニティ・クリニックをすぐに受診し、入院となった。お腹の痛みや出血はほとんどなく、少量の破水だったせいか、本人はケロッとしたものだった。

里帰り出産を望んでいた長女は、予定日の二カ月前に遠方から帰省し、早々と出産の準備に入った。と聞けば、生まれてくる赤子の衣類を揃えたり、自分のからだの調子を整えたりと、妊婦らしい穏やかな日々を想像するし、母親の私はそうだろうと思っていた。ところが予想は外れた。彼女は、出産後二カ月を過ごすつもりのわが家の「環境整備」に、はたがうんざりするほど熱心に取り組みだしたのだ。まずは、母子が過ごす部屋の片づけと、ついでに他の部屋の片づけも。そして、彼女が不要と主張するものの処分を始めた。お節介にもほどがある。彼女と私との間で片づけをめぐる口喧嘩が毎日のようにおきた。お腹の子は、さぞうるさかっただろう。風呂場や洗面所のしつこい汚れやカビの掃除。それはヒステリックともいえる勢いだったが、本人に言わせると、「汚い環境で子どもにアレルギーなんかがでたらどうするの！」。そういわれると、結局のところ黙って従うしかない。「お母さん、巣作りだと思ってよ……」と諭されて、ここは一つ我慢のしどころである。日増しに大きくなるお腹を抱えながら、一カ月かけた母鳥による「巣作り」は無事に完了。そうこうしているうちに時は満ち、いよいよ予定日が近づいたのである。

破水は感染の恐れを招く。最長でも四十八時間以内に胎児を出さねばならない。陣痛が自然に始まらない場合は、促進剤を二段階にわたって使用し、自然分娩を促すことになる。そんな詳しい説明をクリニックから受けて、承諾した。私は、渡された促進剤に関する文書を何度も読んで使用に備えた。

破水から十二時間経過した翌朝になっても、陣痛は起きない。第一段階の促進剤投与が始まる。プロスタグランジンE2錠を一時間に一回、六回服用する。子宮口を弛緩させ、子宮筋収縮を促す。東京からはパパになる長女の夫が駆け付けた。役者は揃ったのである。

午後になって弱いながらも子宮の規則的収縮が始まり、夜にかけて徐々に強くなる。残された時間は二十四時間。翌朝から二段階目の促進剤投与を受けることになる。その夜はパパさんを付き添いに残す。周期的な強い腰の痛みが始まり、二回目の大量の破水も起きて、二人は眠れぬ辛い夜を過ごしたらしい。

翌朝、子宮口がわずかに開いてきた。ようやくオキシトシン投与によって陣痛を促進できる状態になったのだ。オキシトシンの点滴は分娩台上で行われるので、家族に付き添って欲しいと医師から言われる。昨夜寝ていないパパさんには休んでもらい、私が分娩室に入る。予定外のことである。

午前十時半からオキシトシンの点滴が始まる。毎時二四ミリリットルの流速からスタート。お腹に貼りつけたセンサーが子宮筋の収縮をキャッチし、分娩台横の機器のチャート紙に緩やかな波形が描かれていく。同時に、胎児の心音をとらえたモニター音が、ＢＧＭの流れる明るい分娩室内に響く。

チャートに描かれる収縮のスパイクはまだ低くなだらかだ。医師から指示を受けた助産師が一二ミリリットルずつ流速を上げていく。陣痛は徐々に強くなる。子宮口が三センチまで開いてきた。昼食時にかかり、陣痛食が出される。食べやすいバナナやスープなどだ。痛みの引いた隙に、妊婦にバナナを半分食べさせる。分娩台の彼女は落ち着いている。

八四ミリリットルに上げたあたりから、二〜三分間隔で強い痛みが起きる。お尻が痛い、痛い、と悲痛な声。強い痛みが襲う一分間、わたしは妊婦の肛門付近に手を差しのべ、力を込めてそこを押す。そう言えば、あのときは骨盤がメリメリと撓《しな》る音を確かに聞いた。痛いのはお腹じゃない。私は遥か昔のことを思い出していた。

私が長女を出産したのは昭和五十九年春のことで、K大学病院の産婦人科だった。当時の分娩室には手術室のような無機的な空気が漂っていて、医師と助産師は言葉も少なく、機械的な介助といえるような状況だった。平成二年にS大学病院で次女を出産した際も、似たり寄ったりである。どちらの病院も、「ご家族はお帰りください！ 生まれたらご連絡しますから」という時代で、妊婦は一人で陣痛と分娩に耐えるのが当たり前とされた。次女のときなどは、分娩台上で唸っている私に対して、助産師は「いきみかたが悪い！」と叱ったのである。古いテレビドラマに出てくる怖い産婆さんのようだった。しかし陣痛の痛みのほうがずっと強烈だから、そんなときには周りから何を言われても平気なのだ。こんなときに、ずいぶんひどいことを言うな、と思うだけである。あれから三十二年。分娩室の風景がこれほど変わるなんて……、もの珍しさも加わって、しばし感慨にふけった。

激しい痛みが襲うようになってから医師がときどき進行を確認にくる。子宮口が六センチ、八センチと、どんどん開いてきた。もうすぐだよ、と私は娘に声をかける。分娩室にいる一名の助産師が、分娩に備えた作業を着々とこなしていく。

流速を九六から一〇八へと上げる。チャート紙に描かれるスパイクは、スケールアウトを意味する台形を描く。子宮筋の収縮が最大級になっているのだ。いよいよ最終段階か。パパさんは分娩室隣の陣痛室で待機。ママさんの呻き声を聞く心境や如何に。誰も立ち会わないことになっていたというのに、私は行きがかり上ずっといることになってしまった。なんてこった！

私はまるで分娩監視員になったような目で、そこでおきる一部始終を静かに見守った。

子宮口が十センチまで開いた。いよいよ娩出だ。医師と二人の助産師が介助する。囲いのようなシートで妊婦の立ち膝と股間が隠されるので、妊婦の頭近くにいる私からは、胎児を取り出す部分は見えない。強い収縮が起きる度に「いきむ」。なんと私までがつられて一緒にいきんでしまうのである。もう赤ちゃんの髪の毛が見えますよ、と助産師が励ます。モニターがとらえる胎児の心音は規則的で強い。大丈夫だ。

破水から四十時間経過、娩出開始から約三〇分後の午後二時二〇分、無事、女の子が元気な産声をあげた。分娩室外で待機していた数名の看護師がどっと中に入る。新生児と母体の処置、機器の片づけなどが手際よく進む。隣の部屋で気を揉んでいるパパさんを急いで呼び入れる。

分娩台上では間もなく「カンガルー・ケアー」が行われた。生まれたばかりの赤子を母親の胸に抱かせるのだ。赤子は、黒っぽい色をした太くて長い臍の緒で母体とつながったままである。安堵して微笑む母親の胸に、酸素飽和度センサーを手首に付けた裸の赤子が抱かれる。私は、生まれて数分後の裸の生き物をまじまじと視た。文明や文化をいっさいまとっていない「野生」のヒトそのものの姿である。母親は、胎児のときの生命線である太い臍の緒にハサミを入れ、自分と娘を切り離した。この時こそ、ひとりの人間が誕生した瞬間だった。

現代のお産が昔に比べて安全に行われるとしても、分娩が母体と胎児の双方にとって命がけであることに変わりはない。分娩の途中やその直後には何が起きてもおかしくない。そうだからこそ、人間の一生というものは、奇跡的な幸運から始まるとさえ言いたくなるのである。

天使の微笑

生まれたばかりのヒトは、可愛らしさよりも、むしろ神々しさが優っていた。近寄り難く、気安く触れることができない。その神々しい生き物を前にして、「あなたはその小さな頭で何を考えているの?」と、私は見るたびに問いかけていた。人間は、いつ、何をきっかけに、自分自身の存在を認識できるようになるのだろうか。そんなとりとめもない疑問を、私はずいぶん前から持っていたのだ。お猿さんほどもない数百グラムの脳の中は、いったいどうなっているのだろうか。いつもそう思いながら、小さな神々しい生き物と二カ月間触れ合った。

生まれてしばらくは、母も子も全く余裕がない。昼夜の区別なく、赤子は一時間眠ると目覚める。睡眠・覚醒を合わせた一回の周期は二～三時間であり、一日二十四時間の大人の周期の約十倍のスピードで時間が過ぎていく。大人の一日は赤子にとっては十日分だろうか。成長とはそういうことなのだろうと、想像した。それに付き合わねばならない母親は、心身ともにリズムが狂わされ、想像を絶するストレスを受けることになる。

　赤子は目覚めると必ず泣く。おそらく空腹の不快感におそわれるのだろう。どこかが痛くなるのかもしれない。乳首を口元に近づけてやると自然に口を開けてくわえることができるのだが、その状態では母乳は口に入って行かない。乳首が赤子の小さな舌の上にのるように、乳輪まで深くくわえさせなければならない。そうしてやることで、舌は乳首の周囲を圧迫して母乳を口の中に吸い込むことができる。モグモグと小さな顎をあわただしく動かし、溢れた乳で唇を白くさせる。その光景を見ていた私は、自分自身を襲った遥か昔の感覚を思い出した。

　乳を飲む娘が小さな唇で私の乳頭に触れると、いつも不思議な快感に全身が包まれた。数秒のタイムラグをおいて乳頭から出始めた乳を、娘はゴクゴクと飲み始める。そのとき私は下腹部にムズムズと微かな痛みを感じた。乳汁の分泌（射乳反射）と子宮筋収縮による痛みはオキシトシンというホルモンの為せるわざである。生理学の教科書に書かれていることそのままが自分のからだに生じることを実感し、嬉しくなった。

　生まれて間もない赤子が二十分間の授乳で飲む量はたかだか三十ミリリットルぐらいといわれ

る。その程度の時間と量をこなすと、疲れるのかまた眠る。一日に十回、これを繰り返す。母親の疲労は二週間で極限に達し、食欲がおちる。すると、まるでそれを見計らったように、赤子の睡眠時間が少し長くなる。一回に飲む量が増えるからだろう。それでもせいぜい二時間しか眠ってくれないが、母親は睡眠時間が増えて、少しずつ元気を取り戻し始める。そんな過酷な日々にもホッとする瞬間がある。「天使の微笑」と呼ばれる新生児の笑いに出会えるのだ。

三十数年前、私は長女を出産したときに初めてそれを知った。眠っているとき、口角をひきあげながら口元を少し開き、目元を和ませて笑っているような表情をつくる。生後二週間も経つと、眠っているのに、からだを揺らしてクッ・クッ・クッやケッ・ケッ・ケッなどと、楽しそうに喉を鳴らして笑う。生後間もない孫娘を毎日見ていて、また新生児の笑いに出会った。

冷静に観察すると、笑いはレム睡眠の最中におきている。レム睡眠とは、深い眠りのあとに訪れる浅い眠りのことだ。つぶっている瞼の下では眼球が動いている。ときどき薄目をあけてギョロギョロしている。覚醒一歩手前の眠りだ。からだは眠っているが脳は目覚めている状態と言われる。夢を見るのはレム睡眠のときともいわれる。この児、夢を見ているのかしら……。きっと夢の中で、オッパイに囲まれて遊んでいるのだわ。

一カ月経つと、赤子の生活リズムに変化が生じた。時間の使い方に変化が生じるのだ。飲んでもすぐに眠らない。目覚めたまま手足を動かしたり、呼びかけに反応して微笑み返したりする。しかし、それも長続きするわけではない。睡魔が忍び寄って、彼女を睡眠の淵に引きずり込もうとする。これに抵抗しているのだろうか、グズグズ言い出し、いっときあやされてようやく眠りの淵に沈む。しめしめ、小さな脳が働き出したようだ。あやしながら、私はその変化を愉しんでいた。その頃になると視覚が発達するらしく、目をカッと見開いてこちらと視線を合わせてくる。口元だけでなく、目元が顕かに笑っている。呼びかけに対して笑顔で応えるようになる。

新生児期を過ぎて生後二カ月近くなると、まだ完全に首は据わっていないが、仰向けのままで頭を左右に自由に動かすことが出来るようになる。そして、なんと、ことばにならない音声でお喋りを始めた。

私は喉の奥を響かせて母音で彼女に話しかける。アウン、パオン、グオンなどと色々試してみる。それに対して、赤子は目じりをキッとあげて微笑みを漂わせ、いかにも興味津々の様子。そして驚いたことに、ことばにならない音声を返してくる。思わず、上手！　上手！　と、笑顔でほめてあげる。会話の成立だ。

生後間もなく表れて日を追って変化する笑いの表情は、大脳機能の発達を示す証しに思えた。そして、そんな笑いの表情が発語の原型を伴うことを初めてこの目で見た。つまり、赤子の脳は、自己を認識する前に目の前にいる他者を認識しているのだ。自己よりも他者を認識する能力の芽生えが先なのだ。笑いかける表情とことばにならない音声を他者に向かって発することは、他者とのコミュニケーションを取ろうとする積極的な行為である。すでに「感情」とでもいえるものが芽生えているのだろうか。そうか。人間ってこうやってだんだん大きくなっていくのだ。ふつふつと湧きあがる熱い何かで、私は身震いした。

「右手発見」

残念とはまさにこのようなことだろう。二カ月過ぎたとき、孫娘は千キロも離れた自宅に帰り、私の視野からとつぜん消えてしまった。ときたま母親から送信されてくる画像に見入る。彼女はわが子の発達をきちんと捉えるだろうか。ところが、心配御無用とばかり、私が飛び上がるほど驚いた画像が、間もなく送られてきたのだ。

それは、「右手発見」というキャプション付きだった。ソファに寝かされている幼子が、自分の右手の握りこぶしをじっと見ている。母親の話では、たびたびそんな姿が見られるようになったという。

いつも仰向けに寝ている幼子には自分のからだが見えない。自分の姿を脳は認識できない。むしろ他人のからだを認識するほうが先だ。母親の乳房だったり、呼びかけるひとの顔だったり。生まれてから二カ月経って、幼子は自分のからだを初めて認識した。私にとっては大きな発見だった。

いやいや、早まるな。手を認識しただけだ。からだ全体を認識していない。からだをバラバラに認識し始めただけだ。同じ頃、うつ伏せ状態にしてやると首をもたげるようになり、左右に首を動かしたり、思い切り見上げたりできるようになった。さぞ視野が広がったことだろう。そしてさらに、ある画期的な変化が起きた。

生後三カ月、首がしっかり据わった頃、ついに幼子は、自分自身の両手の存在に気づいたのだ。仰向けで、両手の握りこぶしを目の前にかざしてじっと見続ける。母親は、「また新しいシナプスが繋がったかも」と言った。

まだ寝返りもできない幼子だが、自分の意思で手を口元にもっていって舐めて確かめる。そうこうしているうちに、右手で右足先を、左手で左足先を持って、自分のからだ全体を使って得意げに遊ぶようになった。見て確かめ、触って確かめる。しかし待てよ、手と足が自分のからだの一部だということはわかっただろうか。そして、色々なからだの部分が、つながりのある一つのモノだとわかったのだろうか。

私は送られてきた「右手発見」の画像をみたとき、ある奇妙な図を思い出した。脳神経科学者ペンフィールドの画いた「運動のこびと」「感覚のこびと」といわれている図だ。それは、断面でみた大脳半球の表面に、からだの部位を当てはめて描いたものである。

大脳半球の解剖図によれば、頭のてっぺんより少し額に寄ったところは大脳皮質の中心前回と呼ばれる部位で、からだ中の骨格筋を支配する神経細胞が集まっていて「運動野」と呼ばれている。そこより少し後ろに「体知覚野」というところもある。皮膚や筋肉・骨、内臓などからの刺激を大脳皮質が受け取るところである。「運動のこびと」「感覚のこびと」の図では、大脳半球の表面には顔や手が極端に大きく描かれていて、見ようによっては気持ちの悪い図だ。とりわけ、運動野のかなりの割合が顔と手を支配していることは一目瞭然。なかでも、モノを握ったり摑んだりするときに他の四本の指と対向する働きのある親指に対する支配が優勢だ。顔全体を支配する割合と同じくらいだから驚く。大脳の指令で手は動く。そして、動いた手や手がキャッチした情報が大脳へ還される。この図は、大脳と手を結ぶ太くて強固な神経のルートの存在を物語っている。このことから、大脳の発達と手を認識することとは関係があるのではないだろうか、ふと、私はそう考えた。

生後二カ月頃から急速に発達し始めた赤子の大脳は、まず手を意のままに動かした。そして、動く手をとらえた視覚と手の触覚の情報が大脳へ伝わり、からだの一部である手を認識したのだ。数百グラムの小さな脳は確実に自分のからだを認識し始めたようだ。

人間の「自己認識」は、自分自身の「からだを認識する」ことから始まる、そう言っては言い過ぎだろうか。そして、他でもない手の発見をきっかけにして始まった赤子の自己認識は、脳の最も複雑な働きである「こころ・自意識」の芽生えを物語っているとも思われた。「いつ自己認識が芽生えるのか」という私の積年の疑問に対し、ほかでもない孫娘が答えを導いてくれたのである。

ことばを話す

一歳九カ月の孫娘は踏み台に乗って、洗面台の蛇口から出る水をコップに溢れるまで入れてから捨てる。繰り返されるその行為をそばで見ている母親が、「お・み・ず、お・み・ず」と話しかける。母親から送られてきたその動画を見たとき、すぐに映画『奇跡の人』の一場面を思い出した。ヘレン・ケラーが「物には名前がある」ことを初めて知る瞬間で、見ていて息をのむシーンだった。

家庭教師のサリバン女史がヘレンを庭の井戸まで引っ張っていく。ポンプで勢いよく汲み出した水をヘレンの手にかける。そして、ヘレンの掌に指文字で「WATER」と書いて、ウオーターと叫ぶ。一歳七カ月で視力と聴力を失ったヘレンだが、何かを感じたように、ウオー、ウオーと唸る。それから数時間のうちに、ヘレンは三十個の言葉を理解し記憶したという。それは六歳のときだった。野生児のような荒れた生活を送っていた彼女は、その日を境に人間らしくなっていったのだ。そのような劇的な変化がおきた背景には、一歳七カ月までに「ことばは意味を持つ」ということがヘレンの脳に記憶されていたからと、言語心理学者の今井むつみ氏はいう。ヘレンの脳では、休眠していたことばの種が文字通り水を浴びて目覚めたのかもしれない。幼子は一歳の頃から立って歩き始めるが、話すことは歩くことよりも数カ月は遅れる。一歳半頃になって満を持したように、ようやく一語ずつ、意味のあることばを話しだす。そうか、ヘレンは、この段階で聴力を失っていたのだ。

ことばに対する脳のセンサーはすでに胎児期から作動し、ことばの蓄積が始まっているといわれている。そして、生後四カ月で母音の「音素」を聞き分け、生後六カ月には子音を聞き分ける。つまり、生後四カ月には、「あ・い・う・え・お」という音の違いがわかるのである。「音素」とは、単語を構成する基本の音である。

いま思えば、孫娘が私の顔をみて笑いかけるようになった頃、わけのわからない音声で話しかけるようになった頃、ちょうどその頃が、母音を聞き分ける時期の始まりだったのかもしれない。ただ泣くことでなく、「ことば」を発しようと試みる画期的な出来事であり、その時期だったと思いたい。

さらに、ことばの蓄積と「思考」との関係は興味深い。人間は、「母語」で思考するといわれている。広辞苑によれば、母語とは、幼児が母親などから自然に習得する言語のことだ。身近な人が使っていて、自然に覚える言語と言い換えることもできよう。そうならば、生後二カ月で私の語りかけに反応した孫娘は、すでに思考を始めようとしていたということだ。まだ首もしっかり据わっていないというのに、何を思い、何を考えるというのだ、まったく！

一つの単語を話し始めてしばらくして、孫娘は「ママ・ガッコ（ママ・抱っこ）」のように、二つのことばを組み合わせて話せるようになった。そうなれば後は早い。一歳八カ月頃には、庭で見つけた蝶のことを、「チョウチョがパタパタしてたぁ」と、ろれつが回らないながらも母親に報告した。もう立派なものである。主語・動詞おまけに助詞と副詞までついている。チョウチョが・パタパタ・してたぁの三文節がでたらめに並ばないところがなんとも不思議。しかも、助詞に「が」が使われているところも正しい。そうしてみると、ことばを習うということは、ことばの塊、すなわち文節としてまず理解・記憶され、微調整を重ねていくのだろうと、私なりに考えた。少なくとも、単語を一つずつ想起し、助詞を間にいれ、動詞を選んで……という思考過程ではなさそうだ。要は、まず塊で呑み込むのであろう。

「じゅぼんはきたい（ズボン穿きたい）」「たべたい」「ずごい、ずごい（すごい、すごい）」など、二歳を迎える幼子のいわば〝ことば溜り〟とでもいえるものから、つぎつぎとことばが生まれ落ちる様には目を見張った。そばにいる母親が気づいた時に、「て・に・を・は」などを少しだけ教えたりすると、小さな脳では修正が進む。そして、自己主張のために必須の「名詞」と「動詞」が中心だった語彙に、ついに物事の状態や状況を表す「形容詞」が登場した。まず使われた形容詞は「こわい」だったと、母親は記憶している。不安やおそれを感じる複雑な感情であり、映像や光景を見てそれを予感する想像力の芽生えでもあろう。「きれい」「きもちいい」「かわいい」「つめたい」などが頻繁に使われるようになる。形容詞を面白がっているようでもある。次のステップは「色」の表現だろうか。それはいつ頃から始まるだろうか。幼子のことば溜まりからつぎつぎとことばが生まれ落ちる様子は身近にいてワクワクする出来事であるが、さらにもっと興味深いことが起きた。少し前の記憶を、ことばで表現するという出来事に遭遇したのだ。

二歳四カ月のとき、孫娘がわが家を訪れた際に記憶したのであろう「ジャムおじさん」のマグネット。「ジャムおじさん」とは、幼児の大好きなアニメの主人公アンパンマンの仲間のひとりである。マグネットは書類ケースの外側に留めていたものだった。その後、半年ぶりにわが家にやってきた彼女は、「ジャムおじさん、あったよ」と言いながら、真っ先にその書類ケースのある部屋に走って行ったのだ。半年前の記憶が残っていること、それをことばで表現したことに、私は少なからず驚いた。この頃の記憶は大人になるまでに消える。というか、大人だって刻々と認識したことをいつまでも記憶できない。幼子とて同じだろう。しかし、彼女にとってよほど強烈なものだったのだろうか、半年前のことなのに、何よりもそれを真っ先に思い出したのだから。彼女の〝記憶溜り〟には、すでに過去の出来事が色々貯蔵されているに違いない。そして、その記憶を呼びさます状況におかれたとき、ことばでそのことを表現することによって記憶は「反芻」されることになるだろう。繰り返し反芻され、徹底的に脳で消化され、からだに吸収されるときがくるに違いない。もしこのような反芻を繰り返していけば、二歳半の記憶が大人になるまで脳にい続けるかもしれない。

それにしても不思議なことだ。大人の記憶は、感覚的な体験であったとしても、たいていは名詞、動詞、形容詞などの「ことば」で記憶される。豊富な語彙があればこそ、記憶のインプットとアウトプットが豊かになることはたびたび痛感する。ならば、語彙の極めて少ない幼子の記憶量は貧弱なのだろうか。そして、ことばを知らない時期の記憶とはどのようなものなのだろうか。三歳前の孫娘の脳はようやく千グラムに達する程度で、大人の脳の三分の二である。その脳の入っている小さな頭をしげしげと見つめながら、私はひたすら空想とも妄想ともつかない思いに耽る。

幼子の成長スピードはすさまじい。すでに胎児のときに生物進化三十八億年の歴史をわずか二百七十日間でたどり、桁外れの超高速スピードで変化が生じた結果、ヒトの形になってこの世に生まれ出る。そして生まれたあとも、想像を絶するスピードで幼子の体内、とりわけ脳の中では様々なプログラムが休むことなく進行しているようだ。どれほどの潜在能力を持ってこの世に出現したものなのか。そして、その潜在能力の到達点は、本人はもちろんのこと、周囲の大人さえ知らない。成長する幼子は、私の想像をはるかに超えた、まるで異星人のような存在である。人間が生まれるということは、とてつもなく怖ろしい宇宙の企みかもしれない。

《参考文献》

藤田恒太郎著『人体解剖学・改訂第四一版』南江堂（一九九三年）
今井むつみ著『ことばの発達の謎を解く』ちくまプリマー新書（二〇一三年）
根岸宏邦著『子どもの食事—何を食べるか、どう食べるか』中公新書（二〇〇〇年）

《初出》

序

「異界の光景」長崎文学　第九〇号　二〇一九年四月二〇日

Ⅰ

「ある中廊下の家」第七期九州文学　第四八号（通巻五七一号）二〇二〇年一月一日

「雪の札幌」長崎文学　第九二号　二〇一九年一一月二〇日

「ボーンマスの水仙」第八期九州文学　通巻五七五号　二〇二一年春号

「スコットランド一人旅」第八期九州文学　通巻五七四号　二〇二〇年秋・冬合併号

「追想の学び舎」第八期九州文学　通巻五七七号　二〇二一年秋・冬号『細胞の寿命・個体の寿命　腹八分で召し上がれ』

「女ともだち」長崎文学　第九四号　二〇二〇年七月一五日

Ⅱ

「箸」長崎文学　第九三号　二〇二〇年四月一五日

「料理カード」長崎文学　第九一号　二〇一九年七月一五日

「ハンバーグは下の下？」長崎文学　第九八号　二〇二一年一一月二五日

「理を料る」長崎文学　第九九号　二〇二二年四月一五日

「小説の難題」長崎文学　第九八号　二〇二一年一一月二五日

「鷗外さんと鯖の味噌煮」同右

「口腹を満たす」長崎文学　第九七号　二〇二一年七月二〇日

「林檎」第八期九州文学　通巻五七八号　二〇二二年春号

「宗像族」群系　第四七号　二〇二一年一二月

二〇日『姫神たちの季節』
「最後の食事　正岡子規『仰臥漫録』」群系　第四八号　二〇二二年七月二〇日『最後の食事　正岡子規「仰臥漫録」を読む』

III

「bitter taste／苦い愉しみ」第八期九州文学　通巻五八五号　二〇二四年夏号
「小説『献灯使』のこころみ」第八期九州文学　通巻五八三号　二〇二三年秋・冬号『科学のことば　小説「献灯使」のこころみ』
「科学のことば」第八期九州文学　通巻五八二号　二〇二三年夏号『科学のことば「遺伝子」と「排卵」』
「明治の科学リテラシー　福澤諭吉と村井弦斎」第八期九州文学　通巻五八四号　二〇二四年春号
「お化けのエネルギー」第八期九州文学　通巻五八一号　二〇二三年春号

IV

「人体イメージと死生観」第八期九州文学　通巻五七六号　二〇二一年夏号『身体　魂　死「図説　人体イメージの変遷」を読む』
「そしてまた、ひとつになる」長崎文学　第九六号　二〇二一年四月二一日
「ありのままに」長崎文学　第九五号　二〇二〇年一一月二五日
「性をめぐって」長崎文学　第一〇〇号記念　二〇二二年七月二五日『性に想う』
「アタシはボク」第八期九州文学　通巻五八〇号　二〇二二年秋・冬号
「ホモ・ディスケンス」第八期九州文学　通巻五七九号　二〇二二年夏号
「芽生えのとき」第七期九州文学　第四九号　通巻五七二号　二〇二〇年春号

あとがき

形式や書式にとらわれずに自由に書きたいと思ったのは、公私ともに多忙を極めていた還暦のころでしたが、何気なく読んだ須賀敦子のエッセイ『遠い霧の匂い』の哀しみを漂わせた文章に魅了されたことがきっかけでした。人生の大半を過ごした大学では、学生教育と実験研究とに携わる仕事の中で様々な文章を書いていました。しかし、それらのほとんどは多くの制約を受ける定型的な文章であり、使用する語句は専門領域などの極めて限られた用語でしたから、そのような記号としての日本語ばかりを使うことに息苦しさを感じていたのかもしれません。須賀敦子のように、飾り気のない的確なことばを選び、叙情あふれる滑らかな文章が書けたらと思いました。そんな漠然とした目標を胸に抱きながら、ある通信講座の受講生として毎月、短い文章を書き始めました。そして定年退職後、新たに書く場を求めて三つの文芸同人会に所属し、興味深いテーマと素材について少し長いエッセイを書くようになりました。このたびの随筆集『異界の光景』は、同人誌三誌——「長崎文学」「九州文学」「群系」——に掲載された中から二九作品を選び、加筆修正してテーマ別に編んだものであり、文章修業の節目とする一冊です。

『ある中廊下の家』は、短いエッセイの連作として二〇一三年から数年かけて書いたものをまとめた一作で、二〇二〇年一月、第七期「九州文学」第四八号（通巻五七一号）に掲載されました。そして翌年十月には、「季刊文科」八六号に転載されました。家族史ともいえるこのエッセイは、父母が大切に保管していた文書類・写真、原戸籍などの資料と、親類縁者の話などを参考として書かれたものです。徐々に消えていく幼い頃の記憶を含め、書くにあたっての情報は乏しいものでしたが、どうしても書かねばならないこと、書き遺さねばならないこととして、以前から私の頭の中に大きな位置を占めていたことです。なぜそう思い込んだのか、その理由はうまく説明できません。戦前・戦中、そして敗戦・戦後、世田谷の大きな家で生活を営んだ人々はいまも私自身のからだの深いところに源泉のように存在しており、湧き続ける彼らのエネルギーが私の筆を動かしたのではないかと思っています。

随筆集を編みながらあらためて感じたことは、一八歳から六五歳までを過ごした大学という環境の中で培われた視点と視野です。大学において最も密度の濃い経験をした時期は『追想の学び舎』に書かれた東北大学大学院博士課程のときです。体力と知力が漲る時期に、失敗を恐れずに予備実験と本実験とをひたすら繰り返す日々を送りました。観念的思考に陥ることの許されなかった研究経験とその蓄積が、その後の人生において人間や事物を見る際の視点・視野・視線などに強く影響したと思います。ものの見方、ものの考え方の「座標軸」とでもいったものがこの時期に形成されたのでしょう。このたび収録した作品の多くは、半世紀前に形成された座標軸の周囲をさまよう思索が、エッセイという形になって姿を現したように思います。その序のエッセイに名付けた「異界の光景」というタイトルを随筆集のタイトルとしました。その意味するところは、「目の前にある日常の光景の少し先の方にあって、いつもはよく見えない、あるいは、気づかない世界の光景」といったほどのことで、心の奥まったところから発せられた光線によって照らし出された世界の様相といえるかもしれません。

エッセイを書くという行為は自分でも気づかない自身の内面を探ることであり、その内面が否応なしに曝け出されることでもあります。書く者の眼差しと息づかいが、お読みいただく方に伝わるような文章が書きたい——。独りよがりをさけるためには、第一読者が必要だと思いました。そこで、かつて通信講座でご指導いただいた山崎幸雄氏にご無理を申し上げ、数年前からチューターをお願いしてきました。

山崎幸雄氏は、一九七〇年から朝日新聞出版局に勤務され、アサヒカメラ編集部、週刊朝日編集部、朝日ジャーナル編集部、書籍編集部などを経て二〇〇七年にご退職。現在は、フリーランスのライター、編集者、校閲者として活躍されています。同人誌に投稿する私の原稿について、忌憚のない厳しいご指摘や辛辣なご感想などをいただいてきました。素養とキャリアがまったく異なる山崎氏のご意見は、執筆にあたっての大きな刺激になるだけでなく強く背中を押される力となり、なんとか今日まで書き続けることができました。このたびの本作りにおいても、編集と校閲についていて貴重な助言をいただきました。これまでの温かいご指導に対してあらためて心より感謝申し上げます。ありがとうございました。

最後になりましたが、私の最も良き理解者である夫へ、そして、私の最も良き読者である二人の娘たちへ、深く感謝します。ありがとう。

屋代彰子

二〇二四年　九月

〈著者紹介〉

屋代彰子（やしろ　あきこ）

1949（昭和24）年　東京都生まれ
日本女子大学家政学部卒業
日本女子大学大学院家政学研究科修士課程修了
東北大学大学院農学研究科博士課程修了
農学博士　専門は栄養生理学
九州女子大学名誉教授
文芸同人会「長崎文学」「九州文学」「群系」などに所属
ブログ「からだとたべもの　―あなたに贈る栄養学―」
https://akochany.cocolog-nifty.com/
著書
『食生活論』（1990年,同文書院,共著）
『健康をつくる食事と運動』（1999年,小林出版,共著）
『最新栄養科学シリーズ「基礎栄養学」』（2004年,朝倉書店,共著）
『最新栄養科学シリーズ「応用栄養学」』（2005年,朝倉書店,共著）
『最新栄養学　第10版』（2014年,建帛社,共訳）
『祖父伝説』（2015年、私家版）
など

異界の光景

2024年12月19日　初版第1刷発行
著　者　屋代彰子
発行者　百瀬精一
発行所　鳥影社（www.choeisha.com）
〒160-0023 東京都新宿区西新宿3-5-12トーカン新宿7F
電話 03-5948-6470, FAX 0120-586-771
〒392-0012 長野県諏訪市四賀229-1（本社・編集室）
電話 0266-53-2903, FAX 0266-58-6771
印刷・製本　モリモト印刷

ISBN978-4-86782-128-2　C0095